한길 헤르메스   여행·예술·인생을 위하여

협객의 나라 중국

강효백의 중국역사인물기행

한길사

여행·예술·인생을 위하여

협객의 나라 중국

강효백의 중국역사인물기행

지은이 • 강효백
펴낸이 • 김언호
펴낸곳 • (주)도서출판 한길사

등록 • 1976년 12월 24일 제6-15호
주소 • 413-830 경기도 파주시 교하읍 산남리 파주출판문화정보산업단지 17-7
    www.hangilsa.co.kr
    E-mail: hangilsa@hangilsa.co.kr
전화 • 02-515-4811, 031-955-2000
팩스 • 02-515-4816

상무이사 · 박관순 | 영업이사 · 곽명호 | 편집주간 · 강옥순
기획 · 이승우 고봉만 | 편집 · 박희진 | 전산 · 이옥선 | 디자인 · 김서영
제작 및 마케팅 · 이경호 | 관리 · 이중환 문주상 장비연 양미숙

출력 · 예하프로세스 | 인쇄 · 만리문화사 | 제본 · 경일제책

제1판 제1쇄 2002년 7월 10일
제1판 제2쇄 2002년 12월 25일

값 12,000원
ISBN 89-356-0109-8 03810

• 잘못된 책은 구입하신 서점에서 바꿔드립니다

강호(江湖)는 협객들의 생존세계다. 이 말에는 단순히 강과 호수의 의미를 넘어
의기를 산처럼 중히 여기고 은혜를 갚기 위해서는 기꺼이 죽을 수 있다는
중국인들 특유의 정서가 녹아 있다.

진나라 대부 지백의 원수인 조양자의 수레를 습격하는 예양(위)과 연나라 태자 단의
부탁을 받고 진왕 정(진시황)을 암살하려 하는 형가(아래). 이들은 한결같이 주군에게 받은
은혜에 보답하기 위해 죽음을 택했던 협객 중의 협객이었다.

8각 13층의 형가탑. 드넓은 중국 땅 어디에도 진시황을 위한 탑은 없다.
그와 반대로 그의 암살 미수범 형가를 위한 탑은 1,500여 년 전부터 이토록
멋지게 세워 놓은 게 중국이고 중국인이다.

비굴함을 싫어했고 당당한
기백과 의기를 무엇보다도
중요하게 여겼던 관우(왼쪽
에서 두번째)는 중국인들에
게 문(文)의 성인 공자와 나
란히 무(武)의 성인으로 추앙
받으며 신의 반열에 올랐다.

(위) 사성(史聖) 사마천. 그는 『사기』의 「자객열전」과 「유협열전」에서
황제와 제후 중심의 역사에서 벗어나 비록 실패한 삶이지만 의로움을 추구한
협객들의 삶을 생생하게 기록함으로써 협객들의 비조가 되었다.

(오른쪽) 월나라 병사들에게 무술을 가르쳤던 월녀(越女)를 비롯해 중국 역사에는
신묘한 검술을 지닌 빼어난 여협(女俠)들이 많았다. 그러나 그녀들 대개가 개인적인 원한의
복수 수단으로 칼을 잡기도 했지만 능욕의 극복 수단으로 과감히 칼을 쓰기도 했다.

위에서부터 시계방향으로 공자, 장자, 묵자, 한비자. 공자는 달콤한 말로 자로를 설득하여
권력을 빗이틴지게 했다고 많은 비난을 빌었으나 그는 샅샅아고 오탕안 협색제자 자로를 누구보다
아꼈다. 장자는 구속 없는 협객들의 '강호문화'를 창조했고, 묵자는 서민 중심의 사상이 하늘의
뜻이라고 믿고 기술자와 노동자 중심의 협객 무리를 직접 조직했다. 한비자는 "제왕은 신하를
믿지 말고 오직 권모와 술수로써 살아남아야 한다"고 말하며 보스의 행동철학을 강조했다.

習知禮文
乃致敬好
以雨聖間
隆此重華
時則叶家
取人爲善
異世同揆

공자가 노자를 찾아가 예를 묻는 장면. 노자는 인위적인 문명을 비판하고,
감각과 욕망에 따르는 일상적 삶의 방식을 신랄히 비판했다. 또 체제를 비판하고
중앙권력을 부정하는 그의 사상은 한마디로 아나키스트적이었다.

시협(詩俠) 이백. 평이한 언어로 자연의 아름다움과 신선의 세계,
협객의 기상과 음주의 정취를 빼어난 시언어로 표현한 그는
한때 검술에 빠지며 협객의 무리와 어울리기도 했다.

(위) 희종 881년. 대군을 거느리고 위풍당당하게 장안에 입성하는 황소.
그는 부패와 비리로 몰락해가는 당 제국의 마지막 숨통에 최후의 검을 찔러넣었던
협객이자 혁명가였다.

(아래) 태평천국의 지도자 홍수전. 그는 청조 말, 아편전쟁과 계속된 재해로
농민 폭동이 일어나자 비밀결사로 폭동을 조직화하면서 반청복명을 부르짖은 영웅협객이었다.

명태조 주원장. 가난한 농민의 아들로 태어난 그는 한낱 떠돌이 유협승이자 녹림 협객에 불과했다. 하지만 홍건군의 두목이 되면서 대중국을 통치하는 황제의 자리에 올랐다.

"술에 취하니 의기는
무지개처럼 뻗치노라
조나라 구하러 금철퇴 휘두르니
한단이 먼저 놀랐다
천추의 두 장사가 대량성을 빛냈으니
협객은 죽어도 기개는 향기로워
천하영웅이 부끄럽지 않아라"
●이백의 「협객행」에서

협객을 찾아 역사 속으로

■ 책머리에

중국말에는 우리말에 있는 '말 속에 뼈가 있다'는 뜻의 언중유골(言中有骨)이 없다. 그 대신 '웃음 속에 비수가 숨어 있다'는 소중장도(笑中藏刀)가 있다. 이것은 속내를 좀체 드러내지 않는 중국인들을 두고 흔히 하는 말이다. 면전에서 분한 일을 당하고도 웃어넘긴다면 그 마음 속에는 겨울바람보다 매서운 칼바람이 불기 십상이다.

그러나 이렇게 말하고 말기에는 그들을 속 좁은 사람들로 치부해버리는 것 같아 무언가 부족하다. 그렇다면 나는 가슴속에 칼 한 자루쯤은 품고 사는 그들에게서 도대체 뭘 보고자 하는 것인가.

위대한 역사가 사마천은 『사기』를 남겼다. 그중에서도 사마천 정신의 본령이라고 할 수 있는 부분은 다름 아닌 「자객열전」과 「유협열전」이다. 그는 떠돌이 폭력배나 다름없는 이름 없는 칼잡이들을 정사(正史)의 열전 속으로 당당히 끌어들였다. 그가 일개 협사에 불과한 그들에게서 보고자 한 것은 또 무엇인가. 그는 한 무제의 노여움을 사 치욕적인 궁형을 당해 품게 된 그 분노로 『사기』를 완성하는 위대한 업적을 남기지 않았던가. 그러나 사마천 이후 역사는 협객들을 잊었다. 그들 또한 역사를 믿지 않았다. 나는 보잘것없는 삶이지만 의로움을 추구했던 협객을 역사 속으로 불러들인 사마천에 경탄하면서 그를 '칼을 잡지 않은 협객'으로 당당히 세우고 싶어졌다.

나는 중국에 오래 머물면서 역사 속의 무대를 찾아 주말이면 어김없이 중국 전역을 돌아다니곤 했다. 강물은 흘러도 강둑은 남듯, 시간은 흘러도 공간은 남는 것. 협객들의 기상과 선혈이 스며 있는 공간을 찾아 떠나는 나는, 어느 새 길을 떠나고 있는 유협이 된 기분이었다. "봄은 가지만 봄은 또 되돌아온다"(春去春又回). 그때마다 공간을 남겨두고 저 혼자 어둠 속으로 흘러갔던 시간은 언제나 새로운 시간으로 되돌아오고 있었다.

1997년 늦가을 어느 날, 발걸음은 베이징 시내에서 남서쪽으로 100킬로미터쯤 내려가고 있었다. 고요한 적막 사이로 한 줄기 강물이 흘러가고 있었다. 그 물줄기의 이름을 듣는 순간 나는 숨이 막혔다. 비운의 협객 형가(荊軻)가 건넜던 이수이(易水). "바람은 소소하게 불고 이수이는 차가워라. 장사 한번 떠나면 돌아오지 못하노라." 그에게 개인적인 원한은 없었다. 오직 자기를 알아준 연나라 태자 단(丹)의 은혜에 보답하기 위해 유유히 한 수의 시를 읊으며 강을 건넜다.

나지막한 언덕에 고색창연한 전탑 하나가 눈앞에 들어찼다. 형가탑이었다. 생각해보라. 드넓은 중국 땅 어디에도 최초의 황제, 진시황을 위한 탑은 없는데 진시황 암살 미수범 형가를 위한 탑은 천년도 넘게 저렇게 서 있어왔다니. 이게 아무나 저지를 수 있는 일인가. 또 황릉보다 더 크게 만들어놓은 관우의 무덤, 관림

(關林)을 찾았을 때는 어떠했는가. 그는 군령을 어기면서까지 옛 의리를 생각해 화용도에서 조조에게 관용을 베풂으로써 신의 반열에 오른 무신(武神)이 되었다. 그 순간 중국인들이 칼을 쓰고 칼을 품는 진정한 이유가 그렇게 속 좁은 이유만은 아님을 깨달았다.

은혜를 알고 은혜에 보답하는 것, 자기를 알아준 사람을 위해 목숨을 바치는 것, 이것이 협객의 이데올로기이자 중국 사회를 관통하는 최고의 행동원리가 아닐까.

협객의 이야기를 쓰지 않고서는 견딜 수 없었다. 떠나는 즐거움 때문에 나그네는 계속 떠나는 것인가. 그날 이후 나는 광활한 중국 땅을 정처 없이 표류했다. 그렇게 몇 년이 훌쩍 지났고, 이제 나는 귀로에 떨치지 못하고 들고 온 칼날의 편린 같은 기록을 모아 한 권의 책으로 묶었다. 잊혀진 협객을 역사 속으로 복권시켜보려는 천학비재한 자의 부질없는 일일지 모른다. 미흡한 점을 보완해가는 것을 앞으로의 과제로 남기며 독자 여러분의 따뜻한 격려와 이해, 그리고 기탄없는 채찍을 바란다.

이 글에 대해 한중 양국 강호제현들의 각별한 관심과 애정에 대해 이 자리를 빌려 감사의 마음을 표한다. 끝으로 이 책의 출판을 위해 힘써준 한길사의 김언호 사장님과 편집부 박희진 님께 오래도록 감사를 드린다.

2002년 6월
강효백

5 협객은 죽어도 기개는 향기롭다

1 나를 알아준 사람을 위해 목숨을 바친다

'와호장룡'의 진짜 주인공

두 주인을 섬기지 않은 예양

2001년 아카데미 시상식은 세계 영화팬들을 연거푸 네 번씩이나 깜짝 놀라게 만들었다. 아카데미 역사상 처음으로 중국 무협영화 「와호장룡」(臥虎藏龍)이 4개 부문을 석권하였기 때문이다. 3월 25일 로스앤젤레스의 슈라인오디토리움에서 있은 아카데미 시상식은 시작부터 긴장감이 감돌았다. 미국인들의 잔치로만 여겨지던 아카데미 시상식에서 중국영화 「와호장룡」이 10개 부문의 후보에 오르면서 무서운 복병으로 등장하더니만 미술감독상, 음악상, 촬영상, 외국어작품상 등을 연달아 거머쥐었다. 땅콩을 심심풀이로 먹기에 안성맞춤이라는 무협영화로 아카데미의 벽을 뚫는 기염을 토한 것이다.

무협이라는 가장 대중적인 장르를 통해 중국 고전문화의 유산을 탐구하고자 한 「와호장룡」은 지극히 중국적인 정서로 미국 관객의 마음을 흔들어놓았다. 한마디로 미국 내에서 「와호장룡」의 열풍은 대단했다. 아시아와 유럽을 통틀어 미국에 진출한 외국어 영화로는 사상 처음으로 흥행성적 1억 달러를 돌파한 점은 미국인들에게도 놀라움으로 받아들여지고 있다.

다음은 「와호장룡」의 리안(李安) 감독이 영화 시사회 직후에 가진 내외신 기자들과의 인터뷰 내용이다. 특히 미국 내 기자들은 '차이니즈 나이트' 즉 이 중국판 기사(騎士)영화에 나오는 용어에 관심이 많았다.

──이 영화의 특징과 감독을 맡은 동기를 간단히 말씀해주세요.

"내 어린 시절의 상상력은 대부분 무협영화와 무협지가 키운 것이었지요. 수천 년 동안 중국 문인들은 협객이 되고 싶은 꿈을 꾸었어요. 그 꿈을 종이 위에 맨 처음 적은 것이 사마천이 지은 『사기』의 「자객열전」과 「유협열전」입니다. 그 후에도 이 협객들의 정사(正史)를 문학화하는 무협문학가가 중국사에 쉴새없이 출몰해왔는데, 영화 「와호장룡」은 1930·40년대의 유명한 무협소설가 왕뚜루(王度廬)가 쓴 5부작 『학철오부곡』(鶴鐵五部曲) 중에서 제4편 '와호장룡'을 각색한 것입니다. 종이 위에 씌어진 왕뚜루의 협객이야기를 저는 약간의 창조를 거쳐 스크린에 동영상으로 펼쳐 놓은 것이지요."

──영화에 자주 나오는 강호(江湖)란 무엇인가요, 강과 호수(river & lake)란 의미인가요?

"강호는 협객들의 생존세계입니다. 그 세계의 법칙은 협(俠)의 뼈와 부드러운 창자, 의기를 산처럼 중히 여기고 의리를 위해 죽을 수 있는 세계이죠."

──협객은 또 뭡니까? 이른바 차이니즈 나이트(knight)인가요?

"그렇게 비유해도 괜찮을 것 같네요. 협객은 본래 '관군'에 대비한 '재야' 즉 민간의 무사를 상징합니다. 주로 검객이나 무예인, 도적 등의 세계를 가리키는데, 넓은 의미로는 무예와 관련이 없는 책사, 자발적인 반란군, 정처없이 강호를 떠돌아다니는 사람들도 포함됩니다. 그런 협객들이 정사든 야사든 중국사의 별판에 무수히 피어났다가 사라져갔어요."

 ──리안 감독에게 가장 큰 영향을 미친 역사상의 협객 한 사람만 말씀해주세요?"

 "예양(豫讓)입니다. 사마천의 「자객열전」에서 '사나이는 자신을 알아주는 사람을 위해서 죽는다'는 말을 남기고 피를 뿌리며 사라진 사람입니다."

 ──예양? 그가 '와호장룡' 영화에도 나왔나요?

 "……아니지요. 다만 '자신을 알아주는 사람을 위해서 죽는다'라는 그의 최후의 절규가 이 영화에 흐르는 일관된 주제입니다. 비록 스크린상에 나타나는 주인공은 주윤발과 양자경이지만 그 스크린 이면의 주인공은 예양이라고 할 수 있지요."

 예양, 그는 누구인가?

 나를 알아주는 자를 위해 죽다

 지백(智伯)은 한 젊은이를 내려다보며 미소지었다. 스무 살이 넘었을까 말까, 용모가 준수하고 풍채가 당당한 그에게서 어떤 혈육의 정 같은 게 느껴졌다.

 "예양이란 이름의 이 젊은이는 일찍이 범씨(范氏)와 중행씨(中行氏) 밑에 있었다. 범씨는 예양을 일개 마부로 부렸었고 중행씨는 일개 보졸로 취급했었다. 이런 쓸만한 인재를 알아볼 줄 모르는 미련한 자들. 그러니 내게 차례로 멸문을 당하는 것도 마땅한 일이야."

진(晉)나라의 대부(大夫) 지백은 범씨와 중행씨를 싸그리 멸문하면서 예양만은 살려두었다. 그리고 지백은 예양을 빈객으로 우대하여 네 마리 말이 이끄는 고급 마차와 넓고 높은 고대광실을 하사하기까지 했다.

예양은 뼛속까지 감동했다.

'나는 범씨와 중행씨 사람이었다. 비록 그들의 마부나 보졸 따위의 하찮은 직책을 맡았었지만 어디까지나 지백의 적이었다. 그런 나를 알아주는 지백의 은혜, 목숨을 바쳐 보은하리라.'

시대의 스산한 바람은 춘추에서 전국을 잇는 다리를 피를 흩뿌리며 지나가고 있었다.

기원전 453년 진나라의 대부 지백은 위(魏)나라, 한(韓)나라와 연합하여 조(趙)나라를 정벌하러 출전하였다. 물론 예양도 진ㆍ위ㆍ한 3국 연합군의 선봉대에 끼어 있었다. 그런데 조나라의 정복을 눈앞에 둔 순간, 일이 크게 틀어졌다. 조나라의 노회한 대부 조양자(趙襄子)는 위나라와 한나라의 대부를 꾀어내는 데 성공한 것이다. 막판에 창끝을 거꾸로 돌린 이 예기치 못한 연합국의 배신에 승승장구하던 진나라는 급사해버렸다.

그 해 음력 6월 27일, 조양자가 지켜보는 앞에서 지백은 말 다섯 마리가 이끄는 마차에 신체를 갈기갈기 찢기는 거열형(車裂刑)을 당했다. 그 일족도 참수형에 처해졌다.

강성했던 진나라도 지백의 몸뚱어리처럼 한ㆍ위ㆍ조 세 나라에 의해 분리되어 찢어졌다. 그와 동시에 춘추시대가 가고 전국시대가 왔다. 춘추시대에는 패자들이 도에 넘치는 약탈과 살육과 배신은 삼가면서 힘이 약한 주나라 왕실을 존중한다는 관념이 있었다. 그러나 전국시대에는 이러한 관념이 없어지고 오로지 수단과 방법을 가리지 않는 힘과 힘이 대결하는 약육강식의 양상이 펼쳐졌다.

지백과 그 일족을 괴멸시킨 조양자는 그래도 직성이 풀리지 않았다. 조양자는 몸통을 잃은 지백의 수급에서 눈알과 살점을 깨끗이 발라내고는 거기다 옻칠을 하고 자신의 요강으로 사용했다.

천운이었을까, 지백의 혈육은 아니어서였을까? 예양은 용케 살아 남았다. 예양은 자기만 살아 남은 슬픔에 피눈물을 흘리면서 깊은 산속으로 들어갔다. 그리고는 지백이 하사한 비수로 자신의 가슴에 '조양자' 세 글자를 후벼팠다.

"아아! 사나이는 자신을 알아주는 사람을 위해 죽고, 여인은 자신을 사랑해주는 자를 위해 꾸민다고 한다. 지백은 진실로 나를 알아준 위인이었다. 나는 기필코 지백의 원수를 갚아야 한다. 그래야만 나의 혼백도 구천을 통곡하며 헤매고 있을 지백에게 부끄럽지 않을 것이다."

깊은 산중에서 예양은 밤낮으로 체력을 단련하고 무예를 연마하였다. 그러기를 2년 가량, 기원전 451년 4월 초사흘 새벽, 예양은 차가운 산 여울에 몸을 깨끗이 씻은 다음 산을 내려왔다.

예양은 조양자의 궁중에 잡역부로 잠입하여 조양자의 변소 근처에서 비수를 품고 기다리고 있었다. 두 달여가 지났을 쯤 기회가 왔다. 변소 문 앞에서 조양자는 어쩐지 좋지 않은 예감이 들었다.

"오늘이 무슨 날이더라 6월 27일. 지백을 없앤 날이지. 그런데 뭔가 감이 좋지 않아, 이건 나를 향한 살기다. 살기다!"

"여봐라, 변소 주변을 샅샅이 수색해보라."

조양자의 다급한 목소리가 떨어지기가 무섭게 호위병들은 잠복하고 있던 자객 하나를 끌고 나왔다.

"너는 누구인가?"

"나는 지백의 빈객 예양이다."

"넌 왜 나를 죽이려 하는가?"

"주인의 원수를 갚으려 한다."

호위병이 그를 베려고 하였다.

"아서라."

조양자는 한 손을 높이 들어 호위병을 말렸다.

"저 젊은이는 의로운 사람이다. 나만 조심해서 잘 피해 있으면 되는 것이다. 지백이 멸하여 자손도 없는데 옛날 복수를 하려는 것은 천하에 둘도 없는 현인이다."

예양을 풀어준 뒤 조양자는 지백의 해골 요강에 소변을 보며 중얼거렸다.

"만일 내가 어느 날 어떤 놈에게 살해된다면 나의 원수를 갚아 줄 놈이 있을까, 지백, 네가 부럽구나……."

이렇게 풀려난 예양은 주막에 들러 사흘 밤낮으로 술만 퍼마셨다. 술에 취해 비틀거리며 저잣거리를 헤매고 있을 때 사람들의 말소리가 들렸다.

"조양자님은 도량이 하해와 같이 넓은 분이셔. 자기를 암살하려는 범인을 풀어주다니."

"그럼 원수의 용서를 받아 구차한 목숨을 부지하는 나는 뭔가."

한없는 치욕에 몸서리를 치며 예양은 자신의 몸에 옻칠을 해서(漆身) 문둥병 환자처럼 보이게 하였다. 목소리까지 바꾸려고 숯을 삼켰다(吞炭). 예양이 워낙 외모를 감쪽같이 바꾸었기 때문에 그의 아내마저도 못 알아보았다. 다만 친한 벗에게 들키고 말았다.

"너는 예양이 아니냐?"

"그렇네, 나 예양이네."

그러자 친구는 울면서 말렸다.

"자네만한 재능으로 예물을 바치고 조양자의 부하가 되면 조양자는 반드시 자네를 가까이하고 총애할 것이네. 그런 다음에 그에게 접근하여 목을 베면 오히려 손쉽지 않겠나? 어째서 자네는 몸을 그 모양으로 망가뜨리고 원수를 갚을 작정을 한단 말인가? 그래가지고는 성공하기가 힘들 것 같네."

"그게 아니네 친구. 원수에게 예물을 바쳐 신하가 되면서 그 원수를 죽이려는 짓은 두 마음을 품는 자라네. 지금 내가 하고 있는 일은 매우 견디기 어려운 고통이지. 그러나 그렇게 하지 않을 수 없는 것은 후세에 남의 신하가 되어 두 마음을 품어 주인을 섬기는 자를 경계하려는 것이네."

그대의 옷자락만이라도 베고 싶다

이듬해 기원전 450년 2월 초사흘, 봄 사냥철이다.

하루 이틀 사흘……어느 다리 밑에서 핏발이 선 눈을 한 거지

하나가 누군가를 기다리고 있었다.

조양자가 사냥을 나갈 때 타고 가는 말은 좋은 말도 젊은 말도 아니었다. 주인을 태우고 비명소리와 피바람이 자욱한 전쟁터를 수없이 겪었던 백전의 노마였다. 해마다 봄 사냥철이면 조양자는 그 말을 탄다. 노인들은 본래 회상하기를 좋아하는 법. 그가 굳이 그 노마를 타고 가는 가장 큰 목적은 '회상'하기 위해서였다. 조양자의 행렬 좌우에는 병사들이 창과 기, 칼과 도끼를 높이 치켜 들고 호위하며 따라가고 있었다. 행렬이 성내를 지나갈 때 백성 들은 존경하는 태도로 허리를 조아렸다.

"겨우 2, 3년간이라는 짧은 세월에 이분 덕분에 조나라는 작고 약한 나라에서 놀랄 만큼 강성해지고 백성의 의식은 풍족해졌다. 이분은 백년에 한 번 나올까 말까 하는 명군임에 틀림없어."

조양자가 도사나 신선이 아닌 다음에야 매번 위험이 다가오고 있다는 걸 어떻게 예측하겠는가? 그러나 동물은 다르다. 주인을 태운 노마는 행렬이 다리 앞에 이르자 갑자기 무엇에 놀란 듯 껑 충 뛰었다. 그 바람에 말에서 굴러떨어진 조양자를 호위병들이 재빨리 다가와 그의 둘레에 인간의 벽을 쌓았다.

"예양, 필시 예양 그놈이다. 그가 분명 이 근처에 숨어 있을 것 이다."

조양자의 명령이 떨어지자마자 호위병들은 다리 밑에서 문둥 병을 앓는 듯한 거지 하나를 잡아 내왔다. 호위병들은 그 거지 가 누구인지를 알 수 없었으나 조양자는 단박에 예양임을 알아 보았다.

"왜? 도대체 누굴 위히여? 니는 일씩이 범씨와 중행씨 밑에 있지 않았는가? 지백은 그 두 사람을 멸했다. 그런데 너는 복수도 하지 않고 예물을 바쳐 지백을 섬겼다. 그 지백도 나에게 패하여 죽은 지 오래건만 너는, 왜 지백을 위해서만 이토록 끈덕지게 복수를 하려는가?"

조양자는 쓴웃음을 지며 말했다.

예양은 이미 일이 글러버린 것을 알았다. 싸늘한 눈빛으로 조양자를 바라보며 탄식했다.

"그렇다. 나는 범씨와 중행씨 밑에 있었다. 그들은 모두 다 나를 평범한 사람으로만 대우하였다. 그래서 나도 평범한 사람으로 그들을 대한 것이다. 그러나 지백은 나를 국사(國士)로서 대우하였다. 그래서 나는 그에게 국사로서 보답을 하려는 것이다."

"그래? 만일 네가 나에게 충성을 맹세한다면 지백 이상으로 너를 국사로서 대우할 것인데도."

"하하, 정말 그렇게 된다면, 나 예양은 무슨 낯짝으로 지백의 영혼을 만나겠는가."

조양자의 눈에는 눈물이 어리었다.

"예양! 네가 지백을 위해서 다한 명성은 이제 완전히 목적을 이루었다. 내가 너를 용서해주는 것도 충분히 할 만큼 하였다. 너는 이제 죽음을 각오하는 것이 좋을 것이다. 나는 더 이상 용서하지 않겠다. 너의 소원을 들어주마."

좌우의 병사들에게 그의 목을 베라는 손짓을 했다.

"잠깐만!"

예양이 짧게 소리쳤다.

"뭐, 목숨이 아까운가? 한 번만 더 너를 용서해달라고?"

"천만에, 명군은 사람의 아름다운 점을 덮어 숨기지 않고, 충신은 이름을 위해 죽는 의로움이 있다고 들었다. 일전에 그대가 나를 너그러이 용서한 일로, 천하에서 그대를 칭찬하지 않는 자를 본 적이 없다. 사나이는 자신을 알아주는 사람을 위해 목숨을 바치는 법이다. 다만 바라는 것은 그대의 겉옷을 얻어 그것만이라도 베어 복수의 마음을 청산하고 싶다. 그럴 수만 있다면 죽어도 원한이 없겠다. 무리하게 청하는 것은 아니다. 다만 내 본심을 말하는 것뿐이다."

조양자는 마음이 움직였다. 자신의 겉옷을 벗어 예양에게 던져주었다.

예양은 짧은 순간 그 담황색 옷이 얼마나 많은 사람들의 피로 물들었는가를 가늠하였다. 그러고는 품속에서 비수를 뽑아들었다. 멀리서 군중들이 숨을 죽이고 이 광경을 지켜보았다. 정오의 햇빛이 비수의 시퍼런 검신에 반짝였다. 비수를 높이 치켜들고 세 번을 뛰어올라 겉옷을 베어냈다. 조각난 천이 바람에 나부꼈다.

"지백이시여! 이제야 저는 그대를 보러 갈 수 있겠나이다."

한줄기 붉은 광선이 빛났다. 비수가 예양의 가슴에 깊이 박혔다. 정오의 햇빛에 비친 선혈은 의외로 아름다웠다. 담황색 겉옷은 활짝 핀 붉은 매화꽃으로 점점이 물들고 있었다.

혈사를 간직한 마을에 세월은 흐르고

산시(山西)성의 중심도시 타이위안(太原)은 베이징에서 남서쪽으로 430킬로미터 떨어져 있다. 산시성의 약칭은 진(晉)이다.

산시성은 춘추시대의 진나라와 전국시대의 한나라, 위나라, 조나라 이른바 3진이 위치했던 곳이라고 하여 그냥 '진'이라고 칭하는 중국사람이 꽤 많다.

전쟁이 끊이지 않았던 전략적 요충지였기에 역대 황제들은 '진'의 중심지 타이위안에 각별한 신경을 썼다. 볼만한 고적이 적지 않은 타이위안에서도 가장 유명한 곳은 시내에서 남서쪽으로 20킬로미터 거리에 있는 진사(晉祠)이다. 진사는 이연(李淵)과 이세민(李世民) 부자가 당나라의 천하통일을 위해 기도를 했던 곳이고 수세기 동안 역대 황제들의 제사를 모셨던 곳이다. 많은 정자가 남아 있으나 그중 가장 유명한 것이 송나라 때 세워진 성모전(聖母殿)과 칠현사(七賢祠)이다.

칠현사는 예양, 이백, 백거이, 범중암, 구양수, 위겸, 왕경의 순으로 진의 땅이 배출한 위인을 모셔놓고 있다. 뒤의 여섯은 문사이고 앞의 예양만 무사이다. 예양을 저 쟁쟁한 이백이나 백거이보다도 앞자리에 모셔놓은 것은 꼭 시대순 때문만이 아닐 것이다.

전국시대는 중국의 문화가 가장 화려하게 꽃피던 시대였다. 창조에 넘친 유혈이 낭자하고 증오와 배신과 사랑과 신뢰가 서로 격돌하는 혼돈의 시대, 전국시대는 예양이 '사(士)는 자기를 알아주는 사람을 위해 죽는다'며 어느 다리 위에서 절규하며 죽어가던 장면과 함께 막이 올랐다.

나는 우연한 기회에 '예양교'라는 돌비석이 찍힌 꽤 오래 된 사진을 손에 넣었다. 그리고 그 예양교가 지금 산시성 타이위안의 진사에서도 북쪽 500여 미터 떨어져 있는 마을, 적교촌(赤橋

村)에 있다는 진귀한 정보를 입수하게 되었다. 20세기에서 21세기로 넘어가는 시간의 다리, 즉 2000년하고도 12월 연말 연휴기회를 이용해 타이위안을 찾았다. 고속버스 터미널에 내리자마자 택시를 한 대 대절하였다. 그리고 '붉은 피의 다리'가 있는 마을이라는 이름의 적교촌으로 향했다. 우리 나라 고려말의 충신 정몽주의 피와 한이 서린 개성의 선죽교가 떠올랐다.

그러나 적교촌에는 왔지만 예양의 피와 한이 서린 예양교는 찾을 수 없었다.

마을 어귀에 겨울철이라 그런지 바짝 말라붙어 왕복 4차선 너비의 자갈길로만 보이는 강줄기가 있었다. 거기서 한참을 서성거렸다. 아무리 둘러보아도 사진 속의 예양교 돌비석은 물론 다리가 놓였던 흔적조차 찾을 길 없는 강바닥을 한 노인이 마른기침을 밭으며 건너갔다.

서로 수인사를 나누고 나는 노인에게 강물과 다리의 행방을 물어보았다.

"내가 어렸을 때까지만 해도 이 강물은 우리 마을 언저리를 쉴 새없이 에둘러 흘렀지, 그 뭐라든가……유서 깊다는 돌다리가 있었지. 다리 밑에는 여름이면 무릎께까지 잠기는 맑은 강물이 흘렀고 거기서 물장구를 치고 피라미도 잡았는데……. 전란 때 마을 사람들이 다 피란을 떠나고 몇 해 후 돌아와 보니 그 다리가 파괴되어 없어졌어. 강물의 수량도 줄어들어 다리를 다시 놓을 필요는 없어 징검다리로 족했고. 그런데 한 10여 년 전부터는 강바닥이 완전히 말라붙어버렸어."

흔히들 세월은 강물처럼 흐른다고 한다. 수천 년을 한가지로 흘렀던 강물은 말라붙고 그 위에 놓여 있었다던 다리마저 사라졌다. 예양교의 혈사(血史)를 간직한 적교촌의 세월은 무엇으로 흐를 것인지…….

협객인가 테러리스트인가

전국시대는 바야흐로 그 대단원의 막을 내리려 하고 있었다. 진(秦)나라는 이미 한·위·조 세 나라를 멸망시키고, 그 주력군은 연(燕)나라와 옛 조나라의 국경을 사이에 두고 흐르는 이수이(易水) 남쪽 중산(中山)에 주둔하고 있으면서 연나라를 정복하기 위한 준비에 마지막 박차를 가하고 있었다.

연나라 태자 단(丹)은 어렸을 때 당시 막강하였던 조나라의 서울 한단(邯鄲)에 인질로 잡혀가 있었다. 거기서 그는 진나라의 인질이던 정(政 : 후일의 진시황)을 친동생처럼 귀여워하였다. 그로부터 10여 년의 세월이 흐른 다음 정은 진나라 왕이 되었다. 그런데 또다시 진나라에 인질로 가 있게 된 태자 단은 한단에서 보냈던 옛정을 생각하며 진왕을 반갑게 알현하였으나 의외로 진왕 정은 그를 박절하게 대했다.

그 후 고국 연나라로 돌아온 태자 단은 진왕 정에게 복수할 생각으로 잠을 이루지 못했다. 더구나 진나라의 주력군은 벌써 호시탐탐 국경에서 연나라를 노리고 있었다.

"할수없다. 일이 이렇게 된 바에야 우리가 먼저 진나라로 자객을 보내 진왕 정을 없앰으로써 기선을 제압하는 수밖에 없다. 이 방법만이 그에게 보복하는 동시에 천하통일이라는 야욕을 분쇄하고 연나라를 구하는 길이다."

태자 단은 태부(太傅) 국무(鞠武)에게 이러한 계획을 비밀히 말하고 자문을 구했지만 국무는 태자에게 충고하였다.

"경거망동을 삼가소서."

한마디로 충고해오므로 그의 말을 따르기로 하였다. 그런데 그때 마침 진나라의 대장군 번어기(樊於期)가 진왕 정의 노여움을 사게 되어 연나라로 망명해 왔다. 태자 단은 그에게 거처를 마련해주고 승상에 준하는 객경(客卿)의 예우를 해주었다. 그러자 태부인 국무가 다시 진언하였다.

"그것은 좋지 않습니다. 그렇지 않아도 저 포악한 진왕에게 우리 연나라에 대한 분노가 쌓이게 되어 두려움으로 간이 오그라들 판이온데, 번 장군이 와 있다는 말이 진왕의 귀에 들어가게 된다면 그야말로 굶주린 범의 통로에 고기를 놓아두는 것과 무엇이 다르겠습니까. 아마도 구제될 수 없는 화근이 닥쳐올 것입니다. 관중이나 안영처럼 지혜로운 대부가 있다고 하더라도 살길이 없을 것입니다. 태자께서는 하루라도 빨리 번 장군을 흉노 땅으로 가게 하여 진나라의 침략 구실을 없애고, 서쪽으로는 삼진과 동맹을 맺고 남쪽으로는 제(齊)·초(楚) 두 나라와 연맹을 맺고 북쪽으로는 흉노의 선우(單于)와 강화를 맺으십시오. 그런 후에야 생각해볼 문제인 것 같습니다."

그러나 태자 단은 그 말을 듣지 않고 진나라에 자객을 보내야겠다며, 그 말을 다시 꺼냈다. 태자 단의 결의가 보통 굳센 것이 아님을 눈치챈 태부는 할수없이 전광(田光)이라는 사람을 천거하였다.

전광은 사려가 깊고 지략이 뛰어난 협객으로 검술의 달인이었다. 그의 이름은 널리 알려져 있어 불량배까지도 그의 집을 출입했는데 그 수가 매우 많았다.

태부 국무가 정중하게 전광을 궁궐로 불렀다. 태자 단은 전광을 상좌에 앉힌 다음 자객 파견의 건을 화제로 꺼냈다.

전광이 일어서며 나직이 말했다.

"신은 이미 늙어 아무 쓸모가 없습니다. 그 대신 형가(荊軻)라는 사람을 천거하겠나이다."

태자 단은 부탁의 말을 덧붙였다.

"이 일은 국가의 존망이 걸린 대사인만큼, 결코 누설하지 말아주시길 바라오."

의지 하나로 후세에 이름을 전하다

전광이 태자 단에게 추천한 형가는 위(衛)나라 사람이다. 그의 조상은 제(齊)나라 사람이었는데 형가는 위나라로 옮겨가 위나라 사람들로부터 경경(慶卿)이라 불렸고, 뒤에 연나라로 갔을 때에는 연나라 사람들에게서 형경이라 불리며 존경을 받았다.

형가는 글쓰기와 칼쓰기와 술마시기를 좋아했으며 그 기량을 내세워 위나라 원군(元君)을 설득하려 했으나 원군이 그를 등용하지 않았다.

유셋길에 나선 형가가 위츠(榆次)라는 곳에서 감섭(蓋聶)과 검술을 논하는 데 서로 의견이 맞지 않아 감섭이 성내어 눈을 부릅뜨고 노려보자 형가는 그곳을 떠나 한단으로 갔다. 한단에서 노구천(魯句踐)과 노름을 하다가 서로 다투게 되었다. 노구천이 성을 내어 형가를 꾸짖자 형가는 묵묵히 그곳을 떠나버렸다. 형가의 생각으로는 그들과 다투어보아야 아무런 가치가 없다고 판단해서였다.

　형가는 여러 나라를 두루 방랑하다가 연나라에 왔고, 전광과 알게 되었다. 그리고 그는 거리의 부랑자들과 어울려 술을 마시며 돌아다녔는데, 특히 개만 전문으로 잡는 개백정이자 대나무로 만든 악기인 축(筑)의 명수 고점리(高漸離)와 의기투합하여 지냈다. 술이 거나하게 취하면 고점리는 축을 뜯고 형가는 그 곡조에 맞춰 노래를 부르며 서로 즐기다가도 와락 울음을 터뜨렸다. 마치 옆에 아무도 없는 것처럼. 그러나 형가는 여느 주객들과 달랐다. 글읽기를 좋아하는 지식인이었기 때문에 어디를 가든 그곳의 호걸들과 교유하였다. 연나라에서도 처사 전광이 그가 보통사람이 아님을 알고 그와 교유하였으며 또 태자에게 추천했던 것이다.

　형가를 찾아온 전광은 그의 협조를 요청하였다.

　"삼가 말씀대로 하겠습니다."

　"그럼 먼저 한 가지 부탁을 하겠소. 지금 태자께서는 이 일을 남에게 말하지 말라고 하셨소. 이것은 필시 태자께서 나를 의심하고 계시는 것이니, 몹시 부끄럽구먼. 그대가 태자를 만나거든, 전광은 스스로 목숨을 끊어 밖으로 말이 나갈 염려가 없다고 말해주시오."

형가가 고개를 끄덕이자 전광은 단검을 뽑아 자기 목을 찔러 죽었다. 자신이 죽음으로써 국가의 중대사가 누설되지 않으리라는 것을 보증하기 위함이었다.

형가는 곧 태자를 만났다. 우선 전광이 이미 죽은 것을 말하고 그의 유언을 전했다. 태자 단은 두 번 절하고 꿇어앉아 눈물을 흘리며 경솔히 말한 자신의 말 한마디를 심히 부끄러워하였다. 형가는 생각했다.

'전광 선생이 죽은 것은 나에게 기필코 목적을 달성하라는 격려의 뜻도 섞여 있는 것이다.'

형가는 태자 단의 사람 됨됨이가 진왕 정을 도저히 따를 수 없다는 것을 눈치챘다. 하지만 전광 선생의 죽음을 헛되이 하지 않기 위하여 태자의 요청을 승낙하였다.

태자는 형가를 상경으로 임명하고, 나라의 영빈관인 상사에 묵게 하였다. 태자는 매일 상사를 방문하여 진수성찬과 진귀한 보물을 보내고, 또 수레와 미녀를 제공하여 형가가 하고 싶어하는 것을 마음대로 하게끔 그의 뜻을 맞추었다.

시일이 흘렀다. 그러나 형가는 아직 떠날 생각을 하지 않고 있었다. 그러자 태자 단은 그가 술과 여자에 미련이 있어 출발하지 않는 것으로 보고 초조한 마음을 억제할 수 없었다.

"언제까지나 당신을 돌보려 하지만 진나라 군사가 이제 이수이를 건너게 되면 이 일이 가능한지요."

형가는 궁리하던 끝에 태자 단에게 요구했다.

"진나라에서는 상금을 1천금이나 내걸고, 또 식읍 1만 호까지 현상으로 내걸고 번어기 장군을 찾고 있습니다. 그런즉 번어기 장군의 목과 연나라의 비옥한 땅, 지도를 신이 가지고 간다면 진 왕은 기꺼이 신을 만나주게 될 것입니다."

그 말을 듣자 태자 단은 아연실색하며 놀랐다.

"번 장군의 목이 반드시 필요합니까?"

"예, 그러하옵니다."

"나는 그 짓만은 할 수 없소. 그의 목을 쳐서도 아니 되오."

형가는 고개를 끄덕였다. 그리고 그 길로 번어기를 찾아가 목을 달라고 말하면서 사정을 설명하였다.

번어기는 소매를 걷고 가슴을 쓸면서 앞으로 나오며 말했다.

"이일이야말로 내가 밤낮으로 이를 갈고 마음을 썩인 일입니다. 지금 비로소 가르침을 받을 수 있었습니다."

번어기는 그 자리에서 스스로 목을 찔러 죽었다. 형가는 그 목을 들고 태자 단을 찾아갔다. 태자는 그 목을 끌어안고 통곡하였다. 태자 단은 번어기의 목과 연나라의 지도와 진무양(秦舞陽)이라는 완력이 장사인 살인범을 수행원으로 내주었다. 이 진무양은 열세 살 때 사람을 죽인 일로 세상에 널리 알려진 협객인데 사람들이 감히 그를 쳐다보지 못했다.

여기에다 태자 단은 천하에도 드문 예리한 비수를 조나라 부인 서부인에게서 구해 얻었다. 이 비수를 비싼 값으로 사들여 대장장이에게 독약을 바르게 하고 다시 담금질을 시켰다.

이 칼로 사형수들을 베어보았는데 피는 실낱처럼 밸 뿐 그 자리에서 즉사하지 않는 자가 없었다.

이제 모든 준비는 완료되었다. 그러나 형가는 떠날 생각을 하

지 않았다. 형가에게는 믿을 만한 사람이 있어 그와 함께 가기로
되었으나 연락이 잘 안 되어 그가 아직 오지 않았기 때문에 그를
기다리고 있었다. 시일이 오래 되어도 형가가 떠나지 않자 태자
는 기다리다 못해 형가가 변심이나 하지 않았나 의심하고 다시
부탁하였다.

"이제 날짜가 촉박합니다. 형경께서는 어떤 뜻이시오? 나 단은
진무양을 먼저 떠나보낼까 생각하오."

형가는 화를 내면서 고함쳤다.

"이번 일은 헤아릴 수 없는 만큼 중대한 일입니다. 진무양이
아무리 용감하다 하나 더벅머리 아이에 불과합니다. 내가 머무르
고 있는 것은 믿을 만한 사람이 오기를 기다려 함께 가려고 한 것
입니다. 이제 태자께서 재촉하시니 떠나겠습니다."

형가는 마침내 길을 떠나게 되었다.

태자 단을 위시하여 이 사정을 아는 사람은 모두 상복으로 갈
아입고 이수이 가에까지 나와 형가를 전송하였다. 고점리는 축을
연주하였고 형가는 그 소리에 맞추어 노래를 불렀다. 노랫가락은
변조가락의 곡조였다. 형가의 노랫소리는 절정에 이르렀다.

형가는 수레에 올라타고 출발하였다. 그리고 뒤도 돌아보지 않
은 채 떠나버렸다. 이수이에는 차가운 바람만 불 뿐이었다.

형가는 드디어 진나라의 도읍인 셴양(咸陽)에 당도하였다. 일
천 금이나 값나가는 예물을 지니고 가서 진왕의 총신 중에서 대
부들의 교육을 담당하는 몽가(蒙嘉)에게 정중히 선물하고 진나
라 왕을 배알하기를 청했다.

"번어기의 목과 옌나라의 지도를 가지고 왔다 하더이다."

총신의 말을 들은 진왕 정은 크게 기뻐하며 곧 조복으로 정장하고 구빈을 맞는 최고의 예로 셴양의 궁전에서 연나라 사신인 형가를 맞아들였다. 셴양궁에 들어온 형가는 번어기의 목을 담은 상자를 받들고 앞으로 나아갔다. 그 뒤에는 진무양이 지도가 들어 있는 상자를 역시 받쳐들고 따라온다. 이윽고 진왕의 면전에 있는 계단을 올라가려는데 진무양은 파랗게 질려 벌벌 떨기 시작했다. 형가는 진무양에게 지도를 받아 진왕에게 올렸다.

　그 지도는 두루마리였다. 황송하다는 표정을 지으며, 형가는 그 지도의 한쪽 끝을 진왕의 손에 쥐어주고 천천히 펼쳐 보였다. 이윽고 두루마리가 모두 펼쳐졌을 때 그 속에서 비수가 반짝 빛났다. 형가는 재빨리 왼손으로 진왕의 소매를 잡고 오른손으로 비수를 쥐고 찌르려 했다. 그러나 몸이 미치지 못했다. 깜짝 놀란 진왕은 몸을 비켰다. 비수는 그의 가슴까지 이르지는 못했으나 형가의 왼손은 진왕의 옷소매를 잡고 있었다. 그 순간 형가에게 잡힌 소매가 찢어져 나갔다. 진왕은 즉시 차고 있던 칼을 뽑으려 했으나 칼이 너무 길었다. 칼집을 잡았으나 당황해서 칼이 빠지지 않았다. 진왕은 기둥을 가운데 두고 빙글빙글 돌았고, 형가는 비수를 잡은 채 그를 쫓았다. 좌우에 진왕을 모시고 있던 신하들은 모두 놀랐다. 순식간에 벌어진 일이라 모두 넋이 빠진 탓이었다.

　진나라 법에 의하면 전상(殿上)에 오르는 자는 그 몸에 바늘 한 개 지니지 못하도록 금지되어 있었으며, 경비병들도 보좌 아래 먼 곳에 있었을 뿐 아니라 진왕의 명령이 떨어지지 않는 한 전상으로 오를 수가 없었다. 형가는 이것을 기화로 진왕의 뒤를 쫓았다. 모두가 황망하여 형가를 어떻게 할 수가 없었다. 형가는 이때 진무양 쪽을 돌아보았다. 계획대로는 지금 진무양이 뒤에서 진왕을 껴안고 형가는 그 가슴에 단검을 들이댄 다음, 진나라가 빼앗은 영토를 연나라에 반환하라고 협박하여, 진왕으로 하여금 그렇게 하겠노라는 맹세를 시켜야 되는 것인데 진무양은 그러지 못하고 있었다. 연나라에서는 완력이 세기로 이름이 나 있다는 진무양은 그것도 맨손인 신하들 앞에서 엎드려 있는 것이 아닌가.

이때 시의(侍醫) 하무저(夏無沮)가 손에 들고 있던 약주머니를 형가에게 내던졌다.

진왕은 기둥을 돌며 도망치고 있었지만 당황해 어찌할 바를 몰랐다. 옆에 있던 신하가 급히 소리쳤다.

"대왕, 칼을 등에 지소서!"

왕은 칼을 등에 짊어졌다. 그렇게 하니 칼을 뺄 수가 있었다. 진왕은 형가를 내려쳐 왼쪽 허벅지를 베었다.

형가는 넘어지면서 비수를 왕에게 던졌는데 왕의 몸에는 맞지 않고 오동나무 기둥에 가서 박혔다. 진왕은 다시 형가를 내려쳐 여덟 군데나 상처를 입혔다.

이제는 일이 틀린 것을 알게 된 형가는 기둥에 기대어 웃었다. 그러고는 두 다리를 앞으로 뻗고 꾸짖는 소리로 고함쳤다.

"나는 일을 성사시키지 못했다. 왕을 살린 채 협박해 약정을 맺게 하여 연나라 태자에게 보고하려 한 것이 실책이었다."

그러자 좌우 측근들이 모두 나아가 형가의 목을 베어 죽이자 진왕은 눈을 감고 몸을 떨었다.

형가는 노나라의 조말(曹沫)이 사용한 바 있는 협박의 방법을 사용하려다 실패한 것이다. 옛날 조나라 국도 한단에서 형가와 노름을 하다가 서로 다투어 호통친 저 노구천은 형가가 진왕을 찌르려 했다는 소문을 듣고 혼자 탄식하였다.

"아아, 애석하구나. 그자가 찔러 죽이는 무공을 알고 있었다면 내가 어리석었구나. 내게 사람을 알아보는 눈이 없었구나. 옛날에 내 호통을 듣고 가만히 사라진 것은 아마도 나를 사람 같지도 않게 여겨서였겠지."

사마천은 『사기』의 「자객열전」 중에서 형가와 고점리의 사적을 기록한 후 찬탄하였다.

"조말에서 형가에 이르기까지 다섯 사람의 자객은 어떤 자는 협의 행위에 성공했고 또 어떤 자는 성공하지 못했다. 그러나 어느 것이나 한번 결정한 것은 애매하지 않았고 자기의 의지를 속이지 않았다. 그렇게 해서 후세에 이름을 전하게 되었다. 어째서 이 일이 아무 뜻 없는 일이겠는가."

오직 은혜를 갚기 위하여

옛날 형가를 사지로 떠나보낸 연나라. 오늘도 이수이는 연나라의 서울이었던 베이징(옛이름: 옌징燕京)에서 남서쪽으로 100킬로미터쯤인 허베이(河北)성 이시엔(易縣) 부근을 흐르고 있다. 이 비운의 유협을 기리는 형가탑은 이시엔 중심지에서 다시 서쪽으로 약 25킬로미터 떨어진 외진 곳에 위치해 있다. 형가탑으로 올라가는 길은 승용차로 가기에는 매우 비좁고도 험한 자갈길이다. 오늘날 사람들은 절의를 숭상하고 정의를 위해서 목숨을 버린 협객을 바보 비슷하게 여기는 것인가. 극소수의 사람들만 형가탑을 찾는다. 중국특색적 시장경제시대에 형가의 "장사(壯士) 한번 떠나면 돌아오지 못하노라"의 비장함은 어딘가 모르게 어색한 그 무엇이 있다. 그래서 그런지 중앙정부는 물론 현지 지방 정부도 의협의 정신을 만나러 가는 길을 평탄하게 하는 데 돈을 쓰려 하지 않는가 보다. 형가탑 부근 주민들은 내가 한국인이라는 말에 깜짝 놀란 표정을 짓는다. 가끔씩 일본인들이 한둘 찾아오는데 대부분은 형가를 일본 사무라이의 원조로 받드는 외교관이나 학자들이라고 귀띔해준다.

협객 형가가 만고에 아름다운 이름을 남길 수 있었던 것은 그가 선혈을 뿌리며 죽어간 땅이 중국이었기에 가능한 것일까? 여기 8각 13층 전탑으로 서 있는 형가탑 아래에서 나는 아래 시를 읊으며 깊은 사색에 빠진다. 황량한 언덕 위라 그런지 바람이 꽤 매섭다.

바람은 소소하게 불고
이수이는 차가워라
장사 한번 떠나면
돌아오지 못하노라

이것은 널리 알려진 중국의 옛시 가운데 하나로서 현행 중국 중학교 국어교과서에도 나온다.

"은혜를 알면 필히 갚아야 한다." 이것은 중국 고내 무협의 제1

행위준칙이었으며, 지금도 여전히 중국 대중문화 정신의 하나로 숭앙받는 품격이기도 하다.

'은혜를 받고도 갚지 않으면 짐승보다 못하다'는 것은 중국 민간에 광범위하게 유전되는 잠언이다. 보은의 깃발 아래 정의 인가 부정인가. 합법인가 불법인가는 중요하지 않다. 형가가 '이수이는 바람에 차고' 피를 토하듯 시를 읊으며 이수이를 건넜을 적에 가슴 가득한 것은 보은의 감정이었지 진왕에 대한 원한은 아니었다.

사마천은 『사기』의 「자객열전」에서 "사(土)는 자기를 알아주는 자를 위해 목숨을 바치고, 여인은 자기를 사랑하는 사람을 위해 화장한다"고 말했다. 하지만 21세기 중국에서는 뒤의 구절만 쓸모 있을 것 같다. 앞 구절 "사(土)는 자기를 알아주는 사람을 위해 죽는다"는 실생활에 용도 폐기되어 이제 역사책 속에서나 찾아볼 수 있게 되었다. 그렇지만 이 앞 구절은 옛날 협객들의 한결같은 신조였다.

보스인 태자 단의 원한은 곧 킬러 형가의 원한이었다. 거사는 실패했으나 형가는 생명을 바쳐 보은을 다했다. 사마천도 극찬한 형가는 중국 협객사의 가장 이상적인 모델로 남았다. 진시황의 갖은 폭정과 수탈로 극심한 기근과 고통의 질곡에서 민중들은 '차라리 진왕이 진시황이 되기 전에 형가의 비수를 맞고 죽어버렸더라면 더 좋았을 것'이라고 뒤늦게 아쉬워했을까? 세월이 흘러감에 따라 형가는 목숨을 바쳐 감히 폭군 진시황을 제거하려 했던 의협으로서, 백성들의 가슴속에서 저절로 우러나와 떠받들어지는 민중의 영웅이 되었다.

형가탑은 약 1천 500여 년 전 남북조시대 말기, 형가가 이수이를 건너면서 벗어둔 그의 겉옷이 묻혔다는 곳에 창건되었다. 누가, 왜, 무엇 때문에 이 탑을 세웠는가는 전해지지 않는다. 다만 역대 군왕들은 자신이 인정을 베풀고 백성들의 뜻에 부합한다는 점을 과시하기 위하여 형가탑을 무시하지 못했다. 만약 조금이라도 훼손되면 탑은 관아의 자금을 지원받아 금방 복구되었다. 현존하는 형가탑은 명나라 만력(萬曆) 13년에 중건되고 청나라 건륭(乾隆) 28년에 대대적인 수선을 거친 것이라고 한다. 외형상 형가탑은 높이 24미터의 낮지 않은 전탑이지만 실제 높이보다 더욱 높아 보이는 까닭은 탑신이 내포하고 상징하는 바가 심상치 않아서일 것이다.

형가는 태자 단을 만나기 전에는 하릴없이 빈둥거리는 부랑아나 다름없었다. 훗날 태자 단이 그를 알아주고 집을 제공해주고 산해진미를 차려 주었으나 거사일을 차일피일 미루었다는 『사기』의 「자객열전」의 지적은 형가가 예사 킬러와 다를 바 없었을지도 모른다는 여지를 남겨주는 것 같다. 사실 형가는 태자 단처럼 진나라의 인질이 되어 고초를 겪지도 않았으며 진나라에 대해 특별히 사무치는 원한도 없었다. 형가는 오로지 은인에게 충성을 다하고 은인이 그에게 부여한 암살임무를 완수하기만 하면 그만이었다. 암살 대상이 진나라 왕이든 제나라 왕이든 상관없었다. 설사 형가가 암살 대상이 진나라 왕으로 천하통일의 역사발전에 순응하기 위하여 전력을 기울인 명군이라고 인식했다손 치더라도 그것은 조금도 킬러의 실행을 주저하게끔 하는 요인은 될 수 없었을 것이다

킬러의 행위준칙은 단순하다. 킬러는 이익을 얻기 위해, 또는 명성을 얻기 위해 타인의 목숨을 앗는다. 형가는 은혜를 갚는다는 명분하에 명성을 구한 것이다. 형가의 사유의 출발점은 높지 않다. 폭정 아래 억압받는 백성을 구하기 위해서가 아니라 한 개인의 은혜를 갚기 위해서였다. 천하를 통일하여 진시황이 되기 전 진왕은 누가 뭐래도 인재를 중시하고 개혁사상에 충만하였으며 자신의 과오를 솔직히 인정하고 시정할 수 있는 그야말로 티잡을 것 하나 없는 완전한 명군이었다.

이렇게 본다면 형가가 진왕 암살에 실패한 것은 천만다행이었다. 만일 그렇지 않았다면 전국시대 군웅 할거 국면은 얼마간 더 지속되었을지도 모른다. 당시 진나라 백성들은 형가의 시체를 칼로 잘게 다져 장조림을 만들었다는 소문을 듣고 환호성을 질렀다 한다. 진나라 백성에게는 형가는 적국이 밀파한 극악무도한 테러리스트에 지나지 않았다. 그의 테러행위는 진나라의 온 백성들을 격분시켰다. 자연히 연나라를 향하여 진군하자는 노호는 진나라 민심을 하나로 묶는 총화단결의 제일 구호가 되었다. 결국 연나라는 형가의 암살미수사건 1년도 채 못 되어 진나라에 멸망당했다. 또한 형가의 거사를 총기획하였던 태자 단은 그의 친아버지인 연나라 왕에게 목이 잘려 진나라에 헌납되는 운명을 맞이하였다. 부자지간의 정도 이만큼이니, 사람들이 은혜를 갚기 위하여 생명을 버린 협객을 숭앙하는 이유를 알 만하겠다.

2천 200여 년 유구한 세월이 탄환과 같이 흘렀다. 끝으로 형가는 불세출의 의협인가? 청부살인을 자행하는 테러리스트인가? 누가 일도 양단하여 택일하라고 몰아붙인다면 나는 그에게 반문

하겠다. 오늘 우리가 가지고 있는 자(尺)의 눈금은 확실한 것인가? 오늘의 잣대로 아득한 옛사람을 양단하면 어찌하겠다는 것인가? 형가는 검의 양날처럼 양면성을 지녔다. 형가는 절의를 숭상하는 협객이자 차가운 피가 흐르는 비정한 킬러였다. 더욱 논의의 여지가 없는 사실 하나는 드넓은 중국 땅 그 어디에도 진시황을 위한 탑은 없는데 그의 암살 미수범을 위한 탑은 천년도 훨씬 전에 저렇게 서 있어왔다는 것이다. 그러고 보면 형가탑은 협객이자 킬러였던 형가의 썩지 않는 시체다.

성공한 자객은 잊혀지는가

엄중자의 은혜를 갚은 섭정

『사기』「자객열전」의 등장인물 중 제일 잘 알려진 자객은 '진시황 암살 미수범' 형가이고 그 다음은 '사(士)는 자기를 알아주는 자를 위해 죽는다'의 예양일 것이다. 그러나 엄밀히 말하자면 형가도 예양도 실패한 자객이다. 그들과는 달리 섭정(攝政)은 성공한 자객이라고 할 수 있다.

자객이 인생에서 단 한 번 칼을 쓰는 자라고 했을 때 섭정은 분명 자객이다. 그는 칼을 쓸 줄 알았다. 그리고 그는 임무 완수 직후 스스로 자신의 낯가죽을 벗기는 몹시 끔찍한 죽음을 택했다. 그럼에도 불구하고 사람들은 형가나 예양에 비해 섭정을 잘 기억하지 못했다. 나는 이 점이 불만이었는데 최근 청나라의 포송령(蒲松齡)이 쓴 『요재지이』(聊齋誌異)를 뒤적이다 얼마간 위안을 받았다.

『요재지이』에서는 귀신과 영웅, 기인과 요녀들의 세계를 빌려 현실의 부패상을 풍자하고 비판하는 맛을 느낄 수 있었다. 그 책은 그저 그렇고 그런, 고리타분한 청대(淸代)의 고전소설에 지나지 않을 것이라는 예상을 훨씬 초과할 만큼 흥미진진하였다. 다만 한 가지 아쉬운 점이 있다면 431꼭지나 되는 방대한 이야기책에 협객의 이야기가 드문 것이었다. 다만 유일하게 실명으로 한 꼭지를 차지하며 나타나는 협객이 딱 하나 있으니, 바로 「자객열전」 중의 섭정이다. 그러니까 『사기』와 『요재지이』에 겹치기 출현하는 자객으로는 섭정이 유일한 셈이다.

우선 『요재지이』 제6권 38번째 이야기의 '섭정'을 살펴보기로 한다.

부인을 강탈해서는 못쓴다

회경(懷慶: 지금의 허난성 우현愚縣)의 노왕은 행실이 나빴다. 언제나 마을을 방황하면서 눈에 드는 여자를 발견하면 다짜고짜 자기 것으로 만들었다. 우연히 미모의 왕씨 부인을 엿보게 된 노왕은 밥맛을 잃고 밤잠을 뒤척였다. 그는 하인을 시켜 울고 불며 말을 안 듣는 부인을 백주 대낮에 강제로 잡아갔다. 그러나 겁쟁이 남편 왕씨는 섭정의 사당으로 줄행랑을 쳤다. 납치되는 아내의 행렬이 지나면 그곳에서 아내에게 작별을 고할 작정이었다.

다음날 아침에 아내가 지나가다가 왕씨를 먼데서 발견하자 땅바닥에 쓰러져 큰 소리로 울었다. 왕씨도 도저히 견딜 수가 없어서 저도 모르게 소리를 내고 말았다. 노왕의 부하들은 그가 왕씨라는 것을 알고 결박하여 심한 몽둥이 찜질을 하려고 하였다. 바로 그때 무덤 속에서 한 호걸이 홀연히 나타났다. 호걸은 손에 든 칼을 휘두르며 굉장한 기세로 소리 질렀다.

"나는 자객 섭정이다! 양가의 부인을 강탈해서는 못쓴다! 너희
들의 욕심으로 한 짓은 아니라고 보이니 잠시 용서해준다만, 돌
아가 무도한 주인에게 전하라! 만약 행실을 개선하지 않는다면
가까운 장래에 그 목을 잘라 버릴 것이라고 말이다!"

일행은 혼비백산하여 수레를 버리고 도망쳐버렸다. 그러자 섭
정도 무덤 속으로 들어가 자취를 감추었다. 왕씨 부부는 무덤을
향해 땅에 이마를 수십 번 찧고는 집으로 돌아왔다. 그래도 그들
은 노왕이 또 사람을 보내지 않을까 생각하여 벌벌 떨었으나 10
여 일이 지나도록 아무런 기척이 없었으므로 안심하였다. 그런
일이 있고부터는 노왕의 난행도 훨씬 나아졌다. 섭정의 재출현이
두려웠던 것이다.

낯가죽을 벗겨 신분을 감추다

예양교의 사건이 있은 후 40여 년이 지났다. 한나라의 심정리
(深井里)에 섭정이라는 사내가 살고 있었다. 섭정은 살인을 몇
차례 저질렀기에 복수를 피하여 어머니와 누이와 함께 제나라로
건너갔다. 거기서 그는 사람 대신 짐승을 도살하는 것을 업으로
살아갔다.

위나라 수도 푸양(僕陽)의 엄중자(嚴仲子)가 한나라 애후(哀
侯)에게 발탁되었으나 한나라 재상 협루(俠累)와 틈이 벌어졌다.
엄중자가 주군인 애후 앞에서 협루의 정책이 잘못되었음을 엄하
게 따지자, 협루는 면전에서 엄중자에게 창피를 주었다. 화가 치

민 엄중자는 칼을 빼어 협루를 죽이려 했으나 옆에 있던 사람이 말려 못하고 말았다.

엄중자는 주군 앞에서 칼을 뺀 일로 죽음을 당할 것이 두려워 여러 곳으로 도망 다니며 협루에게 보복할 인물을 찾았다. 그가 제나라에 닿았을 때 이런 이야기를 들었다.

"섭정은 용감하고 의로운 사내다. 지금은 이전에 살인한 보복을 당할까 두려워하여 가축을 잡는 무리에 몸을 숨기고 있다."

엄중자는 섭정의 집을 찾아가 교제를 청하고 그 뒤부터 자주 찾아가 우의를 두텁게 하였다. 어느 날 그는 술과 고기를 준비하여 섭정의 어머니에게 친히 올리고 권했다. 분위기가 무르익었을 때 엄중자는 섭정에게 황금 1백 일(鎰)을 건넸다.

섭정은 그것을 받으려 하지 않았다.

"나는 다행히 노모를 모시고 있소. 집이 가난하여 객지에 나와 개잡는 백정이 되어 구차한 생계를 잇고는 있으나, 아침저녁으로 맛있는 것을 차려 어머니에 대한 효도는 이어가고 있소. 그러므로 당신이 주시는 것은 받지 않아도 지낼 수 있다오."

엄중자는 옆의 사람을 물리치며 이렇게 말했다.

"나는 갚아야 할 원수가 있소. 이런 까닭으로 여러 제후들의 나라를 두루 다니고 있는 중이오. 제나라에 와서 당신이 의기에 찬 사람이란 것을 들었소. 제가 백금을 드리는 것은 어머니를 봉양할 비용으로 드리는 것뿐이며 그 밖에 다른 뜻은 없소. 다만 앞으로 교제를 원할 뿐이오."

그래도 섭정은 사양하였다.

"내가 사나이의 뜻을 버리고 몸을 낮춰 시정에 숨어 살고 있는 것은 단지 늙으신 어머님을 봉양하는 데 그 뜻이 있소. 어머님이 살아 계시는 동안에는 결코 이 몸을 다른 사람에게 맡길 수는 없소."

할수없이 엄중자는 섭정에게 주객의 예를 다하고 제나라를 떠났다. 그리고 새 인물을 물색하기 위하여 고국인 위나라로 돌아갔다. 그 후 세월이 흘러 섭정의 어머니가 죽어 장례를 끝내고 탈상도 하였다.

섭정은 혼자 이렇게 생각하였다.

'아아, 나야 개나 잡는 시정잡배이고 엄중자는 나라의 경상(卿相)이 아닌가. 그럼에도 천리를 멀다 않고 찾아와 나와 교제하기를 원했다. 나는 시정에서 식칼을 두드리고 살아가는 일개 천한 백정이다. 나는 그 분을 너무 경솔히 대했다. 또 아무런 일도 해주지 않았는데 그분은 그 백금이나 되는 엄청난 돈으로 어머니의 장수를 축하해주셨다. 돈은 굳이 받지 않았지만 그만큼 나를 알아준 것은 틀림이 없다. 대관절 그만큼 어진 사람이 눈을 흘겨 원수를 원망하고 나 같은 시골뜨기를 신용하는 데, 어찌 나는 가만히 있을 수 있겠는가? 전번에 그분이 나를 필요로 하였을 때 나는 노모를 위해 응하지 않았던 것이나, 이제 노모가 돌아가신 이상 나를 알아주는 자를 위하여 일하리라.'

섭정은 위나라로 가서 엄중자를 만났다.

"당신에게 몸을 바치지 않은 것은 다만 어머니가 살아 계셨기 때문입니다. 이제는 어머니가 돌아가셨습니다. 당신이 원수를 갚겠다는 상대는 도대체 누구입니까? 그 일에 나를 써주십시오."

엄중자는 즉석에서 상세한 사정을 말했다.

"내 원수는 한나라 재상 협루인데 왕족으로서 일족이 번성하여 수가 많고, 거처는 경비가 대단히 삼엄하오. 나는 사람을 시켜 그를 죽이려 하였으나 저쪽이 수가 워낙 많아 끝내 목적을 이루지 못하고 있소. 이제 그대가 다행히 나를 버리지 않고 원수 갚는 일을 맡아준다면, 사람과 수레를 그대의 도움이 될 만큼 충분히 마련토록 하겠소."

섭정은 고개를 흔들었다.

"한나라와 위나라는 그다지 먼 거리가 아닙니다. 지금 죽여야 할 상대는 다른 나라의 재상인데, 그 재상이 또 국왕의 친척이라면 많은 사람이 함께 간다는 것은 좋지 못할 것입니다. 사람이 많다 보면 이해(利害)를 저울에 달아 행동할 자가 나올 것으로 보아야 합니다. 이해를 저울에 다는 자가 나오게 되면 일이 밖으로 새나가게 되고, 그리 되면 한나라는 거국적으로 당신을 적대시할 것입니다. 당신은 또한 한나라 전체를 적으로 삼아야 할 것입니다."

섭정은 홀로 떠났다. 한나라에 이르러 협루를 찾았다. 마침 협루는 모든 중신들과 함께 교외에 나와 주연을 베풀며 나라의 중대사를 의논하고 있었다. 섭정은 다짜고짜 잔치자리에 합석하려 하였다.

"도대체 뉘신지요?"

경비병들이 수상하게 여기고 묻는데 섭정은 비호같이 계단을 뛰어 올라갔다. 어느 사이에 협루의 가슴에는 칼이 꽂혀 있었다. 그것은 실로 순간적인 사건이었다.

제정신을 차린 경비병들은 우르르 몰려왔다. 섭정은 칼을 마구 휘둘러 수십 명의 경비병을 쓰러뜨렸으나 자신도 몇 군데에 칼을 맞고 중상을 입었다. 차츰 의식이 희미해지던 섭정은 문득 생각나는 것이 있었다.

'내 신분을 이들에게 알리면 안 된다. 만약 내 신분이 탄로나면 엄중자가 위험할 것이다……'

그는 있는 힘을 다하여 칼을 들어 자신의 두 눈알을 파냈고, 이어서 자신의 얼굴 가죽을 송두리째 벗겨냈다. 그리고 배를 그어 창자를 긁어낸 후 마침내 죽었다.

누이만한 동생 없다

한나라에서는 섭정의 시체를 저자 바닥에 드러내 놓고 상금을 걸어 어느 곳의 누구인지를 물었으나 알아낼 수가 없었다. 재상 협루를 죽인 자의 성명을 알리는 자에게는 천금을 주겠다고 광고했으나 오랫동안 아무도 범인의 신분을 아는 자가 없었다. 이 소문은 국경을 넘어 위나라에까지 전해졌다. 엄중자는 자신의 뜻이 이루어진 것을 보고 기뻐하였다.

섭정의 누이 섭영(攝縈)은 한나라의 재상을 죽인 자가 있으니 범인의 이름을 몰라 시체를 장바닥에 드러내어 천금의 상을 걸었다는 소문을 듣고 근심하여 말하기를,

"내 동생일 테지. 엄중자는 내 동생의 지기였다."

하고 황급히 집을 떠나 한나라의 서울에 갔다. 저잣거리에 걸려 있는 시체를 살펴보았다. 얼굴의 형태조차 없으니 확인할 길이 없었지만 몸매라든가 모든 것으로 보니 틀림없는 자신의 동생 섭정

이었다. 그녀는 시체를 붙들고 통곡하였다. 그리고 한참 만에 얼굴을 들더니 자신을 에워싸고 있는 군중들을 향하여 소리쳤다.

"이 사람은 내 동생이오. 지(軹)땅 심정리의 섭정이라는 자요. 사나이는 자신을 알아주는 자를 위해서 목숨을 바친다고 했습니다. 내가 아직 살아 있기 때문에 자기의 얼굴을 벗기고 연좌되지 않도록 해준 것입니다. 그러나 내 목숨이 아깝다고 훌륭한 내 동생의 이름을 지워 없앨 수가 있겠습니까."

그녀의 말에 사람들은 모두 대경실색하였다. 섭영은 하늘을 우러러 절호하기를 세 번 하고, 드디어 손에 들고 있던 단검으로 목을 찔렀다. 섭영의 시체는 땅바닥에 뒹굴었다.

후세 사람들은 이 일을 두고 입을 모아 말했다.

"섭정도 훌륭한 인물이지만 그의 누이 역시 장한 여협이다. 섭정은 아마도 누이가 이렇게 될 줄은 몰랐을 것이다. 만일 해골을 드러내는 것을 대단한 것이라고 생각하지 않고 그 험난한 천릿길을 생각하여 동생과 이름을 나란히 하여 누이 또한 한나라의 장바닥에서 욕됨을 당할 줄 알았더라면 섭정도 반드시 자기 일신을 엄중자를 위해 바치지는 않았을 것이다. 엄중자도 사람을 잘 알아보고 또 유능한 사람을 얻었다고 할 수 있다."

예양은 자기를 알아준 옛 주인의 원수를 갚으려 한 데 반해 섭정의 경우는, 별로 보지도 못하고 알지도 못하는 사람을 위해 은혜를 보답하기 위하여 자신의 목숨을 걸었다. 섭정이 협루를 꼭죽여야 할 이유는 없었다. 그는 엄중자에서 천금을 받지 않으면서도 받은 것이나 마찬가지라고 스스로에게 우겼으며, 엄중자의 협루에 대한 원한이 시시한 것이라는 것을 누구보다 잘 알고 있었다.

섭정이 엄중자가 원수를 갚아달라고 제안했을 때 늙은 어머니의 봉양을 이유로 거절했으나 후일 어머니가 죽고 나자 스스로 엄중자를 찾아가 그의 원수를 대신 갚을 것을 자청하였다. 이는 엄중자가 한결같이 그의 곤궁한 가정생활을 돕고 그를 예의로써 대하고 인격을 존중해주어서였다.

엄중자가 섭정을 존중한 이유는 정치보복의 필요성이었으며, 섭정은 그러한 정치보복의 도구에 지나지 않았다. 그러나 섭정의 마음속에서 엄중자는 어디까지나 자기를 알아주고 은혜를 주었기에 필히 보은해야 할 귀인이었다. 섭정은 엄중자의 사업이 정의인지 부정인지 고려하지 않았다. 협객의 머릿속에는 일국의 재상을 신성스럽게 받드는 관념이 없었다. 협객은 재상이나 군왕을 찌르는 일과 보통 빈천한 사람을 죽이는 일이나 마찬가지로 여겼다. 은혜를 알고 은혜에 보답하는 것, 자기를 알아주는 사람을 위해 목숨을 바치는 것, 이것은 협객의 이데올로기였으며 오늘날 중국 민간사회를 관통하는 행위 준칙이기도 하다.

날은 저물고 갈길은 멀다

야욕에 찬 오자서와 순수한 자객 전제

한 청년이 물고기 뱃속에 날이 시퍼런 비수를 집어넣고 있다.
"위에는 천당, 아래에는 쑤저우와 항저우"(上有天堂 下有蘇杭)
라고 할 만큼 경치가 맑고 아름다운 지금의 쑤저우(蘇州). 오(吳)
나라 자객 전제(專諸)는 거기 호숫가에서 오자서(伍子胥)라는 한
망명객을 사귀었는데…….

간밤에 백발이 되다

기원전 521년, 초나라의 평왕(平王)은 오자서의 아버지와 맏
형을 처형하였다. 평왕은 오자서마저 죽이기 위해 사방에 군사들
을 풀어놓았다. 초나라 방방곡곡은 오자서의 목에 거액의 현상금
을 걸어놓은 방으로 도배되다시피 하였다. 오자서는 변장을 한
채 낮에는 들판을 기고 밤에는 산길을 걸었다. 그렇게 천신만고
끝에 10여 일 후 동남쪽 오(吳)나라로 넘어가는 관문인 소관(昭
關)에 이르렀다.

소관은 지세가 험하지만 경비가 엄중한 곳이라 오자서는 쉽사리 통과할 수 없었다. 그런데 그곳 인가에는 동고공이라는 오자서의 옛 벗이 살았다. 그는 오자서의 처지를 동정하고 있었다. 오자서를 자기 집에다 숨겨주고, 소관을 빠져나갈 궁리를 함께 고심해주었다. 그러나 이레가 다 지나도록 좋은 기회가 생기지 않았다. 이 사이 오자서는 어찌나 속이 탔던지 하룻밤 사이에 머리카락과 수염이 모두 하얗게 세어버렸다. 이 모습을 본 동고공에게 어떤 생각이 떠올랐다.

"자네의 머리카락과 수염이 이미 이렇게 희어졌으니, 관문을 지키는 병사들도 자네를 알아볼 수 없을 것이네. 나에게 황보눌이라는 친구가 있는데, 자네와 모습이 흡사하니, 내가 그더러 자네 옷을 입고 관문을 나가도록 해보겠네. 이렇게 하면 아마 관병들은 그 친구를 자네로 알고 체포할 것이니, 자네는 이 틈에 관문을 빠져나가도록 하게나."

계획대로 관문을 빠져 나온 오자서는 길을 재촉하고 있는데, 이번에는 큰 강을 만나게 되었다. 그는 추격할지도 모를 병사들을 피하기 위해, 몰래 길을 가며 숨을 죽이고, 바람이 불어 풀이 움직이기만 해도 곧 강가 갈대숲에 몸을 숨겼다. 잠시 후, 그는 고깃배 한 척을 발견하고는 자기를 좀 태워달라고 소리쳤다. 오자서가 배에 오르자, 어부는 곧 그가 예사 사람이 아니라는 것을 알아차리고 꼬치꼬치 캐물었다. 오자서가 사실을 어부에게 말해주었더니 그는 몹시 놀라는 표정을 지었다. 건너편 강 언덕에 도착하자, 어부는 먹을 것을 가져다주겠다며 오자서에게 잠시 기다리라고 하였다. 한참을 기다려도 그가 오지 않자, 오자서는 의심이 들어 갈대숲으로 몸을 숨겼다. 밥과 반찬을 마련해온 어부는 오자서가 보이지 않자, 큰 소리로 불렀다.

"갈대숲에 숨어 계신 분! 저는 당신을 밀고하지 않을 것이니 빨리 나오시오."

그제야 갈대숲 밖으로 나와 밥을 먹고는, 조상 대대로 물려 내려온 보검을 그에게 주려고 하였다. 어부는 이를 사양하며 말했다.

"제가 초나라 왕이 내건 천금의 상금을 원치 않는 것이 당신의 보검에 눈이 멀어서였다고 생각하시는 겁니까?"

오자서는 하는 수 없이 그의 성과 이름을 물었으나, 어부는 알려주지 않았다. 그 자리를 떠나려 하면서 오자서는 어부에게, 만약 병사들이 추격해 오더라도 자신의 행방에 대해 말하지 말아달라고 당부하였다. 그러자 갑자기 어부는 근심거리를 남겨 놓지 않겠다며 물에 뛰어들어 스스로 목숨을 끊어버렸다. 오자서는 어부의 자살에 비통해하며 밤낮을 가리지 않고 길을 달려 겨우 오나라 땅을 밟았다.

야심가와 망명객

오자서는 오나라에 도착하자마자 요(僚)왕을 만나 역설하였다.
"전하, 초나라를 정벌해야 합니다."
그러나 요의 동생인 공자 광(光)은 오자서의 의견에 반대했다.
"저 오자서는 부친과 형이 모두 초나라에서 죽음을 당했습니다. 오자서가 초나라를 치자는 것은 사사로운 원수를 갚고자 하는 것이지 우리 오나라를 위해서가 아닙니다."

오왕은 결국 초나라를 치는 것을 단념하였다.

복수의 화신이자 노련한 망명객인 오자서는 공자 광이 오왕 요를 죽이려 하고 있음을 알아차렸다. 공자 광이 대외작전을 반대하는 것은 먼저 쿠데타를 일으켜 요를 몰아내고 스스로 왕위에 오르려는 꿍꿍잇속이 있음을 간파했던 것이다.

'왕이냐, 광이냐? 현재냐 미래냐?'

오자서는 결국 '광의 미래' 쪽에 걸기로 하였다. 광이 왕위를 찬탈할 수 있다고 판단해서였다. 그는 광이 왕위에 오름으로써 부형의 원수를 갚을 수 있는 초나라 공략의 길이 열릴 것으로 내다보았다.

광은 검술에 뛰어난 자객을 기르고 있었다. 오자서는 지난날 광이 왕 앞에서 자신의 진언을 반대한 것을 모르는 체하고 그에게 접근하였다.

야심가와 망명객, 두 사람은 의기투합하였다. 오자서는 광이 뛰어난 칼잡이를 물색하고 있음을 눈치채고는 타이후(太湖) 호숫가에서 사귄 전제를 추천해주었다. 광은 전제를 손에 넣자 그를 빈객으로 후히 대접하였다.

다시 몇 년이 지났다. 오자서의 불구대천지 원수 초나라 평왕이 죽었다. 그제야 오나라 요왕은 국상 중인 초나라를 치기로 결정하고 두 친동생에게 대군을 내주었다. 오자서도 겉으로는 관망하는 자세를 보였으나 내심으로는 경멸하였다.

'비겁하게 초상집이나 노리는 현재 왕으로는 희망이 없구나.'

아니나다를까, 국상 중인 초나라 군사는 예상외로 강했다. 오히려 보급로를 차단당한 오나라 군사는 퇴로가 막혀 돌아올 수도 없었다.

바로 그때, 광이 전제를 불렀다.

"이 기회를 잃어서는 안 될 것이다. 구하지 않고 무엇을 얻으랴. 나는 진짜 왕위 계승자로서 당연히 왕위에 올랐어야 할 사람이었소."

"그렇습니다, 주군! 이때 왕을 없애야 합니다. 왕은 너무 어리석고 늙었으며, 그의 아들은 아직 어립니다. 게다가 왕의 아우 둘은 군사를 이끌고 초나라를 치러 갔으나 오히려 퇴로가 끊어져 돌아오지 못하고 있습니다. 밖으로는 초나라에게 당하고, 안으로는 쓸만한 신하와 무사가 없습니다. 이때를 놓쳐서야 되겠습니까."

"좋소, 이제 나와 그대는 일심동체다."

광과 전제는 서로의 두 손을 굳게 잡고 결행을 다짐했다.

며칠 후, 광은 왕이 좋아하는 물고기구이요리를 마련해 왕을 초청하였다. 왕은 잔치자리에 참석하겠다고 응하기는 했지만 광에게 어떤 계책이 있을지도 모른다고 의심하였다. 왕은 궁궐로부터 광의 저택에 이르는 길 양편에 완전무장한 군사를 도열시켰다. 그것도 모자라 광의 집의 대문과 계단, 복도와 잔치자리 좌우에도 호위병을 배치하였다.

하인이 방에 들어올 때에는 몸을 전부 수색하고, 문 밖에서 옷을 갈아입어야 했다. 음식을 나르는 자는 반드시 무릎걸음으로 안에 들어가야 하고, 검을 손에 잡은 병사들이 좌우에서 검을 하인의 몸에 들이대어 가까스로 음식을 올리게 하였다.

한편 광은 사병들을 모두 자기 집의 지하밀실에서 대기토록 하고 측근자 몇 명만 시중들게 했으며, 자신은 허리에 칼을 차지 아니하였다. 상대방을 안심시키기 위함이었다. 이런 분위기 속에서 왕과 광 둘은 서로 마음속에 칼을 품은 채 담소하였다. 잔치는 바야흐로 무르익고 있었다.

갑자기 광이 뱃속이 편하지 않다며 자리를 떴다. 그게 거짓말임은 왕도 금방 눈치챘다. 왕과 호위병들 사이에 숨막히는 긴장감이 고조되었다.

사람들은 군침을 삼키며 움직이지 않았다. 만약 움직이는 자가 있었다면 호위병들의 칼에 목숨을 잃고 말 것이다. 이때 왕 앞으로 한 사나이가 걸어나갔다. 물고기구이 요리사로 가장한 전제였다. 경호원들은 일제히 칼자루에 손을 댔다. 전제는 큰 물고기구이가 담긴 접시를 받들고 있었다. 물론 그 몸에는 바늘 하나 가지고 있지 않았다. 전제는 공손히 무릎걸음으로 앞으로 나아갔다. 이윽고 접시가 왕이 자리한 식탁에 놓인 바로 그 순간,

"악!"

왕이 갑자기 외마디 비명을 지르며 뒤로 넘어졌다. 쓰러진 왕의 가슴팍에는 비수의 손잡이만 보였다. 피도 흐르지 않았다. 전제의 한 손이 왕의 가슴을 살짝 건드렸는가 싶었는데……. 부싯돌에 튀는 불꽃처럼 날랜 전제의 일격. 아무도 비수가 물고기 뱃속에서 나와 다시 왕의 뱃속으로 들어가는 장면을 목격한 사람은 없었다.

그 다음 순간, 전제는 분노한 왕의 호위병들이 찌른 칼을 맞고 쓰러졌다. 그가 온몸의 형체를 알아볼 수 없을 정도로 난도질당

하며 죽어가고 있을 때, 지하 밀실에서 숨을 죽이고 있던 광의 군사들은 함성을 지르며 일제히 몰려나왔다. 왕을 잃은 호위병들은 기가 죽어 멍청히 서 있을 뿐이었다.

마침내 광은 왕의 자리에 올랐다. 그가 훗날 월나라 왕 구천(句踐)과 대적하던 오나라의 왕 합려(闔閭)이다. 그는 전제의 아들을 상경(上卿)에 봉함으로써 은혜를 갚았다.

그들을 볼 낯이 없구나

공자 광, 즉 합려가 자객과 맺은 방식은 구체적인 행위에서 무척 조심스럽고 성실한 점이 있었다. 합려는 목숨을 바치면서까지 임무를 다한 전제와 같은 훌륭한 자객을 얻을 수 있었다. 개인의 야망보다 국가 이익을 우선시하여 출병을 반대하는 합려의 행위는 사사로운 정리(情理)로서 전체 국가 이익에 손해를 가져와서는 안 된다는 선을 긋는 분명한 태도였다. 이것은 분명 오자서보다도 훨씬 순수하고 명분이 있었기에 자객에게 저절로 우러나오는 존경심과 자발적인 충성심을 유발시킬 수 있었다.

그러나 어디까지나 전제는 이름 그대로 자객이자 암살범이자 테러범이었다. 전제 역시 합려와 오자서의 정치목적을 달성하기 위한 도구에 지나지 않았다. 합려가 그를 후대한 목적은 왕위를 찬탈하기 위한 것이었으며 오자서의 그것은 부형(父兄)의 원한을 갚으려는 것이었다.

훗날 합려는 자객 전제를 천거한 오자서를 중용했다. 합려가 왕을 찬탈한 지 9년째, 오자서는 이윽고 초나라의 도읍 영(郢: 지금의 후베이성 징저우邢州)으로 쳐들어갔다. 그리고 이미 죽은 불구대천지 원수 평왕의 무덤을 파헤치고 그의 시신을 꺼내어 300대나 매질하였다. 이를 보고 누가 너무하지 않느냐고 비난하자 오자서는 이렇게 대꾸했다.

"날은 저물고 갈 길은 멀다."

나이가 늙어가는데 할일은 많다는 뜻이다.

훗날 오자서는 합려의 뒤를 이어 왕이 된 부차(夫差)에게 간했다.

"제나라를 치지 말고, 먼저 월나라를 완전히 멸망시키소서."

그러나 부차는 고개를 저었다. 월나라 왕 구천을 쳐부수고 구천을 신하로 삼게 된데다가 절세미인 여간첩, 서시(西施)의 방중술에 빠져 있었기 때문이다. 부차는 이제 허구한 날 정복이나 주장하는 늙고 깐깐한 오자서에 진절머리가 났다. 결국 오자서는 부차가 주는 칼로 자결해야 했다.

"오나라는 머지않아 망하고 말 것이다. 내 무덤 위에 가래나무를 심어 왕의 관을 만들도록 하라. 또 내 눈을 빼어 오나라 동쪽 문 위에 걸어 놓아라. 그러면 월나라 도적들이 오나라를 멸망시키는 것을 보리라!"

오자서가 이런 저주의 유언을 남기자 부차는 크게 노하였다.

"그 역적놈의 시체를 말가죽 주머니에 넣어 강물에 띄워버려라!"

오자서의 시체가 떠내려가는 것을 본 사람들은 이를 가엾게 여겨 강가에 사당을 세워주었다.

그 후 부차는 와신상담(臥薪嘗膽)하며 절치부심(切齒腐心)한

구천에게 철저히 패망하게 되었다. 부차는 검은 천으로 얼굴을 가리고 울부짖었다.

"저 세상에 가서 오자서를 볼 낯이 없구나."

그리고는 보검으로 자신의 목을 찔러 절명하였다.

그런데 부차는 어찌 오자서만 볼 낯이 없다고 했던가. 자신의 부왕 합려를 위해 자신의 육신을 난도질당하며 죽어간 사나이, 전제를 볼 낯은 있었던가? 여하튼 부차의 그 뒤늦은 절규에 후세 사람들은 울어주기는커녕 값싼 동정조차도 보내주지 않으려 한다.

2 도가 없는 칼은 그 날이 무디다

공자의 베드로

타고난 협객 자로

 이탈리아의 수도 로마는 국가를 하나 품고 있다. 서울 속에 나라가 있으니 배가 배꼽을 품고 있는 게 아니라 배꼽이 배를 품고 있다고나 할까? 가톨릭 교황청 바티칸 시국, 세계 최소의 독립국(면적은 4제곱킬로미터, 여의도 면적의 2분의 1 가량)이다.

 바티칸이 하나의 왕관이라면 왕관의 한가운데 찬란히 빛나는 보석은 베드로 대성당이다. 베드로 대성당은 로마에 있는 여러 교회 중 가장 오랜 역사를 간직하고 있다.

 예수의 수제자 베드로는 박해가 시작되자 로마를 벗어나 도망가기 시작하였다. 베드로는 예수가 잡히던 밤에 세 번 부인한 것을 비롯하여 간혹 이렇게 겁에 질려 있었다. 정신없이 도망가는데 난데없이 한 사람이 앞길을 가로막고 나타났다. 쳐다보니 예수였다. 깜짝 놀란 베드로는 "주여 어디로 가시나이까?" 하며 물었다. 그러자 예수는 "나는 네가 도망 나온 로마로 십자가를 다시 지기 위해 간다"고 말했다.

 그러자 베드로는 발걸음을 돌려 로마로 다시 들어갔다. 그는 담대히 복음을 전하다가 거꾸로 십자가에 달려 순교를 당하게 되었다. 폭군으로 악명 높은 네로 황제 시대였다. 베드로는 원래 비천한 어부에 지나지 않았으나, 예수에 의해 제자들의 으뜸이고 교회의 지도자로 임명되었으며, 교회의 1대 교황이었다. 베드로 이후 오늘의 교황에 이르기까지 266대로 교황의 자리는 이어져 내려오고 있다. 로마시대의 7언덕 중 하나인 바티칸 언덕은 이교도들이 살고 묻히던 곳으로 그곳에 순교자 베드로가 묻혔으니, 이 세계 최소의 국가 바티칸은 베드로의 무덤을 만세 반석삼아 세운 세계 최대의 제단(祭壇)이라고도 할 수 있다.

공자의 고향인 산둥성 취푸(曲阜)에서 서쪽으로 난 자갈길을 덜컹거리며 두 시간 이상 가다 보면 『수호전』의 량산(梁山)이 나온다. 거기서 계속 서쪽으로, 그러나 이번에는 쭉 뻗은 왕복 4차선 포장도로를 두 시간쯤 씽씽 달리면 푸양(濮陽) 중원(中原)유전지대가 나온다. "거기 '지구의 피'를 뽑아내고 있는 유전지대 어귀에는 잘 알려지지 않은 옛 무덤이 하나 있다. 그 무덤의 주인공은 자로(子路). 후세 사람들은 대개 자로를 공자의 제자 중, 별로 잘 알려지지는 않았지만 꽤 이색적인 자라는 평가를 내려왔다. 그런데 나는 시추공에서 가연성의 액체인 원유를 품어 올리듯, 2천 500여 년의 깊고 오랜 잠에서 그를, 그 문과 협을 겸비한 진정한 사(士)를 한번 깨워보려고 한다.

'논어'는 격조 높은 인터넷 채팅

『논어』를 읽어보았나요? 의외로 책은 공자왈 맹자왈이 이니다. 고리타분하지 않다. 꽤 재미있다. 공자 선생님 혼자 열나게 강의한 것을 기록한 것이 아니다. 철없는 제자들이 쉼없이 묻고 철든 공자가 대답하는, 일방형 주입식이 아니라 쌍방형 인터랙티브식이다. 어찌 보면 『논어』는 아주 격조 높고 고급스런 인터넷 채팅(?) 같기도 하다.

하지만 『논어』는 분명 소설이나 만화는 아니다. 그러기에 내게는 솔직히 말해 좀 졸립고 지루한 부분이 꽤 있다. 유식한 척하기 위하여 '나도 『논어』를 읽어본 지성인'이 되기 위하여 근근이 뇌즙을 짜며 읽어야 할 경우도 없지 않다.

그러나 『논어』에 협객제자 자로만 나타나면 졸음이 싹 달아난다. 『논어』에 등장하는 수많은 제자 가운데 자로의 출현빈도가 제일 높아 퍽 다행스럽다. 그 중에서도 나의 눈조리개를 쫙 펼치게끔 한 대목이 하나 있으니, 점잖은 공자께서 어떤 여인을 만나고 나오다 자로에게 직격탄을 맞는 장면이 그것이다.

공자 선생님은 평소 여색을 경계하면서 제자들에게 개탄하였다. "지금까지 여색을 좋아하듯 덕을 좋아하는 사람을 만나지 못했다"(吾未見好德與好色者也, 『논어』「위령공」)

그러던 공자는 어느 날 음란한 여인으로 악명이 높은 남자(南子)라는 여인의 면회신청을 받아들였다. 공자가 그녀와 독대를 마치고 나오자 자로는 그 음탕한 여자를 왜 만났느냐고 따졌다. 공자는 자신의 결백을 강조하였다.

"내가 잘못했으면 하늘이 나를 깔아뭉갤 것이다. 하늘이 나를 깔아뭉갤 것이다"(子所否者 天厭之 天厭之, 『논어』「옹야」).

'하늘이 나를 깔아뭉갤 것이다.' 이 극단적인 언사를 공자는 두 번이나 반복하고 있다. 아무리 좋은 말이라도 좀처럼 같은 말을 반복하지 않는 공자 선생님이 얼마나 당황했으면 이랬을까.

『논어』 어느 대목을 찾아보아도 이런 경우는 없다. 자로말고 그 누가 이처럼 선생님의 스타일을 확 구겨버릴 만큼 당돌한 의문을 제기할 수 있을까?

공자는 나이 43세 때 위나라를 떠나 자기가 태어난 노나라로 돌아왔다. 실로 14년 만의 일이다. 공자는 이제 벼슬길을 찾으려는 생각은 없고 오로지 제자들의 교육에 전념했다. 그때 제자들은 36세인 자로가 최연장자였으며 그 밖의 대부분이 20대의 젊은이들이었다.

천여 명의 제자 중에서도 가장 이채를 띤 제자는 단연 자로다. 자로는 성격이 곧고 급하며 괄괄해 대처럼 부러질망정 강철처럼 휘지 않는 위인인 동시에 남에게 지기를 싫어해 곧잘 알은체하다가 공자에게 꾸중을 듣기도 했다.

쓸데없이 검을 뽑아 무엇 하는가

자로의 이름은 중유(仲由)다. 공자보다 나이가 일곱 살 젊다. 성질이 거칠고 용력(勇力)을 좋아하며 뜻이 강직한 자로는 수탉의 깃으로 꾸민 갓을 쓰고 수퇘지의 가죽으로 띠를 만들어 차고 다녔다. 처음에 그는 공자를 업신여기고 닭과 돼지를 몰고 공자의 강의실에 나타나 강의실을 엉망진창으로 만들어 놓는 등 포악한 짓을 많이 하였다. 그러나 공자는 자로의 이러한 성격을 좋아했다.

그러면 공자는 온화한 미소와 함께 자로에게 물었다.

"자네는 무엇을 좋아하나?"

"나는 검을 좋아한다."

"공부도 좋아하나?"

"공부가 밥 먹여주는가?"

자로는 기세를 올렸다. 공자는 이 기세를 꺾어나갔다.

"어진 임금에게 간하는 신하가 없다면 올바름을 잃고, 선비로서 교우가 없으면 듣지를 못하는 것과 같으며, 나무는 줄을 타고 곧아지고, 말에는 채찍이 필요하며, 활에는 화살이 필요하듯이 사람에게도 방자한 성격을 바로잡는 가르침이 필요하다."

공자의 이 말에, 우쭐해 있던 자로는 자신도 모르게 고개를 숙였다. 그러면서도 그는,

"남산의 대나무는 바로잡지 않아도 스스로 자라고, 이것을 사용하면 코뿔소 가죽도 뚫듯이 천부적인 재능을 갖고 있는 사람이 굳이 학문을 닦을 필요가 있을까요?"

라고 딴에는 날카로운 질문을 던졌다.

"그대가 말하는 남산의 대나무에 쐐기나 화살촉을 박아 학문을 연마한다면 가죽만을 뚫겠는가?"

자로는 얼굴을 붉히면서 무릎을 꿇었다. 자로는 뒤에 유자(儒者)의 옷차림으로 찾아와 문인을 통해 청하여 제자가 되었다.

그렇다고 자로가 협객의 본색을 완전히 버린 것은 아니다. 자로는 어느 날 공자 앞에 나아가 협객의 복장으로 허리에 차고 있던 검을 뽑아 춤을 추고 나서 말했다.

"옛 시절 군자는 이렇게 검을 뽑아 자신을 지켰지요."

그러자 공자가 말했다.

"옛 시절 군자는 충(忠)으로 일하고 인(仁)으로 자신을 지켰다. 착하지 않은 자에게는 충으로 감화시키고, 폭력을 휘두르는 자에게는 인으로 제어하면 충분하다. 쓸데없이 검은 뽑아 무엇 할 것인가?"

자로가 물었다.

"어떻게 하면 군자라고 할 수 있습니까?"

공자는 마치 기다리고 있었다는 듯 대답했다.

"언제나 수치심을 가지고 자기의 언행을 욕되게 하지 않으면 군자라고 할 수 있다."

"감히 묻겠습니다만, 그 다음 가는 사람은 어떠합니까?"

"일가 친족들로부터 효자란 칭찬을 듣고, 온 마을 사람들로부터 우애롭다고 칭찬을 받는 사람이다."

"그렇다면 세번째로 본받을 만한 사람은 어떠한 사람입니까?"

"말하면 반드시 실행하고 실행하되 반드시 성과를 거두면, 비록 자갈돌처럼 단단하며 융통성 없이 딱딱하고 강직만 하면 소인이라 하겠으나 그래도 그 다음쯤은 갈 수 있는 사람이다."

공자는 자로와 같은 협객을 3류 군자로 평한 것이다.

자로는 타고난 협객이다

자로의 질문은 계속된다.

"군자는 용맹함을 숭상합니까?"

"군자는 정의를 으뜸으로 숭상한다. 군자로서 용맹하기만 하

고 정의감이 없으면 난동이 되고, 소인으로서 용맹하고 정의감이
없으면 도둑질을 하게 된다."

'군자란 정의를 숭상하며 용맹한 자다.' 즉 여기서 공자가 정
의한 군자는 점잔이나 빼며 탁상공론에나 도통한 유생보다 정의
를 위해 목숨을 바치는 의협에 가깝다고 할 수 있다.

자로는 공자의 제자 가운데 가장 용감하고 솔직한 행동파이다.
그러나 그는 깊이가 모자라고 신중한 사려가 결여되어 항상 공자
로부터 꾸지람을 들었다.

자로는 공자와의 논쟁만으로 복종한 것은 아니었다. 공자와의
첫 대면 때부터 자기 세계와는 너무나 동떨어진 공자의 모습에
매력을 느꼈다. 자로는 공자의 제자라기보다는 친한 벗이자 동지
였다. 가장 엄격한 비판을 가하고 자기 자신에게도 엄격한 사람
이었다. 또한 결코 약속을 다음날까지 미루는 일이 없었으며, 자
기의 결점을 지적해주면 기뻐하였다. 그러나 이렇게 성실하고 인
간적이며 강직한 자로는 타고난 협객이었다.

공자는 "자로 같은 사람은 제명에 죽지 못할 것이다"라고 말한
적도 있다. 자로는 직선적이고 성급한 성격 때문에 예의바르고
학자적인 취향을 가진 제자들과는 매우 이질적인 존재였다. 이
점을 인식하고 있는 자로는 그럴수록 자기가 가진 특성을 자랑하
는 버릇이 더욱 커졌다. 그러나 자로는 누구를 막론하고 공자의
험담을 하는 자가 있으면 이유 불문하고 입을 뭉개버려 공자에게
여러 번 주의를 받았지만 막무가내였다. 이에 공자는 "자로가 내
문하생이 된 후부터는 나에 대한 험담이 사라졌어"라며 쓴웃음
을 지었다.

그리고 또 자로는 공자가 전쟁을 싫어하는 것을 뻔히 알면서도 엉뚱한 질문을 던졌다.

"만약 스승님이 원정군의 총사령관이 되신다면 누구를 참모로 쓰시겠습니까?"

"글쎄? 맨주먹으로 호랑이를 두들겨 잡고, 배도 없이 강을 건너려고 하며, 죽음도 불사하고, 덤벙대는 사람과는 함께 갈 수 없겠지."

공자는 그래도 이런 자로를 좋아했다.

"자기 몸에 누더기를 걸치고도 사치스런 옷을 입은 사람과 나란히 서서 태연스럽게 행동할 수 있는 사람은 아마 자로뿐일 거야." 하며 칭찬한 것이 그 좋은 예다.

자로도 이런 공자를 무척 존경했다. 그래서 자로는 '악은 일시적으로 번성하고 최후에는 벌을 받는다고 배웠다. 그런데 왜 공자 선생님 같은 분이 악에 고통을 받아야만 하나?' 하고 하늘을 원망하였고, '성인 군자가 왜 가정적으로 불우해야만 하고 늙어서까지 험한 가시밭길을 걸어야만 하는가?' 하며 슬피 울었다. 그는 천하를 위해서 슬피 운 것이 아니라 오로지 공자 한 사람만을 위해서 울었던 것이다.

군자는 죽어도 관을 벗지 않는다

공자가 생전에 제자들을 평가한 것 중 자로에 대한 언급이 단연 많다.

"도덕의 실천에서는 안회(顔回)가, 정치적 수완에서는 자로가 뛰어났으나 안회는 너무 가난한 나머지 끼니조차 떨어지는 형편이고, 자로는 덜렁거리는 점이 있었다."

"자로는 검을 좋아하고 일단 약속한 일은 묵히는 일이 없었다."

"나는 용맹함에서는 자로에 미치지 못하지만 그것은 취해 쓸바가 아니라고 생각한다."

여기에서는 공자의 자로에 대한 부러움과 유생으로서의 콤플렉스(?)까지 느껴진다.

노나라의 대부 한 사람이 공자에게 물었다.

"자로는 인자(仁者)라고 할 수 있을까요?"

"그건 모르지만, 일국의 군정을 감독 지휘할 만한 수완은 가지고 있습니다."

자로는 포(蒲)의 대관으로서 위나라로부터 초빙을 받고 공자에게 하직 인사를 하러 왔다. 공자는 자로에게 다음과 같이 말했다.

"포라는 곳은 난폭한 사람들이 많아 여간해서 다스리기 힘든 고장이다. 그러므로 내 말을 잘 들어둬라. 항상 공경하는 태도를 잃지 말 것, 그러면 난폭한 사람들도 반드시 따라온다. 또 관용과 공정한 자세를 무너뜨리지 말 것, 그러면 민중도 반드시 지지해준다. 이 두 가지를 기본으로 민심을 안정시킬 수 있다면, 융숭한 대접을 받을 수 있을 것이다."

그로부터 몇 년 후 자로는 임지에서 장공(莊公)이 출공(出公)을 쫓아냈다는 쿠데타의 급보를 듣자 위나라 도읍으로 돌아왔다. 그가 성문 가까이까지 왔을 때, 마침 공자의 문하생인 자고(子羔)를 만났다. 자고는 자로를 말렸다.

"출공은 망명하고 성문은 이미 닫혀 있소. 그대도 돌아가는 것이 신상에 이로울 것이오."

그러나 자로는 굽히지 않았다.

"아니오. 녹을 얻어먹은 자로서, 주군이 고난을 당하는 것을 보고 모른 체할 수는 없소."

자고는 단념하고 혼자 떠나갔다. 자로는 성문이 열리기를 기다렸다. 그러고 있는데 위나라로 가는 사신이 도착하여 성문이 열렸다.

자로는 그 사신의 뒤를 따라 성문 안으로 들어가, 곧장 장공이 있는 망루로 올라갔다. 장공의 옆에는 쿠데타의 일등공신 공회(孔悝)가 있었다.

자로는 장공을 향해 소리쳤다.

"장공께서는 이미 주군의 자리에 올랐으니 반역자는 이제 필요가 없으실 줄 아오. 공회를 부디 제게 넘겨주시오. 그를 처치하겠소."

장공이 이 부탁을 거절하자 자로는 망루에 불을 질러버리려고 했다. 놀란 장공은 좌우에 명하여 자로를 칼로 치라고 했다. 자로의 관 끈이 끊어졌다.

"보라, 군자는 죽어도 관을 벗지 않는다!"

칼에 목이 반쯤 끊긴 자로의 마지막 말이었다.

자로는 스승의 가르침 "군자란 정의를 숭상하며 용맹한 자다"를 죽음으로 증명하고 실천하였다.

『예기』에 따르면 장공이 본보기로 자로의 시체를 소금에 절여 육포를 만들었다. 위나라에 쿠데타가 일어났다는 소문을 들었을 때 공자는 직감했다.

"아아, 자로는 죽을 것이다. 그가 나의 제자가 된 후, 나에 대한 세상의 비난을 통 들을 수가 없었는데……."

그 후 공자는 온 집 안의 육포를 모조리 내버리고, 다시는 육포를 입에 대지 않았다.

두 순교자, 두 수제자

자로는 공문(孔門) 10철 중 한 사람으로 우리 나라 성균관 대성전에도 모셔져 있다. 그러나 자로는 후세 유학자들에 의해 공자의 주요 제자로 받들어지기는커녕 공자의 제자 가운데 꽤 이색적이며 건달기가 다분한 문제아 비슷하게 폄하되어왔다. 그렇지 않으면 자로는 기껏해야 공자를 만나기 전에는 망나니 깡패였으나 공자의 제자가 되면서부터 점잖은 유생으로 변한 것처럼 여겨져 왔다.

그러나 이런 기존 학계의 다수설을 전면부정하지는 않겠다. 하지만 거기에는 숭문천무(崇文賤武)사상을 기저로 하는 다분히 편파적이며 도식적인 시각이 도사려왔음을 지적하고 싶다.

자로는 영원한 협객이었다. 자로는 공자를 만나기 이전이나 이후나 무를 숭상하고 협을 행하는 것을 평생의 도덕준칙과 생활신조로 삼았다. 자로는 문을 숭상하고 예를 행하는 것을 근본 가르침으로 삼는 공자와 가장 많이 첨예한 논쟁을 펼치고 정면으로 대립되는 주장을 펼쳤다. 어떻게 보면 공자는 반항아 자로와 허심탄회한 대화를 통하여 그를 이해시키고 순치시키려고 애쓰는 동시에 자기 자신을 부정하고 초극하고 다시 이를 변증법적으로 통합하는 과정에서 높은 차원으로 성장하게 되었고, 결국에는 예수, 석가모니와 함께 세계 3대 성인으로, 인류의 스승으로 영원한 삶을 누리게 되었다고도 볼 수 있을 것이다.

자로는 문무를 겸비한 진정한 사였다. 사는 우리 나라에서는 으레 문사인 선비를 의미하고, 일본에서는 무사인 사무라이로 통하게 되지만 중국에서는 문사와 무사를 불가분적으로 통칭하는 뜻으로 쓰인다. 공자의 후기 어록을 주로 기록한 『공자세가』에는 이런 구절이 있다. "문화를 창조하려는 자는 반드시 무비가 있어야 한다"(有文事者 必有武備).

자로는 순교자였다. 자로는 공자의 수많은 제자 중 처형을 당해 죽은 유일한 순교자였다. 예수의 베드로와 공자의 자로는 둘 다 괄괄하고 적극적이며 급한 성격이지만 각각 그들의 스승 말씀을 몸으로 실천하고 피를 뿌리며 죽었다.

순교자 자로는 공자의 수제자였다. 순교자 베드로가 예수의 수제자였듯이.

그들이 한구관을 넘은 까닭

아나키스트 노자와 영웅시대의 보스 맹상군

황허(黃河)를 동에서 서로 거슬러올라가자면 반드시 넘어야
할 관문이 하나 있다. 한구관(函谷關)이다. '한 사람만 막아서면
만 사람이 지나갈 수 없다'는 한구관은 우리의 문경새재와 추풍
령을 합쳐서 그것을 다시 수십 배 확대시켜 놓은 듯 매우 깊고 험
한 천혜의 관문이다.

천년도 두번 더 거슬러올라간 아득한 옛날, 노자(老子)와 맹상
군(孟嘗君) 두 사람이 한구관을 넘었다. 노자는 동에서 서로, 맹
상군은 서에서 동으로 넘었다.

노자는 공자와 맞먹는 중국 최대의 사상가다. 이렇게 말하면
양에 안 찬다. 중국의 민간사회를 움직여 온 사상적 기초는 노자
의 사상과 행적이다. 비단 중국뿐이 아니다. 인류사상 최고의 베
스트 셀러이자 롱셀러는 『성경』이지만 그 다음의 베스트 셀러이
자 롱셀러는 노자의 『도덕경』이란 사실을 아는 자는 드물다. 일
찍이 톨스토이도 영어, 독일어, 프랑스어 등으로 번역된 노자의
『도덕경』을 읽고 그 사상에 공명하여, 자서전에서 "나의 사상에

대한 공자와 맹자의 영향은 '큰 것'이었으나 노자의 영향은 '어마어마하게 큰 것'이었다"고 말했다.

무로 돌아간 아나키스트

노자의 일생에 대해 알려진 것은 거의 없다. 노자는 공자와 동시대인으로서 그보다 조금 일찍 활동했으며, 초나라에서도 남쪽 지방인 지금의 안후이(安徽)성에서 태어났다. 전설에 의하면, 노자는 어머니 뱃속에 80여 년간 들어 있었기 때문에 날 때부터 머리가 백발이었다. 그래서 그의 이름도 '늙은 자식', 즉 노자라고 지었다. 유럽인들은 그 이름을 다시 라틴어로 표기하여 '라오시우스'라 불렀다. '늙은 자식'이란 의미의 노자는 늙기 전에 어려서부터 도(道)와 덕(德)을 닦았다. 그는 명리에 집착하지 않고 이름 없이 홀로 도를 닦아 큰 경지를 이루었다. 노자는 오늘날의 국립도서관 격인 수장실(守藏室)의 사서를 맡았다. 도서관 사서 노자는 책을 많이 읽었다. 역사와 시와 서예, 음악에도 정통한 사상가가 되었다.

노자의 사상을 한마디로 말하자면 '물'의 철학이다. 그는 사람들에게 '물'을 배우고 '물'을 닮아 '물'처럼 살라고 가르쳤다. '물'은 유연성이 있어 언제라도 환경에 순응하고 상대방의 강약을 볼 수 있어 적절히 대응할 수 있다. 그리고 물은 언제나 낮은 데로 흘러 인류의 겸허한 태도를 일깨워준다. 또한 물은 매우 약하지만 그 약해 보이는 모습에 어마어마한 역량을 가슴 깊이 품고 있다. 노자사상의 밑바탕에 흐르는 사고 방식은 바로 이처럼 자연과 사회 속에는 항구적이고 불변하는 것이 하나도 없다는 것이다. 노자는 장자처럼 인류 현실의 초월과 해탈을 말하지 않았지만 현실사회에서 구비해야 할 처세와 생활의 지혜에 관한 가르침을 주었다. 한편 체제를 비판하고 중앙권력을 부정하는 노자의 사상은 아나키스트적인 요소가 짙다. 또한 노자는 인위적인 문명을 비판하고, 감각과 욕망에 따르는 일상적 삶의 방식, 즉 상식의 허구성을 신랄히 폭로하였다.

공자가 어느 날 주(周)나라에 가서 노자를 방문하였다. 노자는 소를 타고 공자를 맞으러 갔다. 공자도 당시 관례에 따라 마차에서 내려 첫인사로 노자에게 기러기를 선물했다. 공자는 뤄양(洛陽)에 며칠 동안 머물며 노자에게서 많은 가르침을 얻었다. 공자가 인사를 마치고 떠나려 하자, 노자는 공자에게 두 마디를 남겼다.

"첫째, 그대가 말하는 것은 이미 옛사람들이 말한 것이다. 그들은 존재하지 않고, 단지 그 말만 남아 있을 뿐이다. 둘째, 높은 덕을 지닌 사람은 모두 소박한 사람들이다. 그대는 그대의 교만한 마음가짐과 꾸민 듯한 태도와 헛된 욕망을 버리도록 하여라."

공자는 뤄양을 떠나 노나라로 돌아온 후, 제자들에게 노자를 찬미했다.

"새가 난다는 사실을 나는 안다. 물고기가 헤엄친다는 사실도 나는 안다. 짐승이 걷는다는 사실도 나는 안다. 그러나 용은 구름 끝에나 하늘에 있어 잡을 수도 없고 예측할 수도 없다. 노자야말로 용과 같은 분이로다."

혹자는 이를 보고 공자의 패배라고 한다. 이것은 피상적이고 대결적인 관점에서 나온 유치찬란한 해석이다. 공자는 자기와 차원이 다른 노자의 사상을 솔직히 인정하고 사랑하고 존경한 것이다. 자신과 사고방식이나 생각의 각도가 다른 사람에 대해 백안시하고 경멸하려는 태도는 지성인일수록 몸에 밴 습성일 경우가 많다. 인류의 대성인 공자가 이 정도의 한계쯤이야 자연스럽게 극복할 수 있는 것이지만, 이러한 태도는 결코 쉬운 일이 아니다. 간혹 우리는 식욕, 성욕, 심지어 수면욕까지도 초월할 수 있는 비범한 인물이 뜻밖에도 사소한 의견의 충돌이나 명예욕을 이기지 못하고 파멸하는 경우를 주위에서 심심치 않게 본다.

노자는 공자를 물처럼 담담하게, 또 물처럼 무섭게 꾸짖었지만 공자는 그의 존재가치를 인정하고 존중하였다. 결국 노자도 이겼고 공자도 이긴 것이다.

주나라 소왕(昭王) 23년, 노자는 주나라 왕실이 쇠망할 것을 미리 알고 뤄양을 떠나 한구관으로 갔다. 주나라를 떠나 관문에 이르렀을 때, 그곳 관령 윤희(尹喜)가 노자에게 부탁했다.

"노형께서 장차 세상을 은둔하려 하시니 저에게 몇 자 글을 남겨주시지 않겠습니까?"

노자가 도와 덕에 관한 뜻이 담긴 5천자를 남겨주었다. 노자는 그 책을 윤희에게 전해준 후 한구관을 넘어 어디론가 떠나버렸다. 『도덕경』은 이렇게 전해지게 되고 노자 자신은 훗날 도교에 의해 최고 신으로 받들어 지게 되었다.

노자가 어떻게 죽었는지는 아무도 모른다. 『사기』는 그가 200여 세를 살다 죽었다 하고 소를 타고 떠돌다 객사했다고도 한다. 그러나 도교에서는 신선이 되었다고 한다.

노자는 무(無)로 돌아가라고 했다. 불교에서는 종극적 무에 들어가는 것을 말한 데 반해, 노자는 시원적 무, 즉 시작되기 이전의 상태로 돌아가라고 말했다. 노자는 한구관을 동에서 서로 넘었다. 이렇게 그는 시원적 무로 돌아간 것이다.

리더십 뛰어난 영웅시대의 보스

한구관은 칼이다. 중국 천하를 이쪽과 저쪽, 두 쪽으로 자르니까. 노자가 한구관을 넘어 서쪽으로 돌아간 지 200여 년이 흘렀다. 피의 폭풍우가 휘몰아치던 전국시대 중반 무렵이다.

제나라 맹상군 전문(田文)은 왕족으로 재상을 지낸 정곽군(靖郭君)의 40여 자녀 중 서자로 태어났다. 그런데 맹상군은 하필이면 당시 제일 재수없는 날로 치던 음력 5월 5일에 세상에 나왔다. 제나라에서는 이날 태어난 아이는 악마의 자손이라 하여 무조건 죽여버리는 악습이 전해 내려왔다. 중국어 발음으로 '5'와 '惡'은 동음이의어로 '우'로 읽혀서라는 설이 있기는 하지만 아무튼 매우 잔인하고 야만적인 악습이 아니라 할 수 없다.

아버지 정곽군은 갓 태어난 맹상군을 길가에다 내던져버렸다. 그러나 생모의 손에 의해 몰래 길러졌던 그는 후일 우여곡절 끝에 정곽군의 후계자가 되었다. 버스에 하나 가득 실어도 모자랄 만한 40여 명의 아이 가운데서, 게다가 태어나자마자 길거리에 버려졌던 그가 정곽군의 후계자가 된 것은 하늘의 보살핌이 없었으면 불가능했을 것이다.

우리 나라 후삼국 시대를 연 궁예도 맹상군처럼 재수없는 음력

5월 5일에 태어났다. 궁예를 죽이라는 왕의 사주를 받은 사자가
아이를 빼앗아 다락 아래로 내던졌으나 유모가 몰래 받아 살려냈
다. 이때 유모가 허둥대다가 손가락으로 한쪽 눈을 찔러 궁예는
애꾸가 되었다고 한다.

맹상군은 널리 천하의 인재를 모아 가신으로 후히 대접해주었
다. 인심 좋은 영주의 소문을 듣고 유협이나 죄수까지도 찾아오
는 형편이어서, 그 가신의 수가 수천 명이 넘었다.

맹상군은 훗날 조(趙)나라의 평원군(平原君) 조승(趙勝), 위
(魏)나라의 신릉군(信陵君) 위무기(魏無忌), 초(楚)나라의 춘신군
(春申君) 황헐(黃歇)과 더불어 전국 4군자로 추앙받는 역사적 위
인이 되었다.

맹상군은 새로 찾아온 사람과 면담할 때, 병풍 뒤에 서기를 앉
혀두고 꼬치꼬치 캐물어 알게 된 친형제의 이름을 기록하게 했다
가, 나중에 친형제한테 사람을 보내어 선물을 전하게 했다. 이런
사실을 알게 된 가신이 감격했을 것임은 말할 나위도 없다.

어느 날 밤, 맹상군이 가신을 맞아들여 식사를 같이하고 있을
때의 일이었다. 그때 마침 불빛이 가려져 맹상군의 밥상이 보이
지 않게 되었다. 가신은 주인과 손님의 요리에 차이를 두고 있음
을 숨기려고 한 짓이라 지레짐작하고 분개하면서 수저를 내던지
고 나가려 하였다.

맹상군은 자기의 밥상을 들고 사나이 앞에 들고 가서 비교해
보였다. 가신은 부끄러운 나머지 스스로 목을 베어 자살하였다.

이런 일로 맹상군의 평판은 더욱 높아갔다.

맹상군의 한 가신은 맹상군의 부인과 서로 깊게 사랑하는 사이

가 되었다. 맹상군은 이런 사실을 알게 되었으나 "용모에 반해 좋아 지내게 되는 것은 인지상정이 아닌가?"라고 말하며 그를 죽이지 않고 오히려 그에게 중임을 맡겼다.

훗날 그 가신은 죽음을 무릅쓰고 천하 제후들이 제나라를 연합 공격하는 회맹을 맺는 것을 저지하였다. 그리하여 제나라 사람들은 맹상군의 이러한 관대한 태도를 화를 공으로 바꾸는 분이라고 입을 모아 칭송하였다.

그러던 어느 날 맹상군이 실각당하는 일이 발생하였다. 그러자 평소 그에게 충성을 맹세하던 가신들은 뿔뿔이 흩어졌다. 그런데 그가 다시 복권되자 그들은 얼굴색 하나 변하지 않고 되돌아왔다. 맹상군은 기가 막혔다. 측근 가운데 한 사람인 풍환(馮驩)에게 푸념을 늘어놓았다.

"부귀하면 가신이 벌떼처럼 모여들고 빈천해지면 친구도 등을 돌린다니, 이런 것은 하나도 틀리지 않는 옛말이구나! 나는 전에 손님들을 좋아하여 그 대접에는 실수한 것이 없었을 터이며, 가신이 3천 명이나 있었던 것도 선생도 아시는 바이오. 그런데 손님은 내가 재상자리에서 물러나는 것을 보자 모두 나를 배반하여 떠나버리고 돌아오는 자가 없었소. 이제 선생의 힘을 빌려 본 위치로 돌아가게 되었는데, 손들이 또 무슨 면목으로 나를 대할 수가 있겠소? 만일 두 번 다시 찾아오는 자가 있으면 그 얼굴에 침을 뱉어 크게 모욕을 주겠소."

풍환은 공손히 절을 하였다.

"그대가 가신을 대신해 사과하려고 하는가?"

"아니올시다. 그런 게 아니옵니다. 당신을 대신해서 당신의 망언을 사과하려고 하는 것입니다. 무릇 만사에는 필연적인 도리가 있다는 것을 잘 아시겠지요?"

"그게 무슨 말이오?"

"살아 있는 자는 반드시 죽는다는 것은 필연의 도리입니다. 부귀한 신분이 되면 따르는 자가 많고 빈천한 신분이 되면 친구도 적어지는 것, 이것 또한 당연한 도리입니다. 시장에 오가는 자들의 꼴을 보십시오. 날이 밝을 무렵에는 서로 앞다투어 성문을 빠져나갑니다만, 해가 질 무렵에는 시장에 가려는 사람은 없습니다. 그도 그럴 것이, 해질녘의 시장에는 살 물건이 없기 때문입니다. 특별히 사람들이 그 시장 자체에 대해 좋아하고 싫어하는 감정을 지니고 있는 것도 아닙니다. 가신들이 당신이 실각하는 꼴을 보고 떠나가버린 것도 이와 똑같은 현상이어서, 그들을 원망할 것은 없습니다. 아무쪼록 이전과 같이 가신들을 후히 대접해 주시기 바랍니다."

맹상군은 깊이 고개를 끄덕거리고 나서 탄식하며 말했다.

"이제야 세상 이치를 조금 알 듯하오."

권세 있는 자에게는 인재들이 모여들고, 세력을 잃은 자에게선 흩어지고 만다. 이것은 자기 이익이 되지 않을 것 같으면 뱉어내고 될 것 같으면 삼키는 전국시대 사회풍기의 일대 대전환을 이루어냈다.

맹상군의 봉토는 설읍(薛邑)으로 공자의 고향 취푸에서 약 100여 킬로 떨어진 지금의 텅저우(藤州)지방이다. 설읍의 일년 수입으로도 전부 먹여 살릴 수가 없을 정도로 가신들이 많았던 맹상군은 어진 성품으로 정사를 잘 다스리고, 재산을 아끼지 않고 천하의 인재들을 모았다. 그들 중에는 협객과 재사뿐만 아니라 도둑놈, 사기꾼, 성대모사꾼 등 별의별 사람들이 다 있었다.

맹상군이 어진 사람이라는 소문을 들은 이웃 진(秦)나라의 소양왕(昭襄王)은 국운을 일으켜보리라는 야심으로 맹상군을 자기 나라로 초빙하였다. 하지만 맹상군은 자기 나라를 두고 남의 나라에 가서 벼슬을 산다는 것이 쉽지 않은 일이어서 결심을 하지 못했다. 결국 옆에 있는 강한 나라에 가서 벼슬을 한다면 자기 나라에도 좋을 것이라고 생각하여 진나라로 가기로 결심하고 길을 떠났다. 맹상군은 가신 몇을 데리고 여우의 겨드랑이 흰 털가죽으로만 만든 옷인 호백구(狐白裘)를 가지고 소양왕을 만났다.

소양왕은 천하에 둘도 없는 호백구를 받고 또 맹상군의 인품을 보고는 입이 딱 벌어져 그를 재상으로 등용하려 하였다. 그런데 신하들 사이에 제나라 왕족인 맹상군을 재상으로 삼으면 진나라를 위해 득이 될 수 없다는 의견이 분분하였다. 소양왕은 맹상군의 등용을 차일피일 미루게 되었다. 또한 맹상군을 등용하지 않고 돌려보낸다면 그가 귀국 후에는 진나라를 원수로 삼아 보복할 것이므로 차라리 맹상군을 죽여버리려고 했다.

이러한 상황을 알아차린 맹상군은 소양왕의 애첩을 매수하여 왕으로 하여금 귀국을 허락하도록 부탁하였다. 그러나 왕의 애첩은 도와주는 대신 자기도 천하의 보물인 호백구를 달라는 앙큼한 요구를 하였다. 이 호백구는 그야말로 천하에 한 벌밖에 없는 물건이었으니 맹상군은 진퇴양난에 처하게 되었다.

이때 맹상군의 가신 중에는 대도(大盜)가 하나 있었다.

"호백구는 나에게 맡겨주시오" 하고 대도는 그날 밤 당장 대궐로 침입하여 얼마 전 진나라 왕에게 주었던 호백구를 귀신같이 훔쳐가지고 나왔다. 귀한 호백구를 받은 왕의 애첩은 이러한 사정도 모르고 왕을 졸라 맹상군을 돌려보내게 하였다.

맹상군은 귀국 허락이 나자마자 진나라의 수도 셴양에서 꽁지가 빠지게 도망쳤다. 그러나 맹상군이 애첩을 매수하고 호백구를 훔친 사실을 알게 된 진나라의 왕은 당장 병사들을 시켜 맹상군을 추격하게 하였다.

한밤중에 한구관에 닿은 맹상군 일행은 거기서 더 나아갈 수 없었다. 첫닭이 울 때까지 관문을 열지 않기 때문이다. 일행이 안절부절못하고 있는데 동행한 식객 중에 소리 흉내내기에 특기가 있는 계명이 인가 쪽으로 사라지자 이내 첫닭 울음소리가 들려왔다. 이어 동네 닭들이 일제히 따라 울기 시작했다.

잠이 덜 깬 병졸들이 눈을 비비며 관문을 열자 맹상군 일행은 한구관 문을 나와 말에 채찍을 가하여 쏜살같이 어둠 속으로 사라졌다. 추격병이 관문에 닿은 것은 바로 그 직후였다.

맹상군은 개처럼 도둑질을 잘하는 자와 닭의 울음소리를 잘 흉내내는 빈객의 도움으로 위기일발의 죽을 고비를 잘 넘길 수 있었다. 일찍이 맹상군이 이 두 사람을 가신으로 대우하자 다른 가신들은 모두 이 두 사람과 함께 있기를 부끄럽게 여겼지만 결국 이 두 사람의 도움으로 맹상군이 한구관을 넘을 수 있게 된 것이다. 가신들은 맹상군의 혜안과 포용력에 다 탄복하였다.

『도덕경』에서 노자는 모든 사물은 극한에 가면 되돌아온다고 하였다. 노자의 육신은 아득한 옛날 한구관 석양과 함께 사라졌지만 노자의 정신은 21세기 오늘 한구관 동편의 아침 노을이 되어 돌아오고 있다. 초월이나 해탈을 꿈꾼 바 없던 노자의 사상은 리더십 출중한 영웅시대의 보스 맹상군으로 돌아오고 있다. 서에서 동으로, 오늘날 맹상군을 꿈꾸는 중국인들은 역시 서에서 동으로 바다를 향해 흐르는 황허의 유속을 훨씬 앞지르며 득달같이 달려오고 있다.

대추나무를 닮은 아저씨

서민적인 건달 묵자

루쉰(魯迅)은 이렇게 말했다.

"한나라 역사는 한고조 유방(劉邦)의 건달기로부터 발원되었다. 사가들은 유방이 용의 종자라고 하지만 실은 건달 출신이다. 사마천은 감히 이러한 사실을 처음 밝혀내고 기록함으로써 후세 사람들에 의해 경탄해 마지않는 사성(史聖)이 된 것이다."

20세기 중국의 대표적 지성의 독설은 좌충우돌 계속된다.

"그리고 건달은 대개 두 종류로 대별된다. 하나는 공자의 제자 즉 유학자들이고, 다른 하나는 묵자의 제자 곧 협객들이다. 이 두 부류는 원래 좋게 출발했지만 하나는 건달이 되고 싶지 않은 건달, 유학자가 되었고 다른 하나는 드러내 놓고 만행을 자행하는 뻔뻔스러운 건달, 협객으로 변질하였다. 이 두 건달은 중국역사를 어지럽혀 온 주범 역할을 톡톡히 수행해왔다."

세계 3대 성인 공자도 루쉰의 세 치 혀 앞에서는 건달의 총수로 여지없이 내팽겨쳐진다. 그러나 나는 루쉰의 독설 가운데 공자 부분에 대한 비평은 유보하려고 한다. 왜냐? 루쉰처럼 학식과 덕망도 높지 않고 배짱도 두둑하지 않고 간도 크지 않아서다. 그래서 좀 비겁(?)하지만 우선 루쉰이 공자와 싸잡아 건달의 총수로 지칭한 묵자에게 초점을 맞추어보고자 한다.

대추나무처럼 서민적인 건달

묵적(墨翟), 즉 묵자는 기원전 468년, 공자의 고향 산둥성 취푸에서 남쪽으로 100여 킬로미터쯤 떨어진 지금의 짜오좡(棗庄)시 목석(木石)진에서 태어났다. 공자가 죽은 후에 태어났고 맹자가 태어나기 20년 전에 죽은 묵자의 이름은 적(翟)인데 '꽁지가 긴 꿩'이란 뜻이다. 여기에는 다음과 같은 전설이 얽혀 있다.

묵적의 어머니는 서른이 넘은 늦은 나이에 그를 배었다. 만삭이 되자 그녀는 매일 동네 앞산 용산(龍山)에 올라 산신령께 장래 태어날 아기가 건강하고 훌륭한 사람으로 성장하게끔 해달라고 빌었다. 그러던 어느 한낮이었다. 그녀는 기도 끝에 잠시 졸다가 꿈을 꾸었다. 세상에서 보기 드문 아름다운 뭇새가 날아들어 지저귀고 있는 가운데 용산 깊은 산골짜기에서 매우 크고 아름다운 새 한 마리가 그녀의 머리께로 날아와 높은 가지에 옮겨앉았다. 거기서 새는 몇 번을 크게 울고 난 후 날개를 펴고 용산 남쪽 산봉우리 쪽으로 날아가 무지갯빛 날씬한 꽁지를 감추었다. 돌연 붉은 광선이 사방을 비추고 우레와 같은 큰 소리가 일었다. 그 소리에 놀라 잠에서 깨어난 그녀는 견딜 수 없는 산통을 느꼈다. 곧 한 아이가 태어나니 이름하여 묵적이라고 불렀다. 훗날 용산은 봉황이 날아간 곳이라 하여 낙봉산(落鳳山)이라고 고쳐 부르게 되었다.

예로부터 묵자의 고향인 짜오좡은 '대추마을'이란 이름 그대로 중국 제일의 대추 명산지로 손꼽혀왔다. 우연의 일치일까, 대추 명산지가 고향인 묵자, 묵자의 가장 큰 특징은 대추처럼 서민적이고 대추나무처럼 목심(木心)이 붉고 단단한 조직이다.

공자는 인을 베푸는 데에도 순서의 차등이 있어야 한다 하여 계급적인 사랑을 주장하였다. 묵자는 무차별적인 겸애와 상호부조를 치국의 이상으로 삼았다. 묵자는 인민주권설, 천자선출론을 주장하고 세습, 상속, 사유재산을 반대하는 등 서민 위주의 진보적인 사상을 펼쳤다. 묵자는 그의 서민중심 사상이 하늘의 뜻이라고 믿었기에 당당하고 확신에 차 있었다. "내 말은 반석과 같으니 다른 말로 내 말을 비난하는 것은 달걀로 바위를 치는 격이 되리라"고 하였다.

묵자는 또한 공자가 존중하는 장의(葬儀) 및 음악의 비용을 되도록 절약하고 유능한 인재라면 신분 여하를 막론하고 등용할 것을 주장하였다. 공자가 중시하는 천명에 맡겨버리고 노력을 게을리하는 천명설을 반박하는 한편 전쟁을 반대하는 반전을 펼쳤다.

묵자는 특히 "윗사람이 옳다고 생각하는 것은 모두 옳다고 생각해야 하고, 윗사람이 옳지 않다고 여기는 것은 모두 옳지 않다고 여겨야 한다"고 하며 이 원칙에 순응하지 않는 사람은 처벌받아야 한다고 강조했다.

하층사회 출신인 묵자는 자신의 이상을 실현시키기 위해 협객들을 조직화하였다. 그 조직의 보스는 '서사'(巨者)라고 불렀다.

거자의 지위는 집단 내부에서 선출되어 나오는 것이다. 그들은 조직 내부로는 그의 제자들을 엄밀한 규율 아래에 두었고 평생토록 복종을 요구하였다. 조직원들에게 하느님의 동창생으로 받들어지는 거자는 조직원을 죽이거나 살릴 수 있는 강력한 생살여탈권을 지녔다.

묵가의 조직원들은 대부분 하층민에 속한 협객들이거나 기술자와 노동자들이었다. 그들은 집단적 결속을 통해 자신들이 처한 예속적 지위를 벗어나려 했다. 그들은 금욕적인 규율을 철저히 지켰으며 오로지 남을 위해 일해야 했으며, 규율을 어겼을 때에는 조직으로부터 엄한 벌을 받았다.

묵가는 새로운 세계관을 가진 철학자들이었으며, 그 이상을 실현하기 위한 강철 같은 조직의 동지들이었다. 그들은 빈곤, 무질서 및 전쟁을 비롯한 이 세상의 죄악을 엄격한 권위주의 체제로 구제할 수 있다고 믿었다.

의리는 이롭고 불의는 해롭다

묵자가 이름난 협객이며 수제자인 금활리(禽滑釐)에게 물었다.

"그대는 협객을 무척 좋아하는가?"

"아무럼요. 스승님, 저는 어느 고을이건 협객이 있다는 소문만 들으면 기어코 그를 찾아내어 그와 진검승부를 겨루어 끝내 그를 죽이고 맙니다."

"천하의 모든 사람들은 그가 좋아하는 것을 흥하게 하고 싫어하는 것을 없애려 하는 법이다. 그런데 지금 너처럼 다른 고을에

네가 좋아하는 협객이 나타나기만 하면 찾아내어 죽여버린다니 이것은 협객을 좋아하는 것이 아니라 오히려 미워하는 것이다."

"……."

묵자는 계속 말을 이었다.

"의리는 이롭고 불의는 해롭다. 이익은 큰 것을 취하고 손해는 작은 것을 취한다. 그러나 한 사람을 죽여 천하가 보존되어야 한다 해도 사람을 죽이는 것이 천하를 이롭게 하는 것이라고 말할 수 없느니라"(義利 不義害 利之中最大 害之中最小 殺人以存天下 非殺人以利天下).

맹승(孟勝)은 묵가 조직의 보스, 즉 거자 가운데 한 사람이다. 그는 초나라의 귀족 양성군(陽城君)과 서로 절친한 교류를 맺고 있었다. 맹승은 양성군의 간곡한 부탁으로 양성군의 봉토 방위를 책임지고 있었다. 그러나 양성군은 초나라 내란에 개입하다 실패하여 자기의 봉토 안으로 도망쳐 나왔다. 초나라 정부는 이 기회에 양성군을 체포하여 일족을 멸하기로 작정, 맹승에게 순순히 양성군을 내놓을 것을 요구하였다. 그러자 맹승은 친구를 위해 결사 항전하기로 마음을 굳혔다. 그의 제자 서약(徐弱)은 맹승에게 그런 죽음은 쓸모없는 죽음이니 항복하라고 권했다. 하지만 맹승은 결연히 거부하였다.

"나와 양성군은 사제지간이자 친구지간이다. 그것도 아니면 군신지간이다. 죽지 않고 살길을 찾는다는 것은 우리 묵가들이 그토록 존중한 엄한 스승도 현명한 벗도 훌륭한 신하도 다 버린다는 것을 뜻하는 것이다. 죽는 길만이 우리 묵자의 의로 향한 길을 계속 나아가는 것이다."

그러자 서약은 맹승이 보는 앞에서 스스로 머리를 성벽에 부딪쳐 자결하였다. 결국 맹승과 그의 제자 83명은 모두 초나라 대군의 공격을 막다가 모두 장렬히 전사하였다.

묵가가 협객에게서 무예와 협기를 흡취한 대신, 아직 생명과 선혈로만 의존하던 행동지향파적인 협객은 묵가에게서 조직질서와 이론체계를 배웠다.

묵자를 보러 왔는데 웬 대추꽃이냐?

플라톤은 이렇게 말했다.

"철학자가 왕이고 또 왕이 철학자인 왕국은 행복하다."

후세의 하이데거는 이렇게 풀이했다.

"플라톤은 철인(哲人) 정치를 주창하면서 사실 농담을 한 것이다. 인류 역사에서 철학자가 왕이 아니었던 적은 단 한시라도 없었는데 말이다."

중국도 실은 철학자가 통치해온 나라다. 아득한 옛날 고대 중국의 철학자들이 창안해낸 인간과 세상을 구하기 위한 방안을 수천 년 동안 무수한 시행착오를 겪으며 걸어온 길이 중국의 역사다. 멀리는 주문왕과 진시황, 한무제와 명태조, 가까이는 쑨원, 마오쩌둥, 덩샤오핑에 이르기까지 무수한 왕이나 황제, 주석들 가운데 나름의 철학을 표방하지 않은 최고 통치자를 찾기란 참으로 드물다.

중국은 공자의 나라다? 중국을 대표하는 철학가 한 사람만 들라고 하면 대부분 공자를 들 것이다. 그런 다음에야 맹자, 노자,

장자, 한비자 등등을 든다. 전통적인 중국 지배층은 공식적으로는 공자와 맹자였으며 비공식적으로는 노자와 장자였다. 그뿐 아니라 관직에 들어가면 그들은 어느 정도 한비자의 법가가 되지 않을 수 없었다. 그저 선생님이라고는 오직 공자님 한 분이라고 해도 과언이 아니었던 과거 우리와는 달리 이렇게 중국은 옛날부터 선택의 폭이 상당히 넓었다. 그러나 묵자를 꼽는 경우는 거의 없다. 왜 그럴까? 묵자의 사상은 귀족이 아닌 민중의 편에 서 있었기에 그런 것인가.

공자와 그 후손들의 저택 공부(孔府), 공자의 묘지 공림(孔林), 공자의 사당 공묘(孔廟) 등 공자의 고향 취푸는 사시사철 국내외 관광객들로 붐빈다. 역사의 스포트라이트를 찬란하게 받아온 공자, 나는 그 압도적인 쏠림이 부담스럽다. 슬금슬금 꽁무니를 빼듯 104번 국도를 따라 남행한다. '공자 선생님' 대신에 못 가진 자들, 못 배운 자들 편에 섰으나 잊혀져버린 '묵자 아저씨'를 만나러 가는 길이다. 휘랄랄라……. 산도 물도 수묵담채화처럼 고즈넉하고 푸근한 풍경의 끝간데 대추나무숲이 열린다. 거기가 묵자의 고향 짜오좡이다.

짜오좡의 시장바닥에는 대추가 산을 이루고 있었다. 짜오좡 시내에는 대추뿐만 아니라 목질이 단단하기로 유명한 대추나무로 만든 목탁, 불상, 가구 따위의 각종 공예품을 취급하는 상점이 흔하게 널려 있다. 우리돈으로 500만 원쯤 하는 엽기적 가격표를 두르고 있는 엄지 크기만한 도장을 가리키며 '이게, 어인 일이냐'고 하며 가격을 흥정하려는 제스처를 취해보았다. 아니나다를까, 상점주인은 벼락을 맞은 대추나무로 노상을 새겨서 쓰면 행운이 온다는 속설을 내세운다. 그리고 자기가 벼락 맞아 죽는 일이 있어도 1전도 깎아줄 수 없다며 배짱을 퉁긴다.

짜오좡의 '묵자기념관'은 대지면적이 약 3천 평, 건축면적은 약 1천 500평으로 취푸에 비할 엄두조차 낼 수 없을 만큼 작고 초라한 규모였다. 그나마 1991년에야 건립되었다 한다.

리광싱(李廣星) 관장은 산동 대학 교수직을 은퇴한 직후부터 관장을 맡았는데 5년이 지났다고 한다. 리 관장은 묵자를 이렇게 풀이한다.

"묵자는 공자에 비해 여러모로 더욱 큰 현대적 의의가 있어요. 묵자는 세계 역사상 최초의 평민사상가이자 고대동방의 위대한 과학자였어요. 21세기 중화민족의 위대한 부흥을 위해 우리는 2천여 년 동안이나 단절되었던 이 위대한 학문을 재발굴하는 데 전력할 겁니다."

묵자의 석고상과 관련 서적 외에는 별 볼 만한 것이 없는 기념관 건물을 나오자 리 관장은 나를 대추나무 몇 그루가 듬성듬성 심어진 뒤뜰로 이끌었다.

리 관장은 대추나무를 가리키며 묻는다.

"저 대추꽃이 보이나요?"

"잘 안 보이는데요, 아니 대추나무도 꽃을 피우나요?"

내가 찾아간 계절은 한창 무르익은 봄철인데도 흑갈색의 나무껍질에 흐트러져 있는 가지에 달린 연녹색의 대추꽃은 너무 작아 피는지 안 피는지 모를 만큼 빈약했다.

'묵자를 보러 왔는데 웬 대추꽃 이야기인가? 보여줄 게 이다지도 없단 말인가.'

관장은 나의 속엣말에 아랑곳하지 않는다.

"묵자는 꼭 이 대추를 닮았어요. 대추나무는 가을이 문턱을 넘으면 놀랍게도 언제 열렸는지 모를 그 많은 열매들이 주렁주렁 연녹색에서 붉은색으로 물들기 시작하지요. 그리고 언제부터 준비했는지 치마폭에 감춰둔 결실을 짠하고 펼쳐 보일 거예요. 추위에도 강하고, 공해에도 건조함에도 강한 대추는 다투어 꽃핌을 시샘하지 않고요, 묵묵히 제 할일 하는 우리네 서민 같은 나무지요."

바람아 바람아 불어라
대추야 대추야 떨어져라
애들아 애들아 주워라
어른아 어른아 뺏어라
애들아 애들아 울어라
· 우리 나라 전래민요

하루살이는 새벽과 밤을 모른다

천자의 칼을 논한 장자

『장자』 「설검」(說劍)에는 다음과 같은 이야기가 나온다.

조(趙)나라 문왕(文王)은 검을 너무도 좋아하여 궁중 여기저기는 늘 몰려온 검객들로 북적거리기 일쑤였다. 문왕은 밤낮을 가리지 않고 검객들로 하여금 무술을 겨루게 해 죽는 자가 많이 나왔으나 문왕은 그 수가 얼마인지를 몰랐다.

제후들은 문왕이 검술에 정신이 빼앗긴 것을 알고 호시탐탐 침략을 노렸는데, 태자는 이들의 계략을 알고 걱정했다. 궁리하다 못한 그는 문왕을 설득하려고 장자를 초빙하였다.

장자를 접견한 문왕은 물었다.

"그대는 무엇으로 나를 가르치려고 태자의 소개를 받았소?"

"저는 대왕께서 칼을 좋아하신다기에 칼로써 대왕을 뵈려 합니다."

문왕이 다시 물었다.

"그대의 칼은 몇 사람이나 대적할 수 있는가?"

"저의 칼은 열 걸음마다 한 사람씩 베어 천리를 가도 아무도

가로막지 못합니다."

문왕은 크게 기뻐하며 말했다.

"천하무적이로고!"

장자가 말했다.

"대개 검술이라는 것은 상대방에게 이쪽의 허점을 보여줌으로써 상대를 유인하고, 상대보다 늦게 칼을 뽑으면서 상대보다 먼저 공격하는 것입니다. 한번 실제로 시험해보고 싶습니다."

문왕이 말했다.

"선생께서는 우선 좀 쉬시오. 객사로 물러가 명을 기다리시오. 시합준비를 갖추고 선생을 모시도록 하리다."

천자의 칼, 제후의 칼, 서인의 칼

문왕은 곧 검객들을 7일 동안 시합을 시켜 60여 명의 사상자를 낸 뒤 그 가운데 5, 6명을 골라 궁전 아래 검을 받들고 늘어서게 하였다. 그러고는 장자를 불러 말했다.

"오늘은 시험삼아 검객들로 하여금 검술을 겨누어보게 하겠소.

장자가 말했다.

"오랫동안 이날을 기다려왔습니다."

문왕이 말했다.

"선생이 평소에 쓰던 칼의 길이가 어떻게 되오?"

"제가 쓸 칼은 아무래도 괜찮습니다. 그러나 제게 칼이 세 자루 있는데 대왕께서 원하시는 대로 쓰겠습니다. 먼저 이것을 설명드린 뒤에 시합을 해보고 싶습니다."

문왕이 그 세 자루 칼에 대한 이야기를 듣고 싶다고 하자 장자가 말했다.

"천자의 칼이 있고 제후의 칼이 있고 서인(庶人)의 칼이 있습니다."

"천자의 칼은 어떤 것이오?"

"천자의 칼은 연나라의 연계와 색외의 석성으로써 칼끝을 삼고 제나라의 타이산(泰山)으로써 칼날을 삼고, 진나라 초나라로써 칼콧등으로 삼고, 한나라 위나라로써 손잡이를 삼아 동이, 서융, 남만, 북적 사이(四夷)로써 싸고 춘하추동 사시로써 다시 싸고 발해로써 두르고 상산으로써 띠를 띤 것입니다. 그리고 이것은 다시 금목수화토의 오행으로써 만드는데, 형벌과 은덕으로써 따지고, 음과 양의 기운으로써 시작하고, 봄과 여름의 화로써 계속하고 가을과 겨울의 위엄으로써 행하는 것입니다. 그리하여 이것을 가지면 앞에는 당할 것이 없으며 이것을 들면 위에는 걸릴 것이 없으며, 이것을 치면 밑에는 버틸 것이 없고, 이것을 휘두르면 사방에는 막을 것이 없으며, 위에는 떠있는 구름을 헤치고, 밑으로는 땅을 잡아맨 큰 줄을 끊는 것입니다. 그러므로 이 칼을 한 번 쓰면 제후가 무릎을 꿇고 천하가 항복하는 것을 말합니다. 이것이 바로 천자의 칼입니다."

문왕이 정신을 잃고 있다가 다시 물었다.

"그렇다면 제후의 칼은 어떤 것입니까?"

"제후의 칼은 지혜와 용기 있는 무사로써 칼끝을 삼고, 어질고 착한 무사로써 칼콧등을 삼고, 호걸스러운 무사로써 손잡이를 삼는 것입니다. 그래서 이 칼도 이 칼을 바로 가지면 앞에는 맞설 것이 없고, 이 칼을 내려치면 밑에는 버틸 것이 없고, 이 칼을 휘두르면 사방에는 막을 것이 없습니다. 위로는 뚜렷한 하늘의 해와 달과 별의 삼광(三光)을 본받아 땅에는 군왕과 어버이와 스승의 삼존(三尊)을 따르고 아래로는 네모난 땅을 본받아 사시를 따르며 가운데는 백성의 뜻을 화하게 하여 사방을 편하게 하는 것입니다. 이 칼을 한번 쓰면 우레와 번개가 치는 것 같아서 온 세상의 제후들이 항복해서 그 명령을 듣지 않는 자가 없는 것입니다. 이 칼이 바로 제후의 칼입니다."

"그러면 서인의 칼은 어떤 것입니까?"

"서인의 칼은 풀어 헤친 머리에 일어선 구레나룻, 숙어진 갓에 굵고 험한 갓끈, 뒷자락이 짧은 옷에 눈을 부릅뜨고 고함을 지르면서, 군왕 앞에서 칼로 서로 치며, 위로는 겨우 목이나 옷깃을 베고 아래로는 간이나 폐를 찌를 뿐입니다. 이것이 서인의 칼인데 싸움하는 닭과 다름이 없습니다. 한번 목숨이 끊어져버리면 다시는 나라일에 쓰일 바가 없는 것입니다. 이제 군왕께서는 천자의 지위에 계시면서 서인의 칼을 좋아하시니 저는 군왕을 위하여 부끄러이 여기는 바입니다."

검객들은 모두가 그 자리에서 자결하였으며 문왕은 그로부터 석 달 동안 궁전을 나가지 않았다.

공자, 너보다 더 큰 도적은 없다

장자의 성은 장(莊). 이름은 주(周). 송(宋)의 몽읍(蒙邑)으로 지금의 허난성 상추현(商邱縣) 부근에서 태어났다. 정확한 생몰

연대는 미상이나 맹자와 거의 비슷한 시대에 활약한 것으로 전해진다. 『장자』 「도척」(盜蹠)에 다음과 같은 이야기가 나온다.

유하혜(柳下惠)는 공자의 친구였다. 그에게는 도척이라는 아우가 있었는데 9천 명의 부하를 거느리고 천하를 휩쓰는 큰 도적이었다. 하루는 공자가 유하혜에게 말했다.

"형으로서 아우를 잘 이끌어줘야 하는데도 지금 그대의 아우는 대도적이니 바로잡아줘야 하지 않겠는가?"

유하혜가 대답했다.

"모두가 부모나 형의 말을 듣는 것이 아니잖소. 내 말에는 귀도 안 기울이니 어쩌겠소?"

"그렇다면 내가 가서 타이르도록 하지."

"아우는 성질이 사나워 조금이라도 비위를 거슬리면 죽여버린다네. 가는 것만은 참게나."

그러나 공자는 친구의 말을 듣지 않았다. 학문에 뛰어난 안회를 수레몰이로 삼고 본래 상인 출신인 자공을 오른편에 앉히고 대도적 도척을 만나러 갔다.

도척은 그때 막 타이산의 남쪽 기슭에서 졸개들을 휴식시키며 사람의 간을 회로 씹어 먹고 있었다. 산채에 이르자 도척의 졸개 하나가 도척에게 보고하였다.

"두목님, 공자란 놈이 만나겠답니다."

도척이 벼락같이 화를 내며 외쳤다.

"그들에게 전하라. 제멋대로 지껄이면서 천하를 미혹시키는 바보라고. 제자를 모으고 군주들을 현혹하는 바보천치 같으니! 그놈의 죄는 중하니 아무 소리 말고 돌아가라고 전하라. 그러지 않으면 그놈들의 간을 점심과 함께 먹겠다."

도척의 부하가 공자에게 전했다.

"왕초께서 필요 없다니 빨리 돌아가시오."

공자가 간곡하게 부탁했다.

"미안하오만 한 번만 더 말해주시오."

"나는 유하혜의 친구입니다."

일찍부터 명성을 듣고 꼭 한 번 만나고 싶어 특별히 찾아왔습니다."

도척이 공자에게 호통을 치며 말했다.

"공자, 할말이 있으면 빨리 말하시오! 만약 내 비위를 거슬리면 간 없는 시체가 되어 돌아갈 거요."

"천하에는 세 가지 미덕이 있다오. 첫째는 몸이 크고 잘생긴 것이고, 둘째는 지혜가 있어 만물의 이치를 분별하는 것이고, 셋째는 용감하고 판단력이 좋으며 군중을 모아 군사를 거느리는 능력이오. 그대는 이 세 가지 미덕을 다 갖췄으면서도 도적이니 정말 애석하오. 그대가 내 의견을 들어주면 나는 여러 나라를 설득하여 그대를 위해 큰 성을 짓고 제후로 삼도록 할 것이오. 그러니 도적은 말아주시오."

도척이 크게 노하며 말했다.

"하하하, 달콤한 말에 넘어가는 것은 바보가 아니면 어리숙한 놈이지. 부귀로 나를 낚을 모양이지만 그렇게는 안 되지. 부귀란 오래가는 게 아니야. 큰 성이라지만 천하의 크기에 비하면 보잘 것이 없잖은가? 옛날 황제들은 천하를 손아귀에 넣었지만 지금 그 후손들은 모두 어디 있는가? 큰 이익을 좇으면 큰 손해가 되돌아오는 법. 나는 지금 대도적으로 살인을 하지만 거기엔 한계를 두고 있소."

"공자, 너는 지금 헛된 말과 거짓된 행동으로 천하의 임금을 미혹시켜 부귀를 추구하려 하고 있다. 도적치고 너보다 더 큰 도적은 없다. 천하 사람들은 어찌하여 너를 도구(盜邱)라 부르지 않고 반대로 나를 도척이라 부르는가."

도척은 계속하여 공자를 꾸짖어 말했다.

"너는 달콤한 말로써 자로를 설복시켜 자기를 따르도록 하였다. 자로로 하여금 그가 쓰고 있던 높은 관을 벗고 그가 쓰고 있던 긴칼을 풀어놓고서 너의 가르침을 받도록 한 것이다. 그러나 자로는 위나라 동문 밖에서 사형을 받아 그의 몸은 소금에 절여졌다. 이것은 너의 가르침이 불충분한 것이기 때문이다."

소 잡는 검객, 포정

무협소설가 김용은 『서검은구록』(書劍恩仇錄)의 주인공 진가락을 통하여 '상승무공'(上乘武功)을 세상에 선보였다. 평범한 초식 속에서 무한한 심법을 펼치는 상승무공은 자신의 내면세계에 대한 탐구와 수련을 통해 참구(參究)한 절세의 내공이다. 진가락이 서북산 동옥실에서 죽기보다 힘든 과정을 거치며 상승무공을 연마했던 목적은 애당초 깨달음에 있었던 것은 아니다. 좀 더 강해지는 방법을 찾다보니, 그 방법을 종교 수행의 전통에서 찾았던 것뿐이다. 결과적으로 진가락은 그 길을 통해 자기완성의 경지에 도달하게 되었다. 그러나 상승무공을 얻는 것은 결코 쉽지 않다. 인간인 이상 자신과의 싸움보다 어려운 것은 없기 때문이다. 김용은 후일 이 상승무공은 원래 『장자』 「양생주」(養生主)의 '포정해우'(捕丁解牛)에서 착안했다고 밝혔다.

한번은 장자가 왕을 초청해 놓고, 유명한 칼잡이 포정을 강사로 내세워 도를 강의하게 하였다. 포정은 황소 한 마리를 잡으며 왕에게 시범을 보였다. 그의 손놀림과 자세, 칼을 쓰는 동작은 마치 아름다운 음악을 연주하는 것 같았다.

"제가 반기는 것은 도(道)입니다. 손끝의 재주 따위보다야 우월합니다. 제가 소를 잡을 때는 소만 보여 손을 댈 수 없었으나, 3년이 지나자 이미 소의 온 모습은 눈에 안 띄게 되었습니다.

요즘 저는 정신으로 소를 대하고 있고 눈으로 보지는 않습니다. 눈의 작용이 멎으니 정신의 자연스런 작용만 남습니다. 천리를 따라 소가죽과 고기, 살과 뼈 사이의 커다란 틈새와 빈곳에 칼을 놀리고 움직여 소 몸이 생긴 그대로 따라갑니다. 그 기술의 미묘함은 아직 한 번도 칼질을 실수하여 살이나 뼈를 다친 일이 없습니다. 하물며 큰 뼈야 더 말할 게 있겠습니까?

솜씨 좋은 소잡이가 1년 만에 칼을 바꾸는 것은 살을 가르기 때문입니다. 평범한 보통 소잡이는 달마다 칼을 바꾸는데, 이는 무리하게 뼈를 가르기 때문입니다. 그렇지만 제 칼은 19년 동안이나 수천 마리의 소를 잡았으나, 칼날은 방금 숫돌에 간 것과 같습니다. 저 뼈마디에는 틈새가 있고 칼날에는 두께가 없습니다.

두께 없는 것을 틈새에 넣으니, 널찍하여 칼날을 움직이는 데에도 여유가 있습니다. 그러니까 19년이 되었어도 칼날이 방금 숫돌에 간 것과 같습니다. 하지만 근육과 뼈가 엉긴 곳에 이를 때

마다 저는 그 일의 어려움을 알아채고 두려워하고 경계하며 천천히 손을 움직여 칼의 움직임을 아주 미묘하게 합니다. 살이 뼈에서 털썩하고 떨어지는 소리가 마치 흙덩이가 땅에 떨어지는 것 같습니다.

칼을 든 채 일어나서 둘레를 살펴보며 머뭇거리다가 흐뭇해져 칼을 씻어 챙겨 넣습니다."

문혜군(文惠君)이 경탄하며 말했다.

"아아, 훌륭하도다! 기술이 이런 경지에 이를 수도 있는가?"

포정이 칼을 놓고 말했다.

"도는 빈 것입니다. 그것은 무입니다. 그러므로 만물을 낳고 포용할 수 있습니다. 만물 중 하나인 인간은 도를 따라야 합니다. 도를 벗어나면 오직 스스로를 상할 뿐이지요. 도를 따르지 않고 쓴 칼날이 무디어지듯이."

못난 나무는 도끼에 찍히지 않는다

『장자』「소요유」(逍遙遊)는 김용의 또 다른 걸작 『사조영웅전』(射雕英雄傳)의 「소요유」를 낳게 하였다. 홍칠공이 황용에게 가르쳐준 김용의 '리메이크 소요유'말고 장자의 '오리지널 소요유'를 살펴보자.

북쪽 바다에 물고기가 있는데, 이름하여 곤(鯤)이라 하였다. 곤의 크기는 몇천 리나 되는지 알 수가 없었다. 이것이 변하여 새가 되면 그 이름을 붕(鵬)이라 하였다. 붕의 등도 그 길이가 몇천 리인지 알 수가 없었다. 붕이 한번 날아오르면 그 날개는 하늘에 드리운 구름과 같았다. 이 새는 바다에 태풍이 불면 남쪽 바다로 이동하게 된다.

붕이 남쪽 바다로 옮아갈 때에는 물을 쳐올리되 그 높이가 3천 리나 되고, 회오리바람을 타고 9만 리나 올라가 오뉴월의 거센 바람을 안고 날아간다. 아지랑이나 먼지 같은 것은 생명체가 숨을 쉬면서 서로 불어내 보낸 것이다. 하늘이 파란 것은 그 본래의 색깔이 그러한 것일까? 그 높음이란 다함이 없는 것일까? 그곳에서 아래를 내려다보아도 역시 그러할 것이리라.

무릇 물이 깊지 않다면, 큰 배를 띄울 수 없을 것이다. 한 잔의 물을 작은 웅덩이에 부어 놓으면 땅에 닿아버리는 것은 물은 얕은데 배는 크기 때문이다. 바람이 쌓이되 두텁지 않다면, 붕 역시 큰 날개를 떠받칠 힘이 없게 된다. 따라서 9만 리 정도는 올라가야 바람이 날개 밑에 그만큼 쌓이게 되어, 그런 뒤에 지고 거리낄 것이 없는 뒤에야 붕은 남쪽으로 날아가게 된다.

매미와 작은 새는 그것을 보고 웃으며 말한다.

"우리는 있는 힘을 다해 팔짝 뛰어 날아서야 겨우 느릅나무 위에 올라 머물 수 있다. 때로는 거기에도 이르지 못하고 땅에 떨어지는데, 무엇 때문에 9만 리를 날아 남쪽으로 가는 것일까?"

작은 지혜는 큰 지혜에 미치지 못하고, 수명이 짧은 것은 수명이 긴 것에 미치지 못한다. 하루살이는 새벽과 밤을 모르고, 쓰르라미는 봄과 가을을 모른다. 이것들은 수명이 짧은 것들이다.

혜자가 장자에게 말했다.

내 있는 곳에 큰 나무가 하나 있는데, 사람들은 그것을 가죽
나무라고 부르더군요. 그 큰 줄기는 혹투성이여서 먹줄을 칠
수도 없고 가지는 비비 꼬여 자를 댈 수조차 없기에, 길가에
서 있지만 목수들이 거들떠보지 않습니다. 지금 그대의 말도
크기만 했지 아무 소용 되는 게 없어 사람들이 거들떠보지 않
을 거요.

장자가 말했다.

선생은 삵이나 너구리를 보지 못했나요? 몸을 낮게 움츠리
고 엎드려 있다가 돌아다니는 작은 짐승을 노려 이리 뛰고 저
리 뛰고 높고 낮은 데를 가리지 않다가 결국 덫에 걸리거나 그
물에 걸리어 죽고 말지요. 그런데 이우라는 큰 소는 그 크기가
하늘에 드리운 구름과 같아 큰일을 얼마든지 할 수 있지만 쥐
는 잡을 수가 없습니다. 지금 그대는 큰 나무가 있음에도 쓸모
가 없다고 걱정하는 듯한데, 어째서 그것을 아무것도 없는 곳,
드넓은 들판에 심어 놓고 하릴없이 그 곁에서 왔다갔다하거나
그 아래에서 노닐다가 드러누워 잠을 잔다거나 하지 않는가?
그 나무는 도끼에 찍혀 일찍 죽지도 않을 것이요, 어떤 사물도
그것을 해코지 않을 것이니, 아무 데도 쓸모가 없다는 것이 어
째서 괴로움이 된다는 것인가?

인간은 작고 미천하고 열등한 것을 부정하면서, 보다 크고 위대하며 고귀한 것을 추구해왔다. 사물을 구분하고 취사선택하는 태도는 자신을 포함한 세계를 있는 그대로 긍정하고 존중하지 못하게 한다. 장자의 메시지는 이 같은 원초적 폭력을 멈추지 않고는 인간세계의 평화는 영원히 기약할 수 없다는 것이었다.

공자는 봉건제도를 원칙적으로 지지하고 이를 전제로 사회를 개혁하고자 한데 반하여 장자는 봉건제도를 부정하는 데서 출발하였다. 공자와 맹자를 공맹이라 하듯 장자는 그보다 몇백 년 앞선 인물인 노자와 함께 노장으로 불리게 되었고 그들의 사상은 후한 때에 종교적 형태인 도교로 발전하였다. 노장은 공맹과 대립하였다. 노장은 공맹의 통치원리가 지배력을 잃었을 때 인심의 허망함을 달래주고 종교적 안위를 부여해주었다. 현실에 불만을 품거나 곤경에 처한 협객들에게는 공맹보다 노장이 압도적으로 우세했던 것도 이러한 관점에서 이해될 수 있다.

노장사상은 체제를 비판하고 권력을 부정하기에 역대 농민봉기의 이념으로 채택되기도 하였다. 언뜻 보면 노장사상은 평화스러우나 내면에는 반권위주의적·무정부주의적인 화약냄새가 짙게 배어 있다. 부드러운 사슴가죽 칼집으로 몸을 감싼 청동 비수다.

오적과 오두들의 역사

험꺾을 평가한 한비자

조롱박에는 두 가지 모순이 있다.

첫째는 조롱박의 꽃말이 '외로움'이라는 것이다. 그러나 조롱박의 실상은 외로움과 거리가 멀다. 속에 많은 씨가 들어 있기에 옛날부터 남근과 자손이 많음을 상징하는 사물로 간주되어왔다. 그러기에 조롱박의 꽃말은 '외로움'에서 '무지무지 외롭지 않아요'로 바꿔 불러야 적합할 듯하다.

둘째는 조롱박은 선이 아름답다는 것이다. 여인말고 이처럼 아름다운 허리를 간직한 생명이 다시 있을까? 특히 개미보다도 더욱 적절히 잘록한 허리부분에서 절세미녀가 연상된다. 그런데도 조롱박의 허리선의 아름다움은 잘 알려져 있지 않다. 이제 허리의 선을 찬미하려면 '동물 개미'보다 우선 '식물 조롱박'을 들 일이다.

조롱박은 보통의 박보다는 확실히 색다른 느낌을 준다. 도가에서는 신선이 조롱박으로 만든 호로병을 항상 몸에 지니고 다니면서 사람의 병을 치료해준다고 한다. 마를 막아주고 병을 물리치며 독성과 해로움을 제거하는 등 장수부귀의 영험을 믿었다.

그런데 이 조롱박을 두고 일찍이 장자와 한비자는 격렬한 시비를 벌였다.

장자와 한비자의 조롱박 논쟁

『장자』「소요유」에 나오는 이야기다.

어느 날, 장자의 친구 혜시(惠施)가 위왕에게서 조롱박의 큰 종자를 하사받았으나 장자에게 큰 조롱박에 대한 푸념을 늘어놓았다.

"조롱박의 크기가 커서 좋으나 너무 약하여 물을 담으면 금방 깨지고 반을 갈라 조롱박으로 써서 물을 뜨면 깊이가 너무 낮아 얼마 담지 못하여, 아쉽지만 크긴 크나 쓸데가 없어 모두 버렸다."

이에 장자는 말했다.

"조롱박이라 왜, 꼭 물을 담는 데 써야 하나! 물을 담지 못하면 조롱박을 물에 담그면 되지 않겠는가? 큰 조롱박을 엮어 조롱박 튜브나 뗏목으로 사용, 물 위를 떠다녀도 좋을 것 아닌가."

장자는 크거나 작거나 조롱박은 유용하다고 했다. 유용함과 무용함은 상대적이라는 것이다.

그러나 한비자는 『한비자』「설난」(說難)에서 장자의 '조롱박 유용설'을 신랄히 비판하였다.

    제나라에 전중이라는 사람이 숨어 살고 있었다. 송나라 사람 굴곡이 그를 만나보고 이렇게 말했다.

    "제가 알고 있는 바에 의하면, 선생께서 주장하시기를 남의 은혜로는 먹고 살지 않는다고 하신다면서요. 그런데 저는 조롱박을 심는 요령을 알고 있습니다. 그 조롱박은 돌처럼 단단하고 구멍을 뚫을 수가 없습니다. 그것을 드리겠습니다."

    전중은 대답했다.

    "조롱박의 용도는 구멍을 뚫고 물건을 넣는 데 있다. 그런데 구멍을 뚫을 수 없다니 아무짝에 쓸모가 없지 않나. 그런 조롱박이라면 필요 없다."

    굴곡은 말했다.

    "지당한 말씀입니다. 저도 그걸 버릴 작정이었죠."

    어쨌든 전중은 남의 덕택에 먹고 살기를 좋아하지 않았는데, 그렇다고 나라를 위해서 일하는 것도 없었다. 전중은 돌 같은 조롱박과 다를 바 없이 쓸모없는 자다.

    장자는 어떤 조롱박(사람)이라도 쓰기 나름이니 어쨌거나 조롱박은 유용하다고 했다. 그와 반대로 한비자는 조롱박도 조롱박 나름이라며 돌 조롱박은 무용하다고 하였다.

    제자백가 중 협객의 역사와 문화에 결정적인 영향을 미친 두 거인은 장자와 한비자다.

    장자는 "물고기는 강호에서 서로 잊고, 사람은 도술(道術)에서 서로 잊는다"고 말했다. 한비자는 "제왕은 신하를 믿으면 그에게 죽는다. 오직 권모와 술수로써 살아 남아야 할 뿐"이라고 설파했다. 한비자는 현실적이었다. 과거에 얽매여 현실의 문제를 등한시하거나 적절하지 못한 정책을 시행하는 자를 무척 경멸하였다.

장자는 아무런 구속 없는 유협들의 '강호문화'를 창조했는가 하면 한비자는 '둑이 없고 강이 있겠는가? 오로지 제약 속에서만 자유가 있다'는 식으로 유협들의 보스, 즉 호협의 '회당(會堂) 문화'를 수립했다. 요컨대 장자는 위대한 보통협객을, 한비자는 홀로 고독한 보스의 행동철학을 강조하였다.

한비자, 창과 방패의 삶

전국시대 초나라에서다. 한 장사꾼이 창과 방패를 길바닥에 늘어놓고 팔고 있었다. 그는 지나가는 사람들을 향해 큰 소리로 외쳤다.

"여러분, 이 창은 아무리 단단한 방패라도 다 뚫을 수 있습니다. 자, 이 창을 한번 써보세요."

사람들은 장사꾼의 말에 귀가 솔깃하여 모여들었다. 당시는 전쟁이 끊이지 않던 시대라 사람들이 무기에 대해 관심이 많았다. 장사꾼은 사람들이 구름처럼 몰려들자 신이 났다. 그러자 이번에는 방패를 번쩍 들고 소리쳤다.

"이 방패도 보통 방패가 아닙니다. 세상에서 아무리 날카로운 창으로 찔러도 다 막아낼 수 있습니다. 자, 방패 사세요."

장사꾼은 사람들을 향해 정신없이 소리쳤다. 그때 구경꾼들 틈에서 한 사람이 불쑥 나서서 말했다.

"여보시오, 그런 엉터리 같은 말이 어디 있소. 어떤 방패도 뚫을 수 있는 창과 아무리 날카로운 창도 막아내는 방패라니? 그럼 그 창으로 그 방패를 찌르면 어떻게 되는 거요?"

장사꾼은 이 말을 듣고는 아무 말도 못하고 슬그머니 그 자리를 피해 달아났다.

이 이야기는 『한비자』에 나온다. 한자로 창과 방패를 뜻하는 '모순'(矛盾)이란 말은 여기서 비롯되었다. 이렇듯 모순이란 '언어행동 속에 전후 어긋남이 있어 조리가 맞지 않은 것을 말하지만, 현대에는 이따금 '절대모순의 자기동일' 하는 따위로 철학 방면에서 어렵게 쓰이게 되었다.

한비자는 삶과 죽음 자체가 하나의 모순이었다. 그는 전국시대 말 전국 7웅 중 최약소국인 한(韓: 지금의 허난성 부근)나라에 태어났다. 한비자는 타고난 말더듬이였으나 문장이 뛰어났다. 두뇌가 매우 명석하였으나 주변머리가 없었다. 진시황의 초대 재상 이사(李斯)가 모략에 뛰어난 변설가인 반면 학자로서는 한비자에 도저히 미칠 바 못 되었다. 진시황은 한비자의 저서를 애독했는데 "이 사람과 교유할 수 있다면 죽어도 한이 없겠다"고까지 감탄하였다.

한비자는 한나라의 세력이 약해지는 것을 염려하여 누누이 왕에게 간언했으나 받아들여지지 않았고, 끝내 진의 공격을 받자 평화의 사신으로서 진나라로 갔다. 진시황은 한비자를 보자 크게 기뻐하여 그를 아주 진에 머물게 하려 했으나, 이사는 내심 이를 못마땅히 여겨 진시황에게 참언하여 한비자를 옥에 가두게 한 후, 독약을 주어 자살하게 하였다.

후세 사람들이 잘 모르는 한비자의 업적 한 가지는 그가 사상 최초로 협(俠)이라는 용어를 창출한 일일 것이다. 한비자는 협객에 대해 매우 치밀한 평가를 내렸다. 한비자는 금령(禁令)을 벗어난 자는 벌을 받아야 하는데도 협객의 무리들을 자객으로 길들이고 있는 당시 풍조를 비판하면서, 무리를 모아 도당을 만들며 절조를 세우며 평범한 백성이 될 수 없으며 관직을 버리고 교제를 좋아하는 협객들의 특성을 예리하게 발라냈다.

김지하의 '오적'과 한비자의 '오두'

서울이라 장안 한복판에 다섯 도둑이 모여 살았것다.
남녘은 똥덩어리 둥둥
구정물 한강가에 동빙고동 우뚝
북녘은 털빠진 닭똥구멍 민둥
벗은 산 만장 아래 성북동 수유동 뾰쪽
남북간에 오종종종 판잣집 다닥다닥
게딱지 다닥 코딱지 다닥 그 위에 불쑥
장충동 약수동 솟을대문 제멋대로 와장창
저 솟구 싶은 대로 솟구쳐 올라 삐까번쩍
으리으리 꽃궁궐에 밤낮으로 풍악이 질펀 떡치는 소리 쿵떡
예가 바로 재벌, 국회의원, 고급공무원
장성, 장차관이라 이름하는,
간땡이가 부어 남산만하고 목질기기는 동탁배꼽 같은

천하흉포 오적(五賊)의 소굴이렷다.

• 김지하의 「오적」에서

1970년 한국의 김지하는 「오적」을 썼다. 기원전 3세기 중국의 한비자는 「오두」를 썼다. 「오적」은 「오두」의 선제공격에 대한 2천 200여 년 만의 반격이다. 김지하는 재벌, 국회의원, 고급공무원, 장성, 장차관 등 민중의 반대편에서 수탈을 일삼는 소수지배층을 오적으로 규정하고 통렬한 비판을 가했다. 그와 반대로 한비자는 학자, 협객, 논객, 유민, 상공인 등을 가리켜 군주에게 해를 끼치는 오두(五蠹: 다섯 가지 좀벌레)라고 무자비하게 폭로하였다.

첫째 학자, 그들은 법치주의를 반대하고 덕치주의를 주장하여 함부로 국정을 비판하고 독선적인 교설을 토해내며 거만하게 허세를 부린다. 군자와 현인들은 그들을 존중하여 조금도 타박하지 않는다. 그들은 생산에 종사하지 않고 전쟁에 참가하지 않으며 무위도식하여 허사를 늘어놓을 뿐인 유해무익한 존재다.

둘째 협객, 그들은 공법을 무시하고 자기 가문의 절의를 내세우며 사사로운 싸움을 꺼리지 않으면서, 민중이 잘못 생각하고 그들을 찬양하면 군주와 귀족과 현자까지도 영합하여 그들의 불법한 언동을 용인한다.

셋째 논객, 그들은 모략에 능하고 변설이 뛰어나 현량한 신하의 충언을 억눌러 군주와 중신들을 구워삶으며 적국의 이익을 꾀하여 피아(彼我) 쌍방으로부터 많은 보수를 얻는다. 즉 국제적인 좀벌레다.

넷째 유민, 그들은 스스로 공민권을 버리고 사문의 사용인이 되어 납세와 노역 등을 면제받아 사문의 그늘에 숨어 도식하며 성실한 농민과 병사들을 비웃고 있다. 이 같은 유민의 증가야 말로 국가 쇠망의 일대 원인이다.

다섯째 상공인, 그들은 견실한 시민 생활을 어지럽혀 사치와 허식을 끌어들여 악착같이 이윤을 얻어 자기 자신의 경제 능력이나 공예의 재능을 자랑하고 있다. 그들은 그 노고에 비해 과다한 수입을 올리는 기생충이며, 더구나 부유한 상인은 군주나 귀족들과 친교를 맺어 횡포하고 불법한 행동도 용인되고 있다.

이상과 같이 오두는 그 존재를 용납할 수 없는 기생충이다. 명군의 치하에서는 이런 존재는 마땅히 일소될 것이다.

김지하 「오적」의 매력이 통렬한 해학과 풍자에 있다면 한비자 「오두」는 엄밀한 논리성과 투철한 도리를 천명함에 있다. 「오적」과 「오두」는 모두 진보적 역사관으로서 당시 사회변혁에 거대한 영향을 미쳤다. 지배받는 자 편에서 쓴 「오적」보다 지배자의 입장에 선 「오두」의 공격대상이 압도적으로 다수이며 광범위하다.

오적과 오두의 격렬한 대립은 곧 체제 자체를 해체시키는 것이기에 그들은 동반자살을 면하기 위해 어떻게 해서든 '함께 더불어 살아 남기'에 애써왔다. 그들간의 대립과 갈등이 극도로 심화되어 폭발했던 때에는 공멸을 면치 못해왔다. 인류사회변천사를 한마디로 개략하자면 시대와 지역에 따라 각기 다른 유형의 '오적'과 '오두'들이 서로 울며 웃고 서로 대립투쟁하다가 조화 타협해온, 하나의 거대한 모순(矛盾)의 궤적이라고 할 수 있지 않을까?

시는 칼이었고 술은 칼집이었다

변방의 아해

나서 글 한 줄 안 읽었어도

사냥하며 날쌤을 자랑한다

오랑케 말은 가을에 살찌니 백초가 좋고

말타고 빛살같이 달리니 어찌 아니 장할쏘냐

금채찍으로 윙윙 흰눈 떨치며

얼큰히 취해 매를 불러 들에 나간다

만월같이 활 당겨 어긋남 없어

화살 한 대로 왜가리 두 마리 떨어뜨린다

해변의 보는 이들 모두 놀라라

맹렬한 기개 준수한 풍모 사막에 떨치더라

유생은 협객에 미칠 바 못 되니

흰머리 되도록 문 닫고 공부한들 무슨 소용 있으리

• 이백의 「사냥을 나가며」(行行且遊獵) 전문

여불위가 한손에는 돈, 다른 한손에는 칼로써 천하를 뒤흔들었다면 이백은 한손에는 술, 다른 한손에는 칼로써 천의무봉의 시를 썼다. 중국 낭만파 시인의 제일인자 이백은 천재요 주당이며 신선이었다. 협객이요 혁명가였다. 이백은 시선(詩仙)인 동시에 시협(詩俠)이었다.

신선이 될 수 없어 속세에 뒹굴다

이백은 701년, 당나라 장안 원년에 태어났다. 그가 태어날 때 그의 어머니는 꿈에 태백성(太白星)을 보았기 때문에 이름을 백이라고 하고 자를 태백(太白)이라 붙였다 한다. 출생지는 지금의 중앙아시아 키르기스스탄에서 태어났으며 다섯 살 때 부모를 따라 쓰촨성 창밍(彰明)현—지금의 장요우(江由縣)현—으로 이주했다. 그의 선조에 대해서는 이론이 분분하다.

서역에서 살다가 그의 부친 이객(李客)이 촉(蜀)으로 들어왔다고 하며 혼혈아일 가능성도 제기되고 있다. 이백은 열 살 때부터 제자백가를 읽고 검술도 배워 협객들과 어울려 지냈다. 열다섯 시절에는 날카로운 검에 몸을 기탁하여 사람을 몇몇 죽이기도 하였다. 이백은 평생 관우, 장량, 주해, 형가, 고점리 등의 협객들을 흠모하였고 공자와 맹자를 배격하고 노자와 장자를 좋아하였다.

이백은 협객의 의지가 충만하였기에 제 몸을 아끼지 않고 무력으로 법에 도전하는 행위를 많이 하였다. 그는 협객의 기상이 솟구쳤기에 봉건질서를 멸시하고 봉건 정통관념에 구애되지 않았다. 협객의 도전심이 불타올랐기에 감히 요순을 경시하였고 공자를 비웃었으며 권세자들을 대등한 태도로 대하면서 상하간의 예절을 지키려 하지 않았다. 이백의 생활은 시를 중심으로 그 좌우에는 술과 칼이 있었다. 그의 인풋은 술과 칼, 아웃풋은 시였다. 그의 사상은 의협정신을 중심으로 그 주변에는 유와 도의 정신이 한데 어우러져 유기적인 통일체를 이루었다.

> 계곡 물소리에 개짖는 소리 어울리고
> 복사꽃 이슬 머금어 더욱 붉어라
> 깊은 숲속 사슴 언뜻 보이고
> 한낮 계곡엔 종소리도 들리지 않는다
> 대나무 푸른 놀을 가르고
> 폭포수 높이 푸른 산에 걸렸구나
> 만나볼 사람 간 곳을 모르니
> 시름에 잠겨 소나무에 기대어 있노라

이것은 이백의 최초의 시 「대천산 도사를 만나지 못하고」(訪戴天山道士遇)이다.

18세의 이백은 험준하기로 이름 높은 고향 근처의 대천산에 숨어들었다. 거기서 그는 주로 선술(仙術)과 검술에 정진하였다. 때로는 유협의 무리들과 어울리기도 했지만 과거에는 관심조차 없었다. 그러길 두 해가 지난 스무 살의 이백은 위의 시 「대천산 도사를 만나지 못하고」를 읊었다. 이 시는 천여 수가 넘는 이백의 시 가운데 최초의 작품으로 전해지지만 보기 드물게 애상적이다. 더욱이 "한낮 계곡엔 종소리도 들리지 않는구나"라는 구절은 도사가 어떤 선경으로 갔는지를 모르겠다. 즉 신선이 되고자 했던 그의 꿈을 당분간 접겠다는 다짐을 암시한다. 대천산을 하산하는 젊은 이백의 두 손에는 붓도 술병도 없었고 허리춤에 단 한 자루 칼이 꽂혀 있었다.

이백은 25세까지는 주로 고향 쓰촨을, 25세 이후에는 쓰촨을 떠나 중국 천하의 각지를 방랑하였다. 이백의 생은 방랑으로 시작하여 방랑으로 끝났다. 그러나 그의 방랑은 단순한 방랑이 아니고, 정신의 자유를 찾는 대붕의 비상이었다. 그의 이상은 세속을 높이 비상하는 대붕, 꿈과 정열에 사는 늠름한 로맨티시스트에 있었다.

27세의 이백의 발걸음은 후베이성 안릉(安陵)에 닿았다. 거기서 평생의 술친구 허어사(許圉師)를 만나 그의 딸과 결혼하였다. 이백의 아내는 재주가 많고 온유했지만 자기 남편이 술마시는 것을 매우 싫어했다. 가정생활과 생업에는 아랑곳없는 그는 다시 정처없는 방랑의 길을 떠났다.

그대의 술값은 국가가 지불할 것이오

　조나라 협객 거친 갓끈 늘어뜨리고
　오나라 검은 서릿발 같은 빛을 발한다
　은안장 빛나는 백마
　유성처럼 바람 가른다
　열 걸음에 한 사람 죽여도
　천리에 자취조차 없어라

일 끝내고 옷을 털어

몸과 이름 깊이 숨긴다

한가히 신릉 지나 술 마시며

검 풀어 무릎에 걸쳐 놓는다

주해(朱亥)와 더불어 구운 고기 먹고

후영에게 잔을 권한다

술 석 잔에 좋다 하고

오악(五岳) 뒤집는 일조차

가벼이 여기더라

술에 취하니

의기는 무지개처럼 뻗치노라

조나라 구하러 금철퇴 휘두르니

한단이 먼저 놀랐다

천추의 두 장사가

대량성을 빛냈으니

협객은 죽어도 기개는 향기로워

천하영웅이 부끄럽지 않아라

그 누가 천녹각에 파묻혀

백발이 다 되도록 태현경을 지으리

당현종 개원 23년, 36세의 이백은 뤄양을 떠나 타이위안(太原)을 거쳐 허베이성 한단에 이르렀다. 거기서 이백은 조나라의 고도가 낳은 후영과 주해 등 협객들을 애찬하며 위의 시 「협객행」(俠客行)을 읊었다. 그러나 그 무렵 이백의 내면은 모순의 극치를 달리고 있었다. 결국 그는 한눈을 팔기 시작하였다. 젊은 시절 협객과 신선을 추구하였던 이백도 중년고개를 넘기면서부터 점차 유가적 정치이상인 경세치민에 한눈을 팔게 되었다.

신선이 될 수 없었던 이백은 속세에서 뒹굴며 벼슬할 기회를 노렸다. 마침 당현종의 누이동생 옥진공주가 이백의 명성을 흠모하고 있었다. 이백은 결국 그녀의 천거를 받고 수도인 장안에 왔다. 이백이 장안에 도착했을 때 현종은 친히 금마문 밖까지 마중 나오고, 게다가 그를 위해 성대한 잔치를 열어주었다. 서기 742년, 머리카락이 희끗희끗해진 이 중년 시인은 자신이 창공을 나는 대붕이 된 듯 기뻤다.

황궁의 봄날, 침향정 앞 연못에는 각양각색의 진귀한 모란이 활짝 피어 서로 아름다움을 시샘하고 있었다. 당현종과 양귀비는 작은 가마를 타고 함께 그곳에 꽃구경을 하러 왔다. 악단을 불러 아름다운 음악을 연주하도록 하였다.

현종은 양귀비를 앞에 두고 말했다.

"아름다운 꽃을 보며, 양귀비를 마주하였는데 어찌 이전 듣던 음악만으로 즐기리요. 청련거사(靑蓮居士) 이백을 데려오너라!"

그러나 이백은 만취하여 연못에 빠진 탓에 온몸이 젖어 있었다.

"그를 부축하여 황제께 데려갈 수밖에 없겠군."

만취한 이백이 침향정에 오자, 현종은 손수 그에게 술 깨는 국을 먹였다. 그러고는 궁녀 열다섯 명을 동원하여 입김으로 젖은 옷을 녹이게 했다.

"이백이여, 일어나게나!"

이백은 술이 깨자 시상이 샘물처럼 솟아났다.

"허!"

현종은 피리를 불고 황실의 악단은 반주를 하고, 이구년은 노래를 불러, 만고에 뛰어난 「청평조사」(淸平調詞)가 양귀비에 바쳐지게 되었다.

구름 같은 옷 꽃 같은 얼굴 봄바람 난간에 스치고 이슬은 농염하구나
군옥산정에서 보지 않았다면 요대(瑤臺)의 달빛 아래 만났겠지
향기 머금은 이슬은 한 송이 붉은 꽃 위에 무산(無算)의 운우지정 애를 끊나니
한나라 궁전의 누가 비길까 어여쁘다 조비연 새단장했네
예쁜 꽃 경국미인 모두 다 좋아 오래도록 황제는 웃으며 바라보신다
봄바람이 끝없는 한 무르녹일제 미인은 침향정 북쪽, 난간에 기대어 섰네.

그러나 이백은 권신들에게 미움을 받았고 항상 주위의 냉대를 받았다. 그가 조정에서 벼슬할 때는 단지 황제의 문서와 연구작업을 맡았는데 이러한 일은 이백에게 맞지 않았다. 장안의 술집에서 취해 쓰러져 있으면 당대의 환관인 고력사(高力士)로 하여금 업어 들게 하였으며 손수 신발을 벗기게 했으니 그로써 원한을 품은 고력사의 모함을 받았다.

이백은 국가를 위해 일하고자 했으나 궁중 내부의 부패와 타

락 속에서 이상을 펴지 못하고 오히려 술과 방탕으로 소일하다
가 744년 마침내 사직서를 냈다. 황궁에 든 지 불과 2년 만의 일
이다. 이백이 관직을 그만 둘 때 현종은 그에게 금패 하나를 수
여했다.

"짐이 그대에게 금패를 내리노니, 앞으로 그대가 어디에 가서
술을 마시든 비용은 전부 국가가 지불할 것이오."

이백은 다시 각 지방을 유랑하였다. 이백은 타격을 받으면 울
분을 터뜨렸으며 굿굿한 자세로 굽히려 들지 않았다. 이백은 호
협한 남아의 기질이 있었다. 봉건통치자들의 부패한 생활상과 암
흑 같은 현실의 악덕을 꿰뚫어보게 되자 사회를 비판하고 호방한
격정으로 봉건왕조의 부패를 폭로하고 통책하였다.

이백은 술과 칼과 시가 하나로 용해되고 결합된 '퓨전의 삶'을
활활 불질렀다.

> 배 안에는 잘린 손가락 많기도 하고
> 성 위에선 해골로 밥을 짓는다
> 허둥허둥 가까운 관문을 벗어났어도
> 앞길 암담하며 머뭇거린다
> 남으로 유성처럼 도망을 쳐도
> 북쪽 오랑캐는 끝없이 쫓아온다
> 태백성은 밤에 묘성(昴星)을 침범하고
> 긴 무지개는 해를 꿰뚫었지
> 진나라와 조나라가 천병(千兵)을 일으켰어도
> 넓고 넓은 천하는 혼란스러워

밝은 천자의 성은을 받았건만
강 건너며 흐르는 물에 맹세하노니
뜻은 중원을 맑게 하고자
검을 뽑아 앞기둥 베고
피눈물로 슬피 울지 않을 수가 없노라

이 시는 이백이 50대에 쓴 「남쪽으로 도망치며」(南奔書懷)이
다. 노자에 허탈해하고 술에도 안주할 수 없었던 고독한 노년의
이백은 젊은 시절의 협객으로 돌아가고 싶었다. 안녹산 장군이
병사를 일으켰다. 양귀비에 빠져 당나라는 준비를 하지 않았기
때문에 반란군은 아무런 저항도 받지 않고 뤄양을 함락시킨 후
한구관을 지나 마지막으로 결국 도성인 장안을 공격하였다. 전란
중에 많은 사람들은 남쪽으로 피란을 갔는데, 이백의 나이 56세,
그도 피란민의 대열에 끼여 있었다.

시인은 나라의 어지러움을 당해, 자신의 재능을 살려 구하지
못하게 되자 가슴 아파했다.

"나는 틈틈이 무예를 배워왔건만 나라에 보답할 수가 없구려."

지덕 원년 756년 영왕(永王) 이린(李璘)은 병사를 일으켜 안녹
산군을 토벌하며 이백에게 참가할 것을 세 번이나 요청하였다.
그 해 12월 이백은 영왕의 초대를 받아 토벌행렬에 참가하였다.

"잘됐소, 이백께서 우리에게로 들어오신다니."

사실 영왕은 이 기회를 빌려 황제자리를 노리려고 했던 것이
다. 그러나 영왕이 패하여 참수형에 처해졌을 때 이백도 패잔병
을 따라 도망하다 붙잡혀 사형선고를 받은 뒤 곽자의(郭子儀)의

노력으로 감형되었다. 이때 그의 나이 58세였다.

나의 호기는 어디에도 없구나

대붕이 난다
사방 팔방을 떨치게 날개를 휘젓는다
하늘이 그 날개를 이제 꺾어버리는구나
오래도록 멈추지 않고 부는 큰바람이라도
이미 날개 꺾인 대붕을 날게 할 수는 없구나
천상에서 노닐다가 옷소매 걸리었구나
훗날 이 일을 전해 알련만
공자 죽은 후라
뉘라서 날 위해 눈물 흘리리

이백은 사면된 후 둥팅호(洞庭湖)로 돌아와 친구들과 만나며 옛날의 천진함을 되찾았다. 이백은 예전의 맑고 깨끗함을 되찾고 싶었으나 술을 더 마셨음에도 불구하고 이전의 호기를 되찾을 수 없었다. 그는 이미 그가 가장 아꼈던 칼까지도 저당잡혀 술을 마셨다.

창공을 향해 비상하던 대붕, 그는 날개를 접어야 할 때를 직감한 것일까. 762년 가을 이백은 위의 시 「임종가」(臨終歌)를 읊는다. 이백 최후의 시인 셈이다. 그 해 11월 당도(當塗: 지금의 안후이성에 속함)의 숙부 이양빙(李陽氷)의 집에 묵던 이백은 곧 중병을 얻어 향년 62세로 초연히 세상을 떠났다. 그러나 5대 때문인 왕정보(王定保)의 『당척언』에 의하면 "이백은 궁금포를 입고 채석강에 노닐면서 술에 취하여 물속의 달을 건지려다 빠져 죽었다"라고 적혀 있다. 이러한 이야기들은 이백이 그토록 호방하고 초탈했으므로, 만약 그가 평범하게 병들어 죽었다면 이를 잘 받아들이지 못할 듯하여 그런 것 같다.

자신을 대붕에 비유하기를 제일 좋아했던 이백은 절대적 자유를 추구하였다. 그는 만사를 아랑곳하지 않고 세상 밖에 우뚝 서려는 도교사상을 갖고 있어 거의 세상의 모든 것을 멸시하였다. 한편 일생 동안 변방에서 공을 세우고 백성을 구제하려고 한 이백의 정치적 열정은 바로 이와 같은 사상에 기초하고 있었다.

그는 이러한 정치적 포부를 펴보려고 무척 애를 쓰면서 몸부림쳤으나 실패로 돌아가고 말았다. 그러나 이 협객 시인은 모순과 충돌이 거듭되는 속에서도 이러한 추구를 단념하지 않았다. 이백의 시풍은 거리낌없을 만큼 자유롭다.

그리고 표현에서 탁월할 뿐 아니라 평이한 언어로도 자연의 아름다움과 신선의 세계, 협객의 기상과 음주의 정취를 빼어나게 그려냈다. 이렇듯 천의무봉의 솜씨로 창조할 수 있었던 능력은 시 속에서 모든 것을 뚫고 흐르는 파괴력과 그가 지녔던 무소불위의 정신을 표현했기 때문이다.

그의 거의 모든 시에는 협객이 가지는 파죽의 기세와 호걸이 가지는 웅방한 기상이 넘치고 있다. 이백에게 술은 칼집이고 시는 칼이었다. 이백에게 신선은 꿈속의 허상이었고 협객은 생시의 실상이었다. 이백은 시선인 동시에 시협이었다.

3 영욕의 역사 위에 협객은 이름을 남긴다

태초에 칼과 돈이 있었다

전국시대 불세출의 CEO 여불위

태초에 말씀이 있었다. 인류사의 태초에는 칼(권력)과 돈(재산)이 있었다. 사람들은 생겨나자마자 창조주를 흉내내기 시작하였다. 창조주가 첫쨋날 빛이 있으라 하였듯 사람들은 맨 첫쨋날 불을 만들었다. 창조주가 여섯쨋날 남자와 여자를 창조하였듯 그들은 칼과 돈을 만들어냈다. 창조주가 남자와 여자를 창조해놓고 심히 기뻐하였던 것처럼 사람들은 칼과 돈을 주조해놓고 환호했다. 창조주는 일곱쨋날에 안식하였으나 사람들은 안식할 수 없게 되었다. 칼과 돈을 조금이라도 더 많이 더 오래 갖기 위해서였다.

칼과 돈이 생겨난 이후부터 사람들은 이 둘을 위해 울고 웃고 목에 힘주고 목을 매는 '사는 맛, 죽는 멋'이 생겼지만 교활하고 감사하지 아니하고 의리를 배반하고, 부모형제도 죽이는 악을 서슴없이 행하게 되었다. 인류사의 여명기는 칼과 돈이 출현하고 나서부터 돌연 활기를 띠게 되었으나 이 둘로 인해 창세의 빛과 함께 말세의 어둠도 공유하게 되었다.

그로부터 사람들은 때로는 칼을 수단으로, 돈을 목적으로, 때로는 돈을 수단으로 칼을 목적으로, 그렇지 않으면 두 가지를 한꺼번에 추구하며 살아왔다. 간혹 칼과 돈을 한몫에 쥐고 만복을 누리다 간 행운아의 수는 솔찮지 않다.

그러면 인류사의 시공에 '칼'과 '돈'이 하나의 물체로 합일된 적이 있었는가?

있었다.

'칼' '돈' 구분 없이 단 한 번 일체를 이룬 적이 있었다. 중국 전국시대 화폐 도전(刀錢), 즉 '칼돈'이 그것이다. 오로지 힘과 힘이 대결하는 약육강식의 시대인 전국시대는 칼과 돈을 못 가진 자나 덜 가진 자는 그것을 더 많이 가진 자에게 무자비하게 잡아먹히던 시대였다. 비단이 장사 왕서방인 동시에 잔혹무비 칼잡이 왕검객이어야 살아 남았던 그 '칼돈'의 시대, 어느 어두운 모퉁이에서 한 아버지와 아들의 '말씀'이 있었다. 물론 '칼돈'에 관한 말씀이다.

여불위는 인력관리벤처 C EO

"아버지, 농부가 농사를 지을 때 백 냥을 투자했다면 그 소득은 얼마나 되겠습니까?"

갑작스런 질문에 아버지는 어리둥절해하였다. 그러나 똑똑한 아들의 질문이라 까닭이 있을 거라 생각하여 느낀 대로 말했다.

"약 열 배는 벌어야 되지 않겠느냐?"

"그럼, 보석을 사서 보관하였다가 내다 팔면 그 이익은 얼마나 되겠습니까?"

"아마 백 배는 될 것 같구나."

이 말을 듣자 소년은 의미심장한 미소를 띠며 넌지시 물었다.

"그럼 왕이 될 자를 도와주고 나중에 권력을 차지하면 그 이익은 얼마나 되겠습니까?"

아버지는 뚫어지게 아들의 얼굴을 바라보다가 천천히 말했다.

"그거야 이루 헤아릴 수 없을 정도로 많은 이익이 아니겠느냐?"

아들은 해맑은 표정을 지으며 말했다.

"사실 논농사도 밭농사도 육체가 고단합니다. 자장면 장사도 비단이 장사도 마음이 피로합니다. 그 수입마저 못하면 열 배, 잘해보아야 백 배입니다. 저는 방금 괜찮은 인질을 하나 보았습니다. 그런데 그 싹수를 보니 나중에 천하에 으뜸가는 귀인이 되겠더군요."

그 아들의 이름은 누구인가? 청년 시절에 벌써 3천여 명이나 되는 천하의 협객과 건달들을 자기의 식객으로 키우고 있었던 여불위(呂不韋, ?~기원전 235)였다. 결국 그 '인질'은 여불위의 도움으로 진나라의 왕이 된다. 더 나아가 왕도 보통 왕이 아닌 중국 최초의 황제 진시황이 그 뒤를 잇는, 즉 진시황의 선왕이 된다. 아무도 거들떠보지 않던 인질이 진나라 왕으로 등극하게 되니, 그를 물심 양면으로 도와주던 여불위의 부귀영화는 보지 않아도 두말하면 잔소리다. 여불위의 이미지는 일개 장사꾼이라기보다는 협객과 건달 인력관리벤처 CEO(최고경영자)에 가까웠다. 그리고 드디어 천하를 호령하는 칼과 돈을 한손에 거머쥐게 되었다.

'여씨춘추'는 정말 일자천금인가?

도척의 한 부하가 물었다.

"도둑에게도 도가 있는 것인가요?"

"당근이지. 어디에 도없는 것이 있을 수 있느냐."

도가(盜家)의 창시자 도척은 '썰'을 계속 풀어갔다.

"물론 도둑에게도 도가 있다."

1절 : 대저 남의 문앞에 있는 것을 미루어 헤아려 훔쳐올 것을 알아 내는 일, 이것은 도둑의 성(聖)이니라.

2절 : 남보다 먼저 들어가는 것, 이것은 도둑의 용(勇)이라.

3절 : 물러날 때 맨 뒤에 서는 것, 이것은 도둑의 의(義)이다.

4절 : 알맞은 때를 보는 일, 이것은 지(智)다.

5절 : 도둑질한 것을 공평히 분배하는 일, 이것은 인(仁)이다.

6절 : 이 다섯 가지에 정통하지 않고는 이름난 도둑이 될 수 없다.

7절 : 요임금은 애정이 결핍되었다는 평판이 있고 순임금은 그 어버이를 무시한 행동이 있었고 우왕은 미주에 빠졌고 탕왕은 천자를 내쫓았고 무왕은 천자를 시해한 죄가 있으며 춘추시대 오패(五覇)는 지혜와 힘으로써 천하를 지배한 모략가들이다.

8절 : 세상에서는 그들을 칭찬하고 좋지 않게 말하는 것을 꺼리는데 그것은 잘못이다.

9절 : 나는 죽을 때 쇠망치를 가지고 가 묻혀 있다가 저 세상에 가서 그 쇠망치로 그들의 머리를 때려죽이겠노라.

동음이의어 道와 盜는 중국어로도 둘 다 '따오'로 발음할 뿐만 아니라 성조도 입성으로 똑같다. 고로 道가와 盜가의 창시자는 각각 노자와 도척이 아닐까?

좌우지간 이런 시니컬하고도 의미심장한 복선을 깔고 있는 이야기는 『여씨춘추』라는 중국 고전에 나온다. 『여씨춘추』는 여불위가 3천이 넘는 식객들에게 빈둥빈둥 놀며 밥만 축내지 말고 각각 보고 듣고 체험한 바를 수집하게 하여 자신이 편집한 책이다.

목록만도 모두 20여 만 개나 되며 천지 만물과 고금의 사물을 모두 갖춘 세계 최초의 백과사전인 셈인 이 책에는 쇠망치로 머리통을 깨부수는 것같은 통쾌한 내용이 많다. 이 책에서 하나만 더 소개하겠다.

제나라에 용감한 협객이 둘 있었다. 하나는 성 동쪽에 살고 또 하나는 성 서쪽에 산다. 어느 날 두 협객은 우연히 만났다.

"흐흐흐, 노형 우리 딱 한 잔 하고 가지 어때?"

주막에 들러 배갈을 한 잔 시켰다. 하지만 안주가 없었다. 한 협객이 말했다.

"고기안주를 주문하는 게 어때?"

"노형 몸도 고깃덩어리, 내 몸도 고깃덩어리인데 비싼 고기는 사서 뭐 하게."

"딩하오, 딩하오, 노형 말씀, 짱이다."

그래서 서로 칼을 빼들고 상대방의 몸에서 살점을 도려내고 발라냈다. 그리고 그 둘은 염라대왕을 보러 가기 전까지 열심히 인간 살코기와 인간 곱창을 식초와 간장에 찍어 "냠냠" 맛있게 식사하였다.

『여씨춘추』가 완성되자 여불위는 이 책을 진나라의 수도 셴양의 저잣거리 입구에 진열해놓았다. 천금을 그 책 위에 달아놓은 다음 큰소리를 쳤다.

"이 책에서 단 한 글자라도 더 보태거나 빼버리거나 고치는 자가 있으면 칼돈 천냥을 주겠노라!"

후세에 이르러 훌륭한 문장을 가리켜 '일자천금'(一字千金)이라고 말한 것은 이 고사에서 비롯된 것이다.

그러나 다른 한편 이것은 여불위의 기가막힌 공갈협박술이며 절묘의 극치에 달한 광고기법이었다. 웬놈의 세상에 단 한 글자라도 더 보태거나 빼버리지 못할 문장이 어디있겠는가?

칼돈에 눈이 멀든지 말든지 간에 사람들은 『여씨춘추』를 많이 볼 것이다. 물론 책 속에는 헛소리 많고 개소리뿐만 아니라 오자나 탈자도 분명 있었을 것이다. 하지만 그때는 여불위가 설사 산을 보고 강이라 하고 강을 보고 산이라고 한데도 모두 알랑방귀를 뀌어야만 목숨을 부지할 수 있었던 시대였다.

"지당하신 말씀이네요, 소인의 눈에도 강으로 보이네요, 산으로 보이네요, 각하가 말씀하신 고대로 보이네요, 히히히."

이렇게 왕보다 훨씬 더 막강했던 여불위의 권세를 생각한다면 어떤 자가 감히 "이 글자가 틀렸소"라고 말할 수 있겠는가?

"네놈의 머리통은 순전히 장식품이구나, 네놈의 머리통을 몸에서 분리해주마."

칼돈 천냥은커녕 목이 댕강 잘려 몸과 머리가 양분될 터인데.

한단에 칼바람과 돈바람이 분다

모로코의 항구도시 카사블랑카는 청순하고 순결한 이미지의 여배우 잉그리드 버그만이 주연한 영화 「카사블랑카」의 무대이기도 했다.

제2차 세계대전이 한창인 1940년 북아프리카의 프랑스 영토인 카사블랑카는 명목적인 중립을 유지한 채 독일의 눈치를 살피고 있었다. 이때 사람들은 전란과 혼돈의 나락으로 빠져들고 있던 유럽을 피하여 제일의 신생 강대국으로 부상하던 미국으로 향했다.

그런데 카사블랑카를 반드시 거쳐야만 미국행 비행기든 배든 탈 수 있었다. 카사블랑카에는 유럽 각국에서 모여든 망명객을 비롯하여 항독투사, 피란민 등이 몰려들었고, 이들은 모두 신세계인 미국으로 가기 위해 수단과 방법을 가리지 않고 여권을 구하는 데 혈안이 되었다. 이곳에는 동맹국이나 연합국의 간첩들을 비롯하여 이들의 주머니를 노리는 사기꾼 브로커들과 소매치기들이 득실거리고 각종 범죄가 들끓고 있었다. 이들 난데없는 칼바람과 돈바람이 한꺼번에 들이닥친 덕택에 당시의 카사블랑카는 유럽과 아프리카를 통틀어 최고의 항구로 번성을 누렸다.

지금으로터 약 2천 300년 전, 중국 전국시대 말기, 중국의 중원 허난성의 한단(邯鄲)은 제2차 세계대전시의 카사블랑카였다. 천하통일을 위하여 각축하던 춘추와 전국은 이제 7강만 남았다. 최강국이 진나라, 제2강대국이 초나라였고 이어서 제·조·연나라가 중간그룹을 이루었고 위나라와 한나라가 최약소국으로 자리매김되고 있었다.

조나라의 한단을 중심으로 최강국 진나라는 서쪽에, 초나라는 남쪽에 자리잡고 있었다. 나머지 제·연·한·위 네 나라의 국경에서 가장 근접한 도시도 조나라의 한단이었다.

새로운 신흥 강대국 진이 갈수록 강성해지자 나머지 6국은 연합하여 진을 가상의 적으로 삼았다. 그러자 이에 맞선 진나라는 물론 6국의 공식 사절과 비공식 사절, 간첩들은 앞다투어 조나라의 수도 한단으로 몰려들었다. 천하통일시대를 여는 역사의 교두보에서 이 중국 전국시대의 '카사블랑카'는 영웅과 호걸, 인질과 망명객, 사기꾼과 브로커, 미녀와 창녀, 협객과 부랑아들의 집결처이자 정보전의 센터가 되었다. 미증유의 칼바람과 돈바람을 한꺼번에 몰고 올 초강력 태풍의 눈처럼, 한단은 숨막히는 긴장감 속에서도 기형적인 번영을 구가하고 있었다.

중국을 최초로 통일한 진시황. '진나라는 영원히 계속될 것'이라며 이름조차도 '최초의 황제'라고 지었던 진시황. 그러나 그는 몸 안에 진나라 왕족의 피가 단 한 방울도 흐르지 않았다. 『사기』에 의하면 진시황의 실제 아버지는 여불위라는 대상인이었다. 전국 7웅 중 최약소국 한나라의 양책(陽翟: 지금의 허난성 우현愚縣)에서 대를 이은 고리대금업과 브로커업자의 자손으로 태어난 여불위는 막강한 돈(재력)의 힘을 동원하여 칼(권력)을 얻기로 다짐하고 주도면밀한 공작을 꾸몄다. 우선 그는 한단으로 가서 그곳에 볼모로 잡혀온 진나라의 보잘것없는 왕족인 자초(子楚)와 친교를 맺었다.

여불위는 자초의 아버지이자 진나라 왕위계승자인 안국군(安國君)이 총애하는 화양부인(華陽夫人)에게 뇌물공세를 펼쳐 자초를 후계자로 삼게 한다. 그 다음 그는 한단의 고급창녀인 조희(趙姬)라는 애첩을 자초에게 보낸다. 조희는 한단의 3천 창녀 중에서 가장 자태가 아름답고 노래와 춤도 그보다 나은 자는 없다고 칭송이 자자하던 여인이었다. 그때 조희의 뱃속에는 여불위의 씨앗이 자라나고 있었다. 『사기』의 「여불위열전」에는 다음과 같이 적혀 있다.

여불위는 한단의 기녀들 중에서 자태가 유난히 아름답고, 춤을 잘 추는 여인을 골라 측실로 삼으니 얼마 후 잉태했음을 알게 되었다. 자초가 여불위를 따라 술을 마시다가 그 여인을 보고 기뻐하여 자기에게 양보해 주기를 청했다. 여불위는 노했으나 생각건대 이미 재산을 털어 자초를 위하고 있음은 장차 큰일을 도모하고자 함이다. 드디어 조희를 바치니 여인은 잉태하고 있음을 스스로 감추었다. 12월에 아들 정(政)을 낳았다. 자초는 조희를 부인으로 삼았다.

연뿌리는 끊어져도 실은 이어진다

칼로써, 돈으로써, 아니 칼과 돈을 한꺼번에 써도 끊을래야 끊을 수 없는 남녀간의 정분이 연뿌리의 실처럼 지속되는 것을 가리켜 중국사람들은 우단사련(藕斷絲連)이라 한다.

자초가 조희를 여불위에게서 인계받았을 때 그녀는 벌써 임신 3개월이었다. 뱃속에는 후일 진시황이 될 정이 자라고 있었다. 정이 여섯 살 되던 해 자초와 조희는 더 이상 참지 못하고 여불위에게 읍소한다.

"벌써 여러 해가 지났습니다. 언제나 진나라로 탈출할 수 있을지……."

"이제 아드님도 어느 정도 성장했으니 계획을 실행에 옮기도록 합시다."

여불위는 먼저 비밀리에 가산을 정리한 다음, 미리 조희 모자를 진나라로 보낸다. 그리고 자초를 맡은 조나라의 대장군 공손건(公孫乾)을 자신의 집으로 초대한다.

지난 7년간 공손건에게 수많은 보화를 바치며 온갖 아첨을 떨어왔기에, 아무런 의심 없이 공손건은 자초와 몇 명의 경호원들과 함께 여불위의 집을 찾았다. 여불위는 독한 술을 연거푸 권하여 공손건을 취하게 만든 다음 경호원들을 돌려보낸다.

"장군께선 취하셔서 내 집에서 주무시고 갈 테니 그대들은 돌아가 내일 아침 모시러 다시 오십시오."

여불위는 자초와 함께 즉각 한단을 탈출한 후, 진나라로 향한다. 뒤늦게 사태를 파악한 조나라는 추격대를 보내어 그들을 추격하나, 지난 7년간 치밀한 준비를 해온 여불위의 계획으로 진나라 국경까지 탈출은 성공으로 막을 내리게 된다.

진왕 소양왕(昭襄王)은 기뻐하며 자신의 손자 자초 일행을 맞이했다. 게다가 생각지도 못한 증손자까지 데리고 왔으니 그 기쁨이야 이루 말할 수 없었다.

이미 병석에 누워 있던 소양왕은 곧 죽고, 태자 안국군이 왕위에 오른다. 이가 효문왕(孝文王)이다. 물론 자초가 태자를 이어받은 것은 말할 것도 없었다.

여불위의 행운은 여기에서 그치지 않았다. 효문왕은 본래 몸이 허약해서, 왕위에 오른 지 단 3일 만에 죽어버린 것이다. 이로써 자초는 마침내 왕위에 올랐으니, 장양왕(莊襄王)이다. 조희는 왕후가 되었다. 장양왕은 진으로 돌아온 지 얼마 되지 않았으므로, 그를 보좌할 인물이 여불위 외엔 없었다. 장양왕은 마침내 여불위를 승상의 자리에 앉힌다.

"백성들도 모두 승상을 우러러 모시게 하기 위해, 경에게 승상의 직책과 문신후(文信侯)라는 작호를 내리오. 아울러 성동(城東)에 있는 50식읍 10만 호를 영지로 별도 하사하오."

여불위는 이제 진나라에서 국왕 다음의 권력가인 승상의 자리에 오르고, 10만 호라는 식읍을 가진 문신후라는 작위를 얻는 큰 성공을 이룬 것이다. 그뿐이랴. 비록 비밀로 여기고 있지만 태자의 진짜 아버지일 뿐 아니라, 조희의 애인이다. 여불위의 왕국인가, 자초의 왕국인가, 누구의 왕국인지 모를 상황이었다. 여불위와 조희의 관계, 그들의 연뿌리는 끊어져도 실은 이어지듯 관계가 끊어진 듯하나 미련이 남아 있었다.

칼돈으로 천하를 마음대로 주물렀던 그 한쌍의 남녀는 시도 때도 없이 날름대는 애욕의 혓바닥을 칼로도 못 끊고 돈으로도 다스릴 수 없었던가 보다.

'그렇다. 이제 섹스를 찾아 나서야 한다.'

등을 보이고 돌아누워 있는 장양왕 자초를 원망스레 바라다보
아야 하는 그녀는 그 기나긴 밤을 뜬눈으로 지새우며 맹세했을
것이다.

'그래, 오지 않는 섹스는 찾아 나서야 하는 거야.'

여불위, 몸칼로 망하다

장양왕은 즉위한 지 4년도 채 못 되어 죽었다. 열세 살의 어린
정이 왕위를 물려받아 즉위한다. 태후가 된 조희는 지금까지는
남편의 눈을 속이느라고 애를 먹어왔지만, 이제는 그런 신경을
쓸 필요가 없어졌다.

그녀는 욕정이 발동하기만 하면, 승상부로 시녀를 보내 여불
위를 태후궁으로 불러들이기 일쑤였다. 그러나 그 비밀이 과연
얼마나 계속 될 수 있을까? 꼬리가 길면 언젠가는 반드시 잡히
게 마련이다. 여불위에게는 조희와의 관계가 점점 골칫거리가
되었다.

'우단사련, 연뿌리는 끊어져도 실은 이어진다. 연뿌리의 실을
끊을 수 있는 무슨 방법이 없을까?'

여불위는 몇 달 며칠을 밤잠을 자지 않고 연뿌리의 실을 끊을
명검을 물색하였다. 마침내 그는 음경이 보통사람보다 두세 배
크고 굵은 노애라는 자를 찾아내어 자신의 식객으로 삼았다. 여
타 식객들은 주무기로 칼을 쓰는 검객들이었지만 노애는 자신의
우람한 남근을 칼 대신 쓰는 자라고나 할까. 그의 주무기는 몸의

칼, 즉 신검(身劍)이었다. 선전 선동술의 명수, 루머 제작의 달인인 여불위는 때때로 풍악과 함께 잔치를 베풀었다. 그럴 때마다 노애로 하여금 그 큰 음경으로 오동나무로 만든 풍차를 돌리게 하였다.

'그것이 얼마나 크고 굵고 길고 힘이세면 풍차를 다 돌릴까?'

그 즈음, 주체할 수 없는 욕정으로 밤잠을 설치던 조희는 그 소문을 접하는 순간 마치 수만 마리의 불개미떼가 몸 구석구석을 기어들어가는 듯한 가려움으로 미칠 지경이 되었다. 갈수록 힘겨워하는 여불위에게 그 대물(大物)을 궁중으로 보내달라고 졸라댔다.

'드디어 살았군.'

여불위는 해방감과 안도감으로 주름이 가기 시작하는 자신의 목언저리를 연신 쓰다듬었다. 노애의 수염을 깎아 내시처럼 보이게 한 후 환관으로 꾸며 태후궁으로 들이밀었다.

노애는 뜨거운 여인 조 태후의 일생 중(드러난 것만 치자면) 세 번째 남자인 셈이다. 그 가짜 내시는 그녀에게 여불위, 자초를 이어 비교적 장기적이고 고정적인 섹스 파트너였다. 조희는 노애의 굵고 긴 신검이 처음으로 몸의 입구에 들어오는 순간 모든 공복감이 꽉 채워지는 듯한 흥분으로 기절할 뻔했다. 노애의 크고 멋진 몸칼을 뿌리까지 받아들이면서, 그녀는 부실하기만 했던 자초의 몸칼은 생각조차 하기 싫어졌다. 그리고 여태 괜찮다고 여겼던 여불위의 몸칼도 좀 뿌듯한 느낌에 지나지 않은 것이었다. 몸 전체를 관류하는 달콤하고 아찔한 현기증이 이내 모든 것을 압도해버리고 말았다. 그녀는 완전하고 황홀한 쾌감에 온몸이 붕붕 날아다녔다. 장검과 고양이, 살과 살이 뒤얽히던 순간의 그 또렷한 일체감, 그리고 돌연한 죽음, 그 어둠 속에서 엿보던 생의 귀중한 환희에 바르르 떨며 울었다.

노애의 장검이 고양이를 짧고 길게 찌르고 좌우로 베고 유유히 휘저을 때마다 암내난 고양이의 기성(奇聲)은 태후궁의 밤을 낭자하게 물들였다.

그러나 큰 문제가 하나 발생했다. 진왕 정 이후 임신을 하지 않았기에 불임인 줄 알았던 조희가 노애의 아이를 가진 것이다.

사태의 심각성을 깨달은 조희는 이를 해결하기 위해 점쟁이를 매수하여 자신의 점을 치게 했다.

"금년 태후마마의 운수가 너무 불길하옵니다."

이미 약속되어 있던 운세였다. 깜짝 놀란 국왕 정은 점쟁이에게 액운을 면할 방법을 묻는다.

"방법이 하나 있습니다. 셴양성에서 서쪽으로 1천 500리 떨어져 있는 옹성(雍城)이라는 곳으로 거처를 옮기시면 됩니다."

이런 방법으로 수도 셴양에서 멀리 떨어진 곳으로 이동한 조희와 노애는 그곳에 자신들의 왕국을 만들고 아이를 낳아 화를 피하게 된다. 그러나 인간의 칼과 돈에 대한 욕망에는 한이 없는 법! 이들의 욕망은 또 다른 먹구름을 몰고 왔다. 당시 진왕에게는 조고(趙高)라는 심복이 있었다. 환관인 그에게 어느 날 엄청난 소문이 들려오는 것이 아닌가.

"노애라는 가짜 내시와 태후마마 사이에 두 명의 아들이 있는데, 노애는 현재의 진왕을 살해하고 자신의 아들을 진왕으로 내세우려는 역모를 꾸미고 있다."

비밀리에 이를 확인한 조고는 사실임을 깨닫고 이를 진왕에게 보고한다.

환관 조고의 보고를 받은 진왕은 화가 머리끝까지 나 "당장 노애 일족을 잡아들여 거열형에 처하라!"고 명한다. 결국 노애와 그의 일족은 참형을 당하고 만다.

사건은 또 다른 놀라운 사실을 드러냈다.

노애를 태후궁에 천거한 사람이 바로 승상 여불위라는 사실이었다. 노애의 반란 사건으로 승상이 되어 온갖 권력을 누려온 지 12년 만이다. 얼마 후 여불위는 음독자살로써 친아들 진왕 정이 내린 자결의 묵시령을 수행한다. 기원전 235년의 일이다.

조희는 그로부터 7년 후 50세 나이로 숨졌다. 진왕 정은 그녀에게 제태후라는 시호를 바치고 그 유해를 장양왕 무덤에 합장했다. 어머니 조희에 대한 극도의 환멸과 보복이었을까? 진왕 정은 후일 진시황이 되어서도, 또 진시황릉에 묻힐 때까지도 아방궁에서 무수한 미녀를 탐했다. 하지만 정식으로 결혼식을 올리지 않았다. 진시황은 그를 이어 등극하는 수백 명의 중국 역대 황제 중에서 성년이 되어서도 정비(正妃)를 맞이하지 않은 유일한 황제다. 요샛말로 하자면 진시황은 평생 '법률상 총각'이었다.

여불위, 일개 고리대금업자로부터 출발하여 칼(권력)로 말하면 일국의 수상, 돈(재력)으로 말하면 일국의 제일갑부, 게다가 자신의 옛 애인은 황제의 어머니, 자신의 아들은 황제, 동서고금을 통틀어 그처럼 부귀영화를 누리다 간 사람이 또 있을까.

여불위는 칼도 돈도 마음껏 갖고 놀며 능력껏 수집하였다. 그것을 원없이 부리며 한없이 쓰는 삶을 살았다. 그리고 칼과 돈이 한몸을 이루던 '칼돈의 시대'를 화려하게 장식하며 사라져갔다.

여불위가 죽은 지 14년 만인 기원전 221년 진시황은 천하통일의 대업을 완수하자마자 즉시 전국시대를 풍미했던 '칼돈'을 폐지하였다. 그 대신 반양전(半兩錢)이라 불리는 동그란 모양에 사각 구멍을 낸 엽전을 만들어 천하의 화폐를 통일하였다.

진왕 정은 후일 자칭, 타칭 중국을 최초로 통일한 황제라 해서 진시황(秦始皇)이라 불려왔다. 하지만 시황제의 실제 아버지인 여불위의 공식 호칭인 승상이나 중부(仲父)는 중국사에 미친 그의 위상과 업적에 비해 어딘지 모자란 감이 없지 않다. 해서 나는 자신의 식객과 '칼돈'의 역량을 최고도로 활용하여 불세출의 대박을 줄줄이 터뜨렸던 여불위에게 '진시상협'(秦始商俠)이라는 칭호를 선사하고자 하는데, 어떠신지, 강호 제현의 고견은?

황량몽, 송곳에 찔리다

편협한 평원군과 그의 식객 모수

당나라 시절, 노생(盧生)이라는 소년이 어느 객사에서 도사 여옹(呂翁)의 베개를 빌려 잠깐 잠을 잤다. 꿈속에서 그는 명가의 딸을 아내로 맞이하고 출세하고 재상까지 지내는 등 80년간의 온갖 부귀영화를 누렸다. 눈을 뜨자 여전히 자기는 도사의 베개를 베고 곁에는 도사가 앉아 있으며, 자기 전에 끓던 황량(메조)이 아직도 끓고 있었다. 지금도 중국에서 이 '황량몽'(黃梁夢) 이야기는 도연명의 '무릉도원'에 비견될 만큼 널리 알려져 있다.

20세기도 다 저물어갈 즈음, 나는 특히 쓸쓸했다. 취생몽생하며 살아온 나 자신의 남루가 유난히도 자주 초라하게 느껴졌기에. 그럴 때 마다 나는 아직도 분홍 솜사탕 맛에 빠진 유년으로 뚜렷한 목적지 없이 저 광막한 대륙을 쏘다녔다.

그러던 어느 가을날, 베이징에서 자동차를 손수 운전하며 허난성의 성도 정저우(鄭州)를 향해 난 107번 국도를 따라 남행하였다. 허베이 성도 스자좡(石家莊)을 지나 잠시도 쉬지 않고 6시간 이상을 달려 내려간다. 허베이성 최남단의 한단 영내에 들어선다. 총주행거리 15만 킬로미터가 넘은 국산 자동차의 엔진이, 이제 제발 좀 쉬었다 가자며 보채기 시작한다. 머릿속까지 심하게 윙윙거리며 아프다. 한단 시내에 못 미친 5킬로미터쯤, 국도 동쪽으로 제법 큰 사당이 눈에 들어온다. 핸들을 오른쪽으로 꺾어 샛길로 들어선다.

'아' 그 순간 어떤 풍경 하나가 나의 가슴팍에 급브레이크를 밟는다. 사당 입구에 걸린 편액 '황량몽 여선사(黃粱夢 呂仙祠)', 실제 가보리라고는 꿈에도 생각지 못했던 '꿈 이야기의 성지'를 나는 꿈결 아닌 생시에 밟게 되었다. 당나라 시대에 창건되어 누차 중건한 사당은 4천여 평으로 작지 않은 규모지만 사당 앞뜰에 바스락거리는 마른 잎이 지르는 속삭임 소리가 귀에 뚜렷이 전해올 만큼 적요하다. '황량몽 여선사'의 존재는 외국인용 여행책자는 물론 중국 내국인용 책자에서도 인터넷 사이트에서도 찾기 힘들다.

여인보다 협객을 아끼다

『장자』에는 한단지보(邯鄲之步)라는 고사가 나온다. 전국시대 한단은 조나라의 수도였다. '시골 사람이 멋들어진 서울, 한단 사람의 걸음걸이를 흉내내다 결국 자기 걸음걸이를 잃어버리고 말았다'는 뜻으로 남의 것을 모방하다가 자기 것을 잃어버린 어리석음을 두고 하는 우화다. 걸음걸이도 흉내내고 싶을 만큼 모든 게 앞서갔던 조나라의 수도였던 한단은 황량몽보다 기나긴 2천여 년의 잠을 잤던가. 오늘날 한단은 기름진 허베이성 평야에 위치해 있으면서도 낙후한 지방으로 손꼽히고 있다.

그러나 이 유서 깊은 고도가 깊은 잠에 빠져들기 전, 한단은 전
국시대 4군자 중 맹상군과 평원군 두 사람을 꽃피웠다. 보통 우
리는 사군자(四君子)를 매란국죽(梅蘭菊竹)으로 알고 있지만, 사
군자란 말은 본래 전국시대 네 사람의 덕망을 높이 받들기 위해
서 부른 이름이다.

평원군 조승(趙勝)은 조나라 여러 공자의 한 사람으로 가장 어
질고 가신을 좋아해서 그의 밑에 모여든 가신은 수천 명에 이르
렀다. 평원군의 인물됨은 마치 새가 빨리 날아 잡기 어려운 것처
럼, 난세에 보기 드문 귀공자형이라고 사서는 기록하고 있다.

평원군의 누각은 민가 곁에 있었다. 민가에는 한 절름발이가
있었는데, 그는 다리를 절면서도 물을 길어 먹었다. 평원군의 누
각에는 그의 미인이 살고 있었는데 언젠가 그 절름발이를 보고
크게 비웃었다. 다음날 그 절름발이는 평원군의 집에 가서 이렇
게 말했다.

"제가 듣기로는 공자께서 협객을 좋아한다고 해서 협객들이
천리를 멀다 않고 찾아오는 것은 공자께서 협객을 귀히 여기시고
첩 따위는 천하게 여기시기 때문입니다. 그런데 저는 불행히도
절름발이인데 공자의 후궁이 저를 보고 비웃어댔습니다. 그러니
저를 보고 비웃은 자의 머리를 베어주시기 바랍니다."

평원군은 웃으며 "알았소" 하고 대답했다.

절름발이가 물러가자 평원군은 웃으면서 말하기를,

"이놈 좀 보게! 한번 웃었다는 이유로 내 여자를 죽이라니 너
무 심하군!"

하더니 끝내 그녀를 죽이지 않았다. 1년쯤 지나자 가신들은 하나둘씩 떠나가더니 마침내 반이 넘도록 떠나가버렸다. 평원군이 이를 이상히 여겨 물어보았다.

"승(勝)은 여러분을 대우하는 데 아직껏 실례된 것이 없다고 생각하는 데, 이렇게들 많이 떠나가다니 어찌 된 일이오?"

그러자 남아 있던 한 가신이 대답하였다.

"공자께서 저번에 절름발이를 비웃던 미인을 죽이지 않았기 때문에 공자가 여인만을 사랑할 뿐 협객쯤은 천하게 여기시는 것으로 알고 모두들 떠나간 것입니다."

이에 평원군은 절름발이를 비웃었던 미인의 머리를 베고 몸소 절름발이의 집을 찾아가 사과하였다. 그 일이 있은 후 다시 가신들이 모여들기 시작하였다.

자신을 스스로 천거하다

평원군은 식객 중에서 문무에 능한 협객 20명을 뽑아 초나라로 구원을 청하러 가기로 했다. 그런데 모수(毛遂)라는 무명의 식객이 나섰다.

"나리, 저를 데려가 주십시오."

평원군은 어이없다는 얼굴로 이렇게 물었다.

"그대는 내 집에 온 지 얼마나 되었소?"

"이제 3년이 됩니다."

"재능이 뛰어난 사람은 숨어 있어도 마치 '주머니 속의 송곳'(囊中之錐) 끝이 밖으로 나오듯이 남의 눈에 드러나는 법이오.

그런데 내 집에 온 지 3년이나 되었다는 그대는 이제까지 단 한 번도 이름이 드러난 적이 없지 않소?"

"그건 나리께서 이제까지 저를 단 한 번도 주머니 속에 넣어주시지 않았기 때문이죠. 하지만 이번에 주머니 속에 넣어주시기만 한다면 송곳의 끝뿐 아니라 손잡이까지 드러내 보이겠습니다."

이 재치 있는 답변에 만족한 평원군은 모수를 20명의 수행원 중 하나로 선발하였다.

일행은 초나라에 도착했고 초왕은 평원군만을 전상(殿上)으로 올라오게 하고 수행원은 밑에 서게 했다. 평원군은 동맹체결의 이익을 입이 닳도록 설득했으나 초왕이 우유부단하여 결론이 나지 않았다.

그것을 본 모수는 칼자루에 손을 대고 뛰어올라가 소리쳤다.

"동맹의 이익은 분명하니 초왕께서는 빨리 결단을 내리시오!"

놀란 초왕이 평원군에게 물어 수행원이란 것을 알고는,

"나는 너의 주인과 이야기하고 있다. 무례한 놈, 그게 무슨 짓인가!"

하고 꾸짖자 모수는 물러서지 않고 검을 찬 채 소리 높여 말했다.

"지금 대왕의 어명은 내 수중에 있고 구원병은 시기를 놓칠 것이오. 그래도 잘난 체 버티고 나를 꾸짖고 있을 것이오?"

초왕은 그 위엄에 억눌려 입을 다물었고 모수는 신중하게 동맹의 이(利)를 설명했다. 초왕은 동맹을 받아들였고 모수는 맹세의 의식으로 닭과 개, 말의 피를 담은 구리대야를 평원군과 함께 마시게 하는 위업을 달성했다.

그러나 평원군은 맹상군이나 신릉군에 비한다면 소수 귀족 자제 출신의 식객만을 우대하고 치국의 대세를 보는 눈이 편협하였다. 그래서 평원군은 실패를 밥먹듯이 많이 하였다. 다만 모수가 자신을 스스로 천거하는 모수자천(毛遂自薦)을 낳은 위의 고사성어는 송판같이 밋밋한 평원군의 이야기에 날카로운 송곳을 박는 듯한 강한 인상을 남긴다.

지금 중국대륙에는 개혁과 개방의 일대 돌풍이 불고 있다. 이 돌풍은 놀면서도 잘 먹고 잘 입고 안일태평하게 살고자 하는 자들을 가만 놔두지 않는다. 그들의 나태한 중추신경을 개혁과 개방이라는 송곳으로 쿡쿡 찌르며 돌풍을 크게 외친다. 몽상에서 깨어나라고, 어서 깨어나 그 옛날 모수의 뛰어난 기지와 과감한 돌파력을 다시 구현하라고, 황량몽이 현실이 되게끔 모두들 어서 일어나라고.

황혼의 협객이 더욱 아름답다

유연한 포풀리스트 신릉군

"인생은 70부터!" 그저 늙은이를 위로하는 소리인가?

전국시대 후영(侯嬴) 노인에게는 이 말은 공치사가 아니라 사실 그대로다. 모두 70편으로 구성된 『사기열전』의 등장인물 중 최고령자는 70세의 후영이다. 70세 이후 후영의 삶과 죽음은 그야말로 서편 하늘을 찬란하게 물들이는 저녁놀이다.

전국 4군자 중 제일 많은 식객을 거느린 자는 신릉군(信陵君)이었다. 천하의 호걸들만 사귀어왔던 엘리트주의자 평원군과는 달리 신릉군은 천한 무리들도 유심히 살펴 그들을 우대하였다. 신릉군은 유협은 물론 문지기, 백정, 술꾼, 노름꾼에 이르기까지 은둔하는 협객들을 대접하고 미천한 사람과 교제하는 것을 부끄럽게 여기지 않았다. 이에 한때 평원군을 따르던 협객마저 그를 떠나 신릉군을 섬기게 되었다.

이 전국시대 포풀리스트, 신릉군은 어느 날 초저녁 혼자 중얼거렸다.

"여러모로 수소문해보았지만 어느 누구도 저 동문 밖 늙은 문지기 후영과 바둑을 두어 이긴 적이 없다. 더구나 누구든 세 집으로만 지게 된다던데. 뭔가 마음에 걸린다. 은사(隱士)로구나.”

그때는 목숨을 바쳐 달라

신릉군은 귀중한 예물을 들고 후영 노인을 찾아갔다.

“이 늙은이에게 공명과 이해는 무관하니 이러한 귀중한 선물을 받을 수 없습니다.”

후영의 이러한 거절에 신릉군은 더욱더 매료되었다. 한번은 신릉군이 자기 집에서 주연을 베풀어 빈객들을 초대해놓고는,

“특별한 상객을 모셔올 테니 잠시 기다려주십시오”

하고는 수십기의 기마병을 대동하고 직접 마차를 몰아 후영을 맞이하러 갔다.

후영은 이번에는 거절하지 않았다. 그는 거지행색을 한 채 신릉군이 비워두고 기다리던 왼쪽 상석에 앉았다. 신릉군의 집으로 가는 도중에 후영은 마차를 잠시 세워달라고 부탁하였다.

“시장의 도살장에서 일하고 있는 내 친구가 있는데, 그를 잠시 볼 수 없을까요?”

신릉군은 아무런 주저하는 기색도 없이 공손히 고삐를 잡고 마차를 시장으로 돌려 도살장 근처에 세웠다. 후영은 마차에서 내려 친구인 주해(朱亥)를 만나, 신릉군의 기색을 살피면서 일부러 오래 이야기를 했다. 후영은 신릉군이 조급하거나 조급하지 않거나를 아랑곳하지 않고 주해와 오래 이야기를 노닥거렸다. 그러나 신릉군의 안색은 부드럽기만 했다. 저잣거리에서 귀족 신분의 신

릉군이 손수 고삐를 잡고 있는 모습을 드러내 놓고 있으니 수행원들이 후영을 욕하기 시작하였다. 그러나 후영은 한참 후에 주해에게 작별을 고하고 마차를 타, 얼마 후 일행은 신릉군의 저택에 도착했다.

신릉군은 후영을 이끌어 상좌에 앉히고 일동에게 소개했다. 반나절을 기다렸는데 볼품없는 문지기였으며 상좌에 앉혔으니 손님들은 심한 모욕감을 맛보았다.

술자리가 한창 무르익었을 때 신릉군은 일어나 후영의 앞으로 가서 술잔을 올려 장수를 빌었다. 그러자 후영은 신릉군에게 말했다.

"아까 저는 당신을 좀 곤란하게 하였는데, 사실 그럼에도 불구하고 당신은 더욱더 공손하기만 하였습니다. 저는 다만 동문의 늙은 문지기에 불과합니다. 그런데 공자께서는 몸소 수레를 타고 오시어 저를 이 많은 손님들 자리로 맞아주셨습니다. 또한 도중에 딴 곳을 들러서는 안 될 일이었습니다만 공자는 오늘 그곳을 들러 왔습니다. 그러나 이러한 청을 하게 된 것은 공자의 명성을 높여드리고 싶어서였습니다. 일부러 오래도록 공자의 수레를 시장 가운데 멈춰 세워둔 것은 지나가는 손님들에게 공자의 모습을 보여드리고 싶어서였는데, 공자께서는 더욱 공손한 태도를 보여주셨습니다. 이를 본 사람들은 저를 소인이라 경멸하고, 공자님을 온후하고 덕이 높은 겸손한 분이라며 감탄했을 것입니다."

잔치가 끝나자 신릉군은 후영을 상객으로 삼았다.

신릉군은 만년의 어느 날, 주해를 상대로 술을 마시면서 문득 뭔가 떠오른 듯이 물었다.

"내가 후영 선생을 맞으러 간 날, 선생은 시장에 들러 도살장 앞에서 그대와 제법 긴 이야기를 하셨는데, 도대체 그 노인은 무슨 이야기를 하셨나?"

"네, 스승님은 이렇게 말씀하셨습니다. ……나는 바둑에서 세 집이 아닌 점수로 결판이 날 경우, 그 상대와 함께 누군가에게 신세를 지려고 마음먹었다. 너에게 다섯 집이나 이겨버렸으니 신릉군에게 노후를 맡길까 한다. 하지만 너는 데려가지 않겠다. 바둑 두는 법을 보니까 어쩐지 너는 신릉군 곁에 두어서는 안 되겠다는 느낌이 든다. 아무리 권해도 가서는 안 된다. 그 대신 '이때구나!' 하고 생각될 때, 말하자면 너의 결단과 담력과 완력이 필요할 때 나는 너를 천거하겠다. 그때는 목숨을 바쳐달라. 나도 죽을 테니까 말이다. ……잊을 수가 없습니다. 틀림없이 방금 말씀드린 대로였습니다."

신릉군은 그저 쓸쓸히 웃을 뿐 묵묵부답이었다.

호부를 훔쳐주시오

위나라 안리왕(安釐王) 20년, 진나라 소왕(昭王)은 군사를 몰아 조나라 수도 한단을 포위했다. 조나라 혜문왕의 동생 평원군의 부인은 위나라 신릉군의 누님이다. 그러니까 전국시대 4군자중 신릉군과 평원군은 처남매부지간이다.

평원군은 신릉군에게 '당신 누님을 과부 만들지 말게 해달라'는 구원요청의 편지를 여러 차례 보냈다. 그러자 위나라는 장군 진비

(晉鄙)에게 10만의 군사를 주어 조나라를 구원하도록 하였다.

한편 날로 강성해지던 진나라는 위나라에 사신을 보내 협박했다.

"우리 진나라는 조나라를 공격해서 조만간 항복을 받게 될 것이다. 만일 제후들 중에서 감히 조나라를 구원하는 자가 있으면 조나라의 항복을 받은 다음 우리는 반드시 군사를 그리로 돌려 보복할 것이다."

이에 겁을 잔뜩 먹은 위나라 안리왕은 진비에게 더 이상 진군하지 말고 군사를 업(鄴: 지금의 허난성 안양安陽 부근)에 머물도록 지시하였다.

신릉군은 평원군의 독촉을 더 이상 지연하자니 신의가 손상될 것이고 안리왕이 진비에게 진군을 명할 리도 없어 이러지도 저러지도 못하는 진퇴양난에 빠지게 되었다.

하는 수 없이 신릉군은 협객 중에서 지원자들을 뽑아 자신의 누님을 구원하러 가는 결사대를 편성하였다. 신릉군의 결사대가 길을 떠나 동문에 이르자 신릉군은 후영을 찾았다.

"후 상객, 이 몸은 조나라와 운명을 같이하기 위하여 진나라의 군을 맞아 싸워 죽으러 가는 길이오."

"공자는 부디 분투해주십시오, 이 늙은이는 따라갈 수 없습니다."

신릉군은 몇리 길을 가는 동안 후영의 냉담한 태도에 뭔가 불안해지기 시작하였다.

'내가 후영을 대한 것에 부족함이 없음을 천하가 다 알고 있는 일이다. 그런데 지금 내가 죽으러 가는 마당에 후영은 내게

일언반구도 도움될 말을 하지 않았다. 내가 어찌 실망하지 않겠는가?'

생각이 이에 미치자 후영의 배은망덕이 괘씸하기 그지없었다. 신릉군은 다시 수레를 돌려 후영을 찾아가 보았다. 그러자 후영은 신릉군의 모습을 보자마자 크게 웃으며 말했다.

"그렇게 하면 공자가 반드시 경망한 행동을 깨닫고 돌아오실 것으로 생각하고 있었습니다."

"아니, 어떻게 그것을 알았나요?"

"공자께서는 협객을 좋아하여 이름이 천하에 알려져 있습니다. 지금 어려운 일을 당하여 아무런 준비도 없이 진나라 군사에게 뛰어들려고 하는 것은 마치 굶주린 호랑이에게 날고기를 던지는 것과 마찬가지이니, 어찌 공을 이룰 수 있겠습니까? 이런 때에 어찌 제가 님을 섬길 일이 있겠습니까?"

"……."

"공자께서는 저를 언제나 후히 대접해주셨는데 공자께서 죽으러 가는 마당에 저는 한마디 도움될 말씀을 드리지 않았습니다. 이것으로 해서 공자께서는 한을 품고 되돌아올 줄 알았습니다."

신릉군은 자신의 경솔함을 뉘우치며 사죄의 절을 거듭하였다.

"후 상객, 좋은 방법이 있으면 가르침을 주시기 바랍니다."

후영은 주위의 사람들을 물리치고 말소리를 죽여 말했다.

"공자님, 안리왕의 애첩 여희(如姬)를 잘 아시지요?"

"여희, 잘 알다마다요. 그녀의 아버지가 누군가에게 피살을 당했을 때 그녀는 자객들에게 돈과 보물을 주어가며 3년 동안이나 찾았으나 실패했었지요. 왕도 애첩인 여희의 원수를 갚아주려 했으나 그 원수를 잡을 수가 없었고. 그때 여희가 제게 울며 매달렸었지요. 저는 자객들에게 부탁해서 그 원수의 목을 베어 그녀에게 바쳤던 적이 있었지요.”

“공자께서는 누구한테나 은혜와 의리를 널리 베푸셨습니다. 그것이 바로 공자님의 커다란 자산이지요. 제가 듣기로는 진비가 가지고 있는 호부(虎符: 구리로 범의 모양을 본떠 만든 군대 동원의 표지)의 한 조각은 항상 왕의 침실 밑에 보관되어 있다고 합니다. 왕의 침실을 무단 출입할 수 있는 여희가 호부를 훔쳐낼 수 있습니다.”

후영의 말을 듣자 신릉군은 마치 꿈에서 깨어난 것처럼 감격하였다. 다시 두 번 더 절을 한 다음 결사대의 말머리를 돌려 회군하였다. 그날 밤 신릉군은 애첩 하나를 왕궁으로 보내어 여희를 만나게 했다.

“호부를 훔쳐 주시오.”

“돌아가서 공자께 전하세요. 공자의 말이라면 첩은 뜨거운 불에도 들 수 있다고요.”

여희는 어떻게 호부를 훔쳐올 수 있을까 하고 조바심이 들 무렵 홀연 왕의 고함소리를 들었다.

“여희야, 빨리 술을 더 가져오너라!”

호부를 훔칠 절호의 기회다. 여희는 왕의 습관을 안다. 왕은 일단 술을 입에 되면 그치지 않고 마신다. 그녀는 왕이 술에 곤죽이 된 틈을 타 호부를 훔쳐 신릉군에게 주었다. 그러자 후영이 다시 거들었다.

"장군이 군사를 거느리고 싸움터에 나가 있을 때는 왕의 명령을 듣지 말고라도 나라의 이익을 도모할 수 있는 것입니다. 제 친구인 푸줏간의 주해를 데리고 가시는 것이 좋을 듯합니다. 진비가 호부를 의심하고 군대를 넘겨주지 않는다면 주해를 시켜 그를 죽이게 할 수 있습니다."

이 말을 듣자 신릉군의 얼굴이 금세 굳어졌다. 뭔가 주저하는 듯 눈에 눈물이 어렸다. 이를 보자 후영이 말했다.

"공자께서는 죽는 것을 두려워하고 계십니까? 어찌 눈물을 보입니까?"

"그게 아니오, 진비는 용맹스러운 노장이오. 내가 가서 요구를 해도 듣지 않을 것이므로 반드시 그를 죽여야 할 것이니 그래서 우는 것이오. 어찌 죽음을 두려워하겠습니까?"

신릉군은 시장에 가서 주해에게 동행을 요청했다. 주해는 웃으며 말했다.

"저는 장바닥에서 칼을 휘두르며 짐승을 잡는 천한 몸이오나, 공자께서는 몸소 자주 찾아주셨습니다. 제가 답례마저 하지 않는 것은 하찮은 예절 따위는 차릴 필요가 없다고 생각했기 때문입니다. 그러나 공자께서 위급한 일에 처해 계신 지금이야말로 제가 목숨을 던질 시기입니다."

그리하여 신릉군은 마차를 한 대 준비하게 했다. 그리고 주해와 함께 마차를 타고 진비의 진영으로 가는 도중에 동문에 들러 후영에게 사례했다. 후영은 출발을 격려하며 말했다.

"저는 따라가야 마땅하지만 나이 탓으로 그렇게 할 수가 없습니다 공자께서 진비의 진지로 도착하실 날짜를 따져서 그날 북쪽을 향해 스스로 내 목을 쳐 전송을 대신하겠습니다."

협객행의 무대

신릉군 일행은 업에 도착하여 진비 장군에게 호부를 보였다.

"진 장군, 전쟁터에서 수십 개월을 기다렸군요. 이제 귀국하여 편히 쉬시지요."

진비는 자기가 가지고 있는 한쪽의 호부를 맞추어보니 틀림없는 진짜 호부였으나 고개를 좌우로 갸우뚱거렸다.

"신 공자, 이것은 군기대사입니다. 호부 하나만 가지고는 뭔가 이상하오. 나는 직접 대왕께 직접 하문해보겠소. 그렇지 않으면……."

신릉군이 주해에게 눈짓을 보냈다. 주해는 40근의 철퇴로 진비의 머리통에 일격을 가했다. 진비의 뇌수가 사방에 튀었다.

신릉군은 즉시 전군을 모아놓고 아버지와 아들이 같이 있는 경우에는 아버지를, 형과 동생이 같이 있는 경우에는 형을, 부모를 부양할 형제가 있는 경우에는 그 본인을 모두 돌아가게 하였다. 그리고 남은 8만의 군대를 이끌고 조나라의 수도 한단으로 출진했다.

그 무렵 위의 수도 대량(大梁: 지금의 카이펑開封)의 동문에서는 후영이 북쪽을 바라보며 스스로 목을 베고 있었다.

조나라 협객이 거친 갓끈 늘어뜨리고
오나라 검은 서릿발 같은 빛을 발한다

은안장 빛나는 백마
유성처럼 바람 가른다
열 걸음에 한 사람 죽여도
천리에 자취조차 없어라
일 끝내고 옷을 털어
몸과 이름 깊이 숨긴다
한가히 신릉 지나 술 마시며
검 풀어 무릎에 걸쳐놓는다
주해와 더불어 구운 고기 먹고
후영에게 잔을 권한다
술 석 잔에 좋다 하고
오악 뒤집는 일조차
가벼이 여기더라
술에 취하니
의기는 무지개처럼 뻗치노라
조나라 구하러 금철퇴 휘두르니
한단이 먼저 놀랐다
천추의 두 장사가
대량성을 빛냈으니
협객은 죽어도 기개는 향기로워
천하영웅이 부끄럽지 않아라
그 누가 천녹각에 파묻혀
백발이 다 되도록 태현경을 지으리

시선이자 시협(詩俠)인 이백은 「협객행」(俠客行)이라는 유명한 시를 남겼다. 이 시의 주인공은 신릉군과 그의 협객 후영과 주해이고 그들의 주무대는 지금의 허난성 카이펑이다. 황허 남쪽 10킬로미터 거리에 위치한 이곳은 전국시대의 위나라를 비롯해 5대의 양(梁), 북송, 금 등 여러 왕조의 도읍으로 번영을 누렸던 3천 년 유구한 고도임에도 불구하고 역사유물이 별로 없는 편이다. 그것은 사람이 약탈하거나 훔쳐간 게 아니다. 유사 이후 수천여 차례나 변덕을 크게 부린 황허의 범람 때문이다. 그래서 사람들은 카이펑은 상큼한 정취와 낭만을 즐기려고 하거나 가벼운 답사 겸 산책 나들이로서만 찾을 곳은 못 된다고들 말한다. 그나마 샹궈사(相國寺)라는 오래 된 절 하나가 이 고도를 대표하는 명승고적으로 손꼽히고 있다.

그런데 내가 찾아간 샹궈사 앞에는 '샹궈사 대시장'이 떡하니 가로막고 서 있었다. 애당초 산중 깊은 곳 스님들이 구름을 쓸며 송화꽃 향기 풀풀 날리는 절을 기대한 것은 아니지만, 속세의 시장과 출가의 사원이 이렇게 앞뒤로 꼭 붙어 있다니. 아수라와 극락이 서로 몸을 섞고 무시로 상대방의 영토를 넘어다보다니……

나는 '예토(穢土)의 샹궈사 대시장'을 단숨에 가로질러 '정토(淨土)의 샹궈사'로 들어선다. 의외로 샹궈사는 절집의 배치와 낡은 건물이 고풍스럽게 어울려 깊은 맛을 준다. 절 마당 한켠의 안내판에는 이 절이 바로 신릉군의 저택자리였다는 사적이 적혀 있다. '원래 이 절이 전국시대 4군자 중 하나인 신릉군의 집터였다니.' 참으로 놀라운 사실이다. 그 '신선한 놀라움'을 음미하며 절 이곳저곳을 기웃거리다 시장 쪽으로 되나왔다. 아까 샹궈사를 들어서며 '절집과 시장의 병존'에서 느꼈던 생경함이 어느덧 상쾌한 생동감으로 바뀌어 있었다. "속세를 벗어나는 길은 곧 세상을 건너는 가운데 있구나. 반드시 사람들을 끊고 세상에서 도망쳐야 하는 것은 아니구나."

　나는 흥성스러운 '샹궈사 대시장' 바닥에서 발걸음을 멈추었다. 서편하늘을 바라보았다. 마침 허공 한켠에는 후영과 주해, 그리고 이름 모를 협객들로 늘 붐볐을 신릉군의 저택이 상상의 범선이 되어 저녁노을 너머로 아득하게 떠나고 있었다.

나의 분노로 역사를 쓰리라

협객의 비조 사마천

아무래도 민물고기의 황제는 잉어다. 잉어는 몸에서 발산하는 은은한 황금빛, 그리고 중후하게 생겼으면서도 기지와 패기가 넘쳐 흐르는 기상이 어딘지 모르게 동양적인 신비감을 느끼게 한다. 예로부터 중국에서는 잉어를 지혜와 슬기의 상징으로 중히 여겼다. 공자도 외아들의 이름을 '잉어'란 뜻의 '리'(鯉)라고 지었을 만큼 잉어를 좋아했다.

싼시(陝西)성 시안에서 동북쪽으로 약 250킬로미터, 또는 한구관에서 황허 물줄기를 따라 서북쪽으로 100여 킬로미터 거슬러 가면 '룽먼'(龍門)이란 협곡이 나온다. 해마다 복사꽃이 물 위를 흐르는 봄철이 되면 황허의 잉어들은 룽먼으로 집결한다. 여기서 잉어들은 물살 거세고 드높은 폭포를 거슬러오르려고 애쓰지만 뜻을 이루지 못한다. 그러나 기어이 폭포를 뛰어오른 잉어는 용으로 화신하여 등천한다. 이름하여 등용문(登龍門). 룽먼은 이렇게 어변성룡(魚變成龍)의 전설이 어린 등용문을 낳았다.

그러나 어디 '전설'뿐인가. 룽먼은 위대한 역사가의 '역사'를 낳았다. 등용문, 룽먼은 바로 사성(史聖) 사마천(司馬遷)이 태어나고 자라난 고향인 것이다.

역사에는 과연 정의가 있는가? 세상에는 진실이 있는가? 왜 정의와 진실은 패배하곤 하는가? 사마천은 역사의 기록 앞에서 이러한 안타까움과 의문을 품고 분노를 곰삭이며『사기』를 완성하였다. 그러면서도 사마천은 정의와 진실에 대한 신뢰를 버리지는 않는다. "진실은 비극을 각오해야 한다. 진실의 극치는 비극이니까." 비극의 진실과 진실의 비극을『사기』저술로 승화시킨 그의 영혼은 그 후 암울한 시대 많은 인물들의 정신적 지주가 되었다. 현실의 부정부패를 과감히 비판하고 정의와 의리를 찬송하는 내용은『사기』이후의 역사서에서는 찾아보기 힘들다.『사기』는 중국고대사를 명쾌하게 정리해주는 탁월한 역사서일뿐더러 읽는 이들을 마치 등용문을 향해 솟구치는 잉어처럼 시공을 훌쩍훌쩍 뛰어 넘게 하는 장중하고도 생생한 역사의 힘을 만끽하게끔 한다.

아버지의 뜻을 받들다

사마천은 여행가였다. 그는 열 살 때부터 여행을 떠나기 시작하여 청년시절을 거의 하루도 쉬는 일이 없이 여행을 하였다. 말 마(馬), 옮길 천(遷). 성과 이름 그대로 젊은 시절의 사마천은 여행광이었다. 사마천의 문장은 글 자체에서 얻어진 것이 아니다. 학자들이 책상머리에 앉아 글만 가지고 문장을 구하면 종신토록 애써도 새로운 진실을 찾기 어려운 것이다. 가까이는 황허와 화이허(淮河)가 펼치는 중원지역, 멀리는 양쯔강의 상류 파촉(把蜀)지방(지금의 쓰촨성)까지 닥치는 대로 주유하였다. 그의 여행은 경치를 구경하는 데에만 있는 것이 아니었다. 그 지방의 풍속과 전설을 수집하려는 것은 물론 천하를 조감하고 자신의 안목을 넓히려는 데 있었다.

여행은 사마천에게 관용과 겸허함을 주는 대신 아집과 편견을 버리게 해주었다. 여행은 그에게 삶에 대한 애착을 갖게 하고 타인을 용서하는 마음을 길러주었다. 무엇보다 값진 것은 여행은 중국 전제군주시대 사람인 그에게 마음대로 생각하고 느끼고 행동할 수 있는 완전한 자유를 주었다. 방랑의 즐거움, 해질녘 붉게 타는 노을을 바라보며 느끼는 외로움, 고독. 그의 사유는 경험한 만큼 넓고 깊어졌다. 이러한 체험과 사색을 자기 글로 승화시켰다. 『사기』가 그것이다.

사마천은 오랫동안 한무제의 낭중(郞中: 오늘날 대통령 수행 비서 격)이 되었다. 기원전 110년, 사마천이 36세 때 아버지 사마담(司馬談)이 세상을 떠나며 자신이 시작한 『사기』의 완성을 부탁하였다. 부친이 죽고 난 3년 후, 사마천은 태사령(太史令)이 되었다. 그때부터 그는 사마담이 모아놓은 엄청난 역사 기록과 황실 도서관의 책들을 미친 듯 연구하기 시작했다. 『사기』의 집필 경위와 사마천 자신에 대한 이야기가 서술되어 있는 '태사공 자서' 부분에서 사마천은 이렇게 말한다. "소자 비록 모자라오나 아버님께서 하시던 일을 이어받고 예전부터 듣고 본 것을 남김없이 서술하여, 조금도 빠진 부분이 없도록 최선을 다하겠습니다." 선친의 유지를 받들기 위해 사마천은 더 많은 역사 공부를 하고,

더 많은 여행을 해서 견문을 넓혔다.

죽음보다 더한 치욕을 선택하다

그러나 기원전 99년, 사마천에게 비극적인 일이 생겼다. 장군 이광리(李廣利)의 부하로서 흉노 정벌에 나섰던 장수 이릉(李陵)이 흉노의 포로가 되었다. 이릉은 뛰어난 장수였지만 5천 명의 보병부대를 지휘하여 출정했다가 8만 명이나 되는 흉노의 기마 부대에 포위되어 어쩔 수 없었다. 이릉은 심한 부상을 당하여 쓰러졌고, 결국 흉노에게 사로잡히고 말았던 것이다. 한나라 조정에서는 이릉이 사로잡혔다는 사실 때문에 그에 대한 비난이 빗발쳤다. 그러나 사마천은 이릉을 변호했다. 결국 한무제의 노여움을 사서 사형수의 신세가 되고.

사형을 면하는 방법은 첫째는 금전속죄이다. 황금 3만 8천 근을 바치고 서인(庶人)으로 떨어지는 것이다. 둘째는 궁형(宮刑)이다. 궁형이란 사내의 고환을 썩히는 형벌이다. 즉 거세를 의미하는 데, 당시로서는 궁형을 받고 구걸하듯 목숨을 부지한 자는 사람 축에 끼지 못했다. 상장군의 아들 진평(陳平)이 사기꾼 패거리에 걸려 보증을 잘못 섰다가 죄인으로 몰린 일이 있었다. 진평은 스스로 죄없음을 증명하기 위해 사형을 거절하고 궁형을 자청했다. 그 뒤로 어디를 가거나 진평에게는 놀림의 웃음소리가 따라다녔다. 반면에 궁형을 거절하고 몸이 찢겨 죽은 살인범이 있었는데, 그는 오히려 죽어서 때깔을 빛내고 있었다. 그런데 40대 중반 사마천은 치욕이 극치인 궁형을 태했다. 궁형에 처해지고 나서도 사마천은 전혀 죽을 기색을 보이지 않는다. 동정하고 있던 사람들도 비판의 소리가 높았다.

"살아 수모를 당하는 겁쟁이 놈, 목숨을 아끼는 비겁한 놈."

꼼짝 않고 틀어박혀 있는 사마천의 집으로 어느 날, 북방 경비를 맡고 부임해 온 친구 임안(任安) 장군이 찾아왔다.

"자네에게 하고 싶은 말이 있어 찾아왔네. 나는 의에 두터운 자네를 뒤따르는 자가 있다고 믿고 있네. 자네가 한 일은 옳은 것일세. 그러나 황제 앞에서 국가를 위해 직언했을 때, 상당한 각오를 했을 것이네. 그럼에도 불구하고 어찌해서 오늘날까지 수모를 당하고 있는 것인가. 그 이유를 듣고 싶네."

"목숨이 아깝네. 단 그뿐일세."

"죽음보다 더한 치욕을 받고도 말인가?"

"그렇네."

장군은 자세를 고치고 말했다.

"실은 두 개의 선물을 가지고 왔네. 하나는 단검, 이것으로 자결하게. 하지만 자네는 나와 달리 문관일세. 칼보다 독약 쪽이 나을지도 모르지. 이 가죽주머니 속에 독약도 들어 있네. 어느 쪽이든 하나를 고르게. 내가 최후를 지켜보겠네."

사마천은 조용히 머리를 저었다.

"그 아무것도 소용없네."

"자네답지 않군. 살아 생전 수모를 당하고 언제까지 세간의 웃음거리가 될 생각인가."

"나는 죽음을 두려워하지 않네. 하지만 아무래도 살고 싶은 것일세."

"사마천이여, 남자답게 죽어주게."

"나는 일만 번 형벌을 받는다 해도 끝내 살아갈 작정일세."

"어째서인가? 왜 비겁자의 오명을 듣고 오래 살고 싶어하는 건가?"

사마천은 끝까지 침묵으로 버텼다. 장군 임안은 드디어 화를 내며 단언했다.

"더 이상 묻지 않겠네. 목숨을 아끼는 말 따위 듣고 싶지 않네. 그런 수치를 모르는 비겁자와는 오늘로 절교일세!"

그는 거칠게 자리를 걷어차고 떠났다.

협객들의 비조

사마천은 황제와 제후 같은 지배자 중심으로만 역사를 본 것이 아니다. 비록 미미하고 실패한 삶이지만 유협과 호협도 의로움를 추구하는 한 위대한 역사서의 한 자리를 차지할 수 있었다. 『사기』에서도 특히 「자객열전」과 「유협열전」이야말로 사마천 정신의 본령이 유감없이 발휘된 부분이다. 사마천이 아니면 그 누가 감히 조직폭력배나 테러리스트로 내동댕이치면 그만인 협객들을 「자객열전」과 「유협열전」 등 정사(正史)의 열전으로 기록할 수 있었겠는가? 자객이나 유협은 사마천 덕택에 영원한 삶을 얻을 수 있었다. 사마천은 그들의 이야기를 통해서 필살의 유협론을 폈다. 그러나 열전을 읽는 사람들이 정작 읽어야 할 것은 마치 눈앞에서 살아 움직이는 듯 핍진하고 생생한 필치에 대한 경탄이 아니라, 그 안에 담긴 사마천의 정신이다.

치욕의 궁형을 당하면서도 사마천에게는 무슨 일이 있어도 끝까지 살아 남을 이유가 있었다. 자기의 눈으로 보고, 자기의 분노로 역사를 쓰는 것이다. 그것이야말로 그가 목숨을 건 비원이었던 것이다. 살아서 수모를 겪고 끝내 살아가는 고통도 그의 뜻을 굽힐 수는 없었다. 정의가 통하지 않는 사회에 대한 분노로 굴욕을 견뎌내며 대업『사기』를 완성했다.

사마천은 자신의 불행한 처지를 되뇌며 인류의 보편적 과제인 인간의 운명에 대해서도 깊이 탐구했다. 따라서 우리는『사기』를 읽으며 인생의 의미, 처세의 태도, 인간관계 등에 대해 깊이 사색하게 된다.『사기』는 세계 최초의 문화사, 사회사를 겸한 일대 사서로서 후세에 남았다.

이렇다 할 취미라고는 여행 한 가지뿐인 나 역시 목적지도 웬만한 관광안내 책자에 없는 곳, 처녀지(?)라야 구미가 당기는 고약한 기벽이 있다. 그러나 지난 여름, 룽먼 답사만큼은 멋모르는 잉어 치어 한 마리가 감히 등용문을 뛰어넘으려는 것처럼 힘든 여정의 연속이었다. 시안에서 렌트한 지프를 잡아타고 시안 북쪽의 웨이허(渭河)를 건너고, 거기서 황허 본류를 향해 동북쪽으로 방향을 틀면 지도에도 없는 주황빛 황톳길이 가도가도 끝없이 계속된다. 해거름 무렵에야 가까스로 룽먼에서 약 5킬로미터 남쪽에 있는 외진 소도시 한청(韓城)에 닿았다.

시내 최고급이라지만 우리 나라 장급 여관보다 훨씬 못한 룽먼빈관에서 1박 하는 둥 마는 둥, 다음날 아침 눈뜨기가 무섭게 황허 서편 강 절벽 높은 곳에 우뚝 서 있는 사마천의 사당을 향했다. 사당에는 사마천의 의관을 모셔놓고 사당 앞뜰에는 사마천의 석상과 함께 그를 기리는 61개나 되는 비석이 서 있었다. 사당 뒤뜰로 가서 대리석으로 잘 다듬어 놓은 전망대에 올랐다. 눈 아래는 황허가 꿈틀거리며 흐르고, 거기서 1킬로미터 가량 북쪽 상류가 이른바 등용문. 황허는 그쯤께서 격정에 겨운 듯 심하게 몸부림을 치고 있었다.

돌아와 회상해보니 룽먼 여행은 일거양득이었다. 등용문과 사마천을 동시에 만날 수 있어서였다. 잉어가 등용문을 통과하여 용이 되는 전설의 현장뿐만 아니라 치욕과 절망을 극복한 위대한 영혼 사마천, 그의 대역전승을 실감할 수 있어서였다. 더구나 룽먼의 추억은 좀처럼 누렇게 뜬 황톳빛으로 변색되지 않아 좋다. 그것은 지금도 열두 발 상모로 흐르는 가슴속 강물에 금황빛 비늘 찬연히 빛나는 잉어로 살아 있다.

인간적인 매력으로 무리를 이끌다

최초의 호협 주가와 최후의 호협 곽해

20세기 영화 역사상 가장 큰 사건은 「대부」(The Godfather)라고 한다. 모든 것을 압도해버린 말론 브란도와 알 파치노의 연기가 '쿨'하게 빛나는 「대부」야말로 영화라는 예술 장르가 탄생한 이후 최대의 걸작이었다고 평가받고 있다.

대부분의 사람들과 마찬가지로 나 역시 당연히 역사공부보다야 영화관람이 훨씬 즐겁다. 그런데 내게 단 하나 예외가 있다. 사마천의 『사기』 「유협열전」을 볼 적마다 뇌신경 특히 시신경 세포가 경련을 일으킬 정도로 두 눈동자 5밀리 앞쯤에는 영화 「대부」를 펼쳐내는 영사기가 찌르르 찌르르 돌아간다.

영화 「대부」나 역사책 『사기』나 다 같이 대중적이면서 깊이를 음미할 수 있는 지적 엔터테인먼트다.

사마천은 『사기』의 열전 이름을 '자객열전'이라 했지만 유협들의 이야기 「유협열전」을, 이름은 '유협열전'이지만 실은 호협(豪俠)들의 행적을 다룬 '호협열전'을 썼다. 어찌 보면 「유협열전」은 오늘날 조직폭력의 두목들을 이야기한 '대부열전'이라고도 할 수 있겠다.

호협은 깡패가 아니다

기원전 200~100여 년 한나라 초반, 그때 그 밤의 황제들, 주가(朱家)나 곽해(郭解)도 그랬을까. 황실의 들뜨고 흥성스러운 분위기와는 딴판으로 평민 백성들은 수많은 전쟁과 전제통치의 고충을 겪고도 억울함을 호소할 길 없어 한탄과 통곡이 천하에 넘쳐 흐르던 시대였다.

「대부」는 특유의 암울한 분위기가 영화 전체에 흐른다. 「대부」는 단순한 범죄영화가 아니다. 이 영화가 보여주는 삶의 모습이나 사회구조는, 별로 드러내고 싶지 않은 20세기 미국의 어두운 역사 때문에 한 시대의 사회 체제를 비판하는 교과서로 읽히기도 한다.

한나라는 항우(項羽)와의 최후의 한판승부에서 승리한 호협, 유방(劉邦)이 세웠다. 따라서 한나라에 이르면 협객의 무대는 개인 플레이의 유협 중심에서 호협이 유협을 조직하여 리더하는 호협 중심의 무대로 바뀐다. 진나라 말, 천하가 다시 어려워지자 의협심으로 온몸이 가득 찬 호협이 많은 유협의 무리를 장악하여 기꺼이 죽음으로 돌진하도록 한다.

호협은 생업도 없이 부랑하는 유협들을 규합하여 그들의 의식(衣食)을 해결하고, 법을 어기면서라도 그들의 위난을 구제해주어야 한다. 유협은 이 은혜에 보답하기 위하여 호협이 하는 일에 생명을 건다. 그러나 그들 사이를 묶어두는 줄은 단순히 주고받는 거래가 아니다. 여하한 지배관계도 재력이나 권력만으로 유지되는 법이 아니다. 지배당하는 자의 자발적인 충성심을 유도하고 또한 지배와 피지배의 관계를 망각케 하는 무엇인가가 개재되지 않으면 안 된다. 더욱이 항우나 유방처럼 재력도 권력도 없는 자들에게는 '어떤 무엇' 즉 인간적 매력이 최대의 요소가 되는 것이다.

그들 나름의 강렬한 인간적 매력으로 유협의 무리를 주위에 모아 보이지 않는 세력을 형성하였을 따름이다. 사마천이 '호협'이라 정의한 이런 자들을 가리켜 우리가 그저 조직폭력의 깡패 두목이라고 일도양단하기에는 좀 뭐하다.

「대부」의 비토 콜레오네와 마이클 콜레오네 부자도 사마천의 '호협'과 마찬가지로 단순한 깡패 집단의 우두머리가 아니라, 권력과 지력과 나름의 원칙을 가지고 대가족을 이끌고 있다. 가족애와 갈등, 전쟁과 사랑의 굴곡을 넘나들며 반목, 배신, 복수의 파노라마가 펼쳐지는 「대부」는 피냄새 물씬한 살육 장면조차 아름답게 묘사하고 있다.

최초의 호협 주가와 비토 콜레오네

「유협열전」은 그의 도움으로 목숨을 건지거나 억울한 일을 해결한 사람들의 수가 헤아릴 수 없을 만큼 많은, 인자하면서도 카리스마가 넘치는 호협 주가가 문을 연다.

대부의 첫 장면, 밝은 대낮인데 한밤중 같은 무거움과 긴장된 어둠으로 물샐틈없이 조인 대저택의 서재. 중후한 책상 맞은편

의자에 견고하게 몸을 기댄, 검은 예복의 돈 비토 콜레오네(말론 브란도). 윗도리 포켓엔 검은 꽃을 달고, 탄원자들의 간청에 귀를 기울이고 있는 그의 앉음새엔 미동도 없다. 성폭행당한 딸의 복수를 해달라고 누군가가 비토에게 청탁한다.

공자의 고향 산둥성 출신 주가는 청탁을 받을 때 지키는 두 가지 원칙이 있었다. '먼저 가난하고 미천한 사람부터' 그리고 '비밀리'에 해결해주는 것이었다. 주가는 특히 좋은 일을 할 때에는 남에게 알려질까 두려워하였다. 한번은 계포(季布) 장군이 금 천 냥이라는 막대한 금액으로 현상수배 되었다. 주가는 삼족이 멸망당하는 죄를 무릅쓰고 자신의 집에 숨겨두고 공신 하후영(夏候嬰)을 통하여 한고조 유방에게 계포를 사면해달라고 설득하였다. 그러나 훗날 계포가 존귀해지자 주가는 두 번 다시 계포를 만나지 아니하였다.

주가가 병으로 죽자 수천 리 떨어진 아주 먼 지방으로부터 문상 온 마차만 해도 1천 대가 훨씬 넘었는데 그 가운데 적지 않은 것이 명문귀족들이었다. 「대부」에서도 한가롭고 넓은 뜰에서 어린 손자와 놀아주던 비토 콜레오네가 심장마비를 일으키며 죽는다. 그리고 밝은 동네, 어두운 거리 가릴 것 없이 밤하늘의 뭇별 같은 쟁쟁한 인사들이 그의 장례식에 모여든다.

사마천은 제1대 유협 주가에 이어 전중(田仲), 왕맹(王孟), 극맹(克猛)이라는 호협들을 간략히 소개하고 곽해(郭解)로 넘어간다. 주가가 죽자 지금의 후난성의 전중이 뒤를 잇는데 그는 검술을 좋아하고 주가를 어버이로 섬겼다. 그러나 자기는 도저히 주가에게는 미치지 못한다며 자인하고 있었다. 그리고 양쯔강과 화이허 지금의 장쑤성(江蘇省)에서 활개치던 왕맹도 호협으로 이름이 났는데 한나라의 경제(景帝)가 자객을 파견하여 그를 죽여버렸다.

다시 전중이 죽은 뒤 뤄양 땅에는 극맹이 살았다. 주나라 사람들은 주로 상업을 하고 있었는데, 극맹은 의로운 호협으로서 제후들 사이에 이름이 높았다. 주가와 비슷한 데가 많았던 그는 특히 도박을 좋아하고 젊은이다운 놀이를 즐겼다. 극맹이 죽었을 때 집 안에는 단 10전도 없었다 한다. 극맹에 대해서는 『사기』와 쌍벽을 이루는 사서, 반고의 『한서』「유협전」에서 이례적으로 자세히 다루고 있다.

한경제 시대 오초칠왕(吳楚七王)의 난이 발생하자 출범한 지 얼마 되지 않은 한나라는 존망의 기로에 처하게 되었다. 주아부(周亞夫)는 반란 진압군의 총사령관 격인 태위에 임명되자 우선 민간에서 활약 중인 호협들을 회유하고 포섭하는 데 전력하였다. 그는 친히 말을 타고 뤄양대협 극맹을 찾았다.

"오와 초는 대사를 꾸몄으나 그대를 자기편으로 끌어들이지 않았소. 이것만 보더라도 그들은 큰일을 해낼 수 없다는 사실을 능히 짐작할 수 있소."

후일 반란을 평정한 주아부는 천하가 소란한 시기에 극맹을 이편으로 끌어들이게 된 것은 적국 하나를 손에 넣은 것과 같다고 황제에게 보고했다. 호협은 여러 대에 걸쳐 발전을 거듭하면서 이미 충분히 활약할 만큼 실력이 붙었으며 그 향배는 한나라 정세의 저울에 결코 가볍게 보아 넘겨서는 안 될 추와 같았다. 따라서 고관대작의 세도가들은 지방의 저명한 호협들과 교류하는 일을 조금도 부끄러워하지 아니하였다.

「유협열전」의 첫 등장인물인 주가에게서는 말론 브란도가 숨막히는 카리스마를 과시한 돈 비토 콜레오네가, 그 맨 끝의 인물이지만 「유협열전」의 대부분 분량을 차지한 곽해에게서는 알 파치노가 '냉혹한 아름다움'을 열연한 돈 마이클 콜레오네가 연상된다.

최후의 호협 곽해와 마이클 콜레오네

주가의 뒤를 이어 「유협열전」에 출현하는 전중, 왕맹, 극맹, 이들 과도기적 호협들은 모두 주가와 마찬가지로 백성을 못살게 굴지 않았다. 하지만 「유협열전」의 대미를 장식하는 곽해에 이르면 선배 호협들이 지닌 의협으로서의 성격이 퇴색하고 악당 두목으로 변질되어간다.

「대부」에서 비토의 막내아들, 야무진 외모와 자그마한 체구의 마이클(알 파치노)은 냉정하고 치밀하기 그지없는 성격을 지녔다. 마이클이 비토의 자리를 이어받는 것을 기점으로 콜레오네 패밀리의 입지가 흔들린다. 「대부」는 더욱 잔인하고 검게 변색되기 시작한다.

곽해는 부하들과 친족들을 방종하게 다스려 농민들을 마음대로 짓밟는 것을 방임하였다. 곽해 이후 평민 백성의 보호신으로서의 호협은 종말을 맞고 평민계층과의 대립면으로 전환되기 시작하였다. 그 후 호협은 도당을 짜서 사리사욕을 꾀하는 등 유협을 개인의 위신과 명망을 세워 통치계층으로 기어오르기 위한 수단으로 삼았다.

곽해는 지금의 허난성 중부의 지(枳)땅 출신인데 그의 아버지도 호협이라는 죄목으로 사형을 당했다. 곽해의 생김새는 몸이 가늘고 키가 작은데 날렵했으며 야무지고 예리하였다.

「대부」에서는 어느 날 마약업자인 솔롯조가 비토를 찾아와 현금 100만 달러와 정치적인 후원 그리고 법적인 보호를 요청한다. 하지만 비토가 이를 거절하자 솔롯조는 다른 패밀리와 손잡고 비토를 저격한다. 기적적으로 목숨을 건진 비토를 죽이려는 음모가 계속되고 이에 마이클이 아버지의 목숨을 지키는 일에 나서면서 새로운 역할을 맡게 된다.

곽해는 젊었을 때 마음속으로 잔인한 생각을 품고 있어서 뜻대로 되지 않으면 즉시 분개하여 많은 사람을 살해했다. 자기 한 몸을 던져 친구를 위해 원수를 갚고, 망명한 사람은 숨겨주고, 쉴새없이 간악한 일과 강도질을 하였다. 또 가짜돈을 만들고 무덤을 파헤치는 일을 이루 헤아릴 수 없이 했는데도 궁지에 빠져 있을 때마다 우연히 하늘의 도움이 있어 도망칠 수 있었거나 사면을 받기도 하였다.

「대부」에서 마이클은 아버지를 보호하는 것에서 머물지 않고 솔롯조와 그에게 매수된 경찰반장까지 사살해버린다. 이 사건으로 마이클은 시칠리아로 피신하게 된다.

곽해는 나이가 든 뒤에 성질을 바꾸어 검소한 생활을 했으며, 원수를 덕으로써 갚으려고 노력하였다. 남에게는 후하게 은혜를 베풀었지만, 그 보답은 바라지 않았다.

그러면서도 의협적인 일을 더욱 즐겨 행했다. 사람의 목숨을 건져주고도 그 공을 자랑하지 아니하였다. 그러나 남을 몰래 해치려는 성질은 마음에 나타나, 성을 내며 노려보는 짓은 옛날 그 대로였다고 한다. 소년들이 그 행동을 사모하여 찾아오면 당장 그들을 위해 원수를 갚아주고, 그러고는 그들이 알아차리지 못하게 하였다. 그의 부하들과 친족들 몇몇은 마을을 약탈하고 백성을 해치는 일을 일삼고 다녔다.

「대부」에서 시칠리아로 피신한 마이클은 마을 처녀를 만나 결혼하지만 상대의 집요한 추적으로 아내를 잃는다. 얼마 후 큰형 소니가 저격범들에 의해 처참하게 살해되자 아버지 비토는 가족들을 지키기 위해 5개 패밀리의 보스들을 만나 화해를 신청한다. 마이클은 이 과정에서 보스 중 한 사람인 돈 바지니가 큰형의 살해범임을 알게 된다.

곽해가 외출하였을 때 단 한 사람만 다리를 쭉 뻗고 앉아 그를 바라보고 있었다. 곽해는 부하를 보내 그 사람의 이름을 알아내게 지시했는데 지시를 받은 부하는 그에게 가서 살려둘 수 없다고 말해 본래보다 더 심한 조처를 가하려 하였다. 그러나 곽해가 이렇게 말했다.

"한마을에 살고 있으면서도 존경을 받지 못하게 된 까닭은 내 덕이 모자라기 때문이다. 그에게 무슨 죄가 있겠는가?"

그러고는 몰래 부하에게 명령했다.

"이 사람은 내가 소중히 여기는 사람이다. 병역이 교체될 때 병역에서 벗어나게 해주어라."

그 뒤로 병역이 교체될 때마다 그 사람은 여러 번 여러 번 그대로 지나갔으며 관청에서도 그를 찾지 않았다. 그 사람이 이상스럽게 여겨 그 까닭을 물었더니, 곽해가 그렇게 해주었다는 깃이다. 그래서 다리를 뻗고 앉은 사람은 웃통을 벗고 찾아와 사죄의 뜻을 표하여 가까스로 목숨을 건진 일이 있었다.

「대부」에서 비토가 심장발작으로 급사한다. 비토의 장례식은 엄숙하면서도 장엄하게 치러진다. 그러나 그의 죽음을 이용한 배신과 암투가 벌써부터 생겨난다. 그를 이어 대부의 자리에 오른 마이클은 대부로서의 명예와 위상을 높이기 위해 그의 정적들과 배신자들을 제거하기로 결심한다.

곽해 누이의 아이들은 곽해의 위세에 의지하여 교만하고 방탕무도하였다. 곽해의 조카는 어떤 사람과 술을 마셨는데, 억지로 상대방에게 술을 권해 주량이 넘치는데도 퍼넣게 하자 성이 난 상대방은 칼을 뽑아 그를 찔러 죽이고 달아났다.

곽해의 누이는 화가 나서 말했다.

"남이 내 자식을 죽였는데도 옹백 같은 의협을 갖고도 그 도적을 잡을 수가 없다니!"

그러고는 그녀는 아들의 시체를 일부러 길거리에 버린 채 장사를 지내지 않아 곽해의 격분을 살 생각이었다.

곽해는 사람을 시켜 탐색한 끝에 범인이 숨어 있는 곳을 알아냈다.

「대부」에서 생전에 아버지가 예견했던 대로 돈 바지니는 중간 보스인 테시오를 앞장세워 회담을 제의하고, 마이클은 조카 마이클의 대부가 되어주기로 한 날을 D 데이로 잡는다. 영세식이 진행되는 동안, 마이클이 보낸 자객들은 차례로 5대 가문의 수뇌와 모 그린을 처단하고, 다시 암흑가의 주도권을 잡는 데 성공한다.

범인이 견디다 못해 자수해 나와 곽해에게 그 실정을 자세히

말했더니 곽해는,

"당신이 그애를 죽인 것은 당연해. 내 조카가 잘못하였소."

라고 말하면서 그 도적을 돌려보내주었다. 그러고는 조카의 죄를 인정하고 시체를 거두어 장사지냈다. 여러 사람들이 이 말을 듣고 모두 곽해의 의협심을 장하게 여기면서 더욱 그를 따랐다. 곽해는 비록 친누이가 한 청탁이라도 무리한 것은 들어주지 않았다.

곽해는 조카를 죽인 범인을 놓아주었지만 그 친족의 교만방탕한 행위에 대해서는 곽해 본인에게도 마땅히 그 책임이 있었다. 사서는 "곽해가 출입할 때마다 모든 사람들은 길을 비켰다"고 기재하고 있다. 이것을 보아도 곽해의 무리가 얼마나 횡포를 부렸는지 알 수 있었다.

「대부」에서 친형의 살해에 일역을 보조한 죄과로 누이동생의 남편 카를로도 목이 조인다. 자동차 뒷좌석에 숨어 있던 한 패밀리에게 목이 졸리는 고통 속에 내지르는 카를로의 발길질. 산산조각 실금이 가는 자동차 앞유리. 어떤 관중은 자신의 안경알도 저렇게 부서지는 듯하여 자신도 모르게 안경테를 바로잡으며 전율한다. 남편을 잃은 누이동생 케이는 마이클을 살인자라고 부르며 절규하다가 끌려나간다.

한무제는 호협 세력에 타격을 가하기 위하여 수많은 호협들을 강제로 무릉(武陵)지방에 이주시켜 감독을 집중했는데 곽해도 그 중 하나였다. 외척이며 대장군인 위청(衛靑)은 곽해의 딱한 사정을 대변하여, 곽해는 집이 워낙 가난하기에 이주시키는 규정에 부합되지 않는다고 무제에게 상소하였다.

그러자 무제는,

"곽해는 한낱 평민에 지나지 않는데 놀랍게도 대장군이 그를 위해 상소할 정도이니 그의 권세는 정말 보통을 넘고 이 또한 그의 가정이 절대로 가난하지 않다는 것을 충분히 설명하고도 남는 일이다."

라고 말하고 곽해를 그대로 무릉지방으로 보내버렸다.

이것으로 한무제는 웅지와 지략이 범상하지 않는 황제라는 사실을 알 수 있다. 그러나 대장군 위청이 곽해를 위해 황제에게 상소를 한 행위의 이면을 비추어본다면 그들의 관계가 얼마나 긴밀하였나를 충분히 설명하고도 남는다.

「대부」에서 초특급 복수의 철두철미한 성공으로 이제 명실상부하게 콜레오네 패밀리의 제2대 대부로 취임한 약관의 대부 마이클 콜레오네. 평생을 조직에 몸바쳐온 자파 내 굵직굵직한 요인들, 우람한 체구에 이제 희끗희끗한 백발을 감출 수 없는 베테랑 요인들이 이 피비린내 속에 갓 탄생한 대부를 호위하며 그에게 충성을 맹세한다.

한번은 어떤 유생이 곽해의 부하가 곽해를 찬양하는 말을 듣자 이를 듣다 말고 반박하였다.

"곽해라는 작자는 간교한 술책을 저지르면서 이를 공정한 도리인 것처럼 위장하는 것으로 뛰어난 놈인데, 어떻게 그놈을 현자라고 말할 수 있겠는가."

그러자 곽해의 부하는 당장 그 유생의 혀를 도려내고 죽여버렸다. 이러한 일을 곽해는 모르고 있었을까? 유생을 죽인 사람이 누구였는지 아는 사람이 그 말고는 아무도 없었다.

훗날 어사대부 공손홍(公孫弘)이 곽해를 탄핵하였다.

"곽해는 평민의 몸으로서 호협 노릇을 하며 권력을 휘두르고 사소한 원한 때문에 사람들을 죽였다. 설령 유생을 죽인 일이 곽해가 아니라 하더라도 그 죄는 곽해 자신이 죽인 것보다도 크다. 대역무도죄에 해당한다."

그로 인해 곽해의 일족은 멸문을 당하고 말았다.

「대부」의 라스트 신, 「니노로타」의 주제곡이 흐르면서 돈 마이클 콜레오네 서재의 문이 서서히 닫혔다.

의로운 선택으로 천추에 이름을 떨치다

문무를 겸비한 성인 관우

재작년 여름 어느 날, 나는 장강(양쯔강)의 흐름에 몸을 맡기고 있었다. 수심 얕은 강변엔 더위를 식히려는 듯 검은 물소 몇 마리가 머리만 내놓고 놀고 있었다. 선창에 비스듬히 기댄 어깨 위로 잔잔한 바람이 불어오고 배 밑으로부터 은은히 전달되는 물결의 감촉에 발바닥이 좀 간지럽다. '흘러간다.' 그 유동의 몽롱한 쾌감에 몸도 마음도 표표히 떠 흘려보낸다. 졸음이 밀려온다.

"와, 적벽(赤壁)이다!"

배 안의 사람들이 일제히 지른 환호성에 깜짝 놀라 눈을 뜬다. 장강 남쪽 절벽엔 정말로 '적벽'이라는 붉은 글씨가 적혀 있다. 배 안의 안내원은 저 글씨는 조조군을 물리친 후 승리의 기쁨에 오나라의 장군 주유(周瑜)가 칼끝으로 쓴 것이라 한다. '적벽' 두 글자 옆에는 제갈량과 유비, 관우와 장비의 화상이 조각되어 있다. 글씨와 그림이 모두 장강의 풍취와 참 잘 어울린다. 나루터에 잠시 내려 강 언덕으로 난 길을 따라 올라가니 제갈량이 천문을 읽어 동남풍을 불렀다는 정자, 배풍대(拜風臺)가 거짓말을 하듯 나타난다.

화용도의 관용

서기 208년 12월, 이곳 적벽대전에서 크게 패한 조조는 300여 기를 이끌고 장링현(江陵縣, 옛 이름 징저우荊州) 쪽으로 도주한다. 계속되는 복병의 습격을 받아 이미 전의를 상실한 그들 패잔병의 앞에는 한 갈림길이 기다린다. 저벽에서 북서쪽으로 약 100여 리 떨어진 지점이다.

"어느 길을 선택하겠습니까?"

조조가 되묻는다.

"어느 쪽이 가까운가?"

"윗길은 넓고 평탄하기는 합니다만 50여 리를 멀리 돌아갑니다. 아랫길은 험하고 좁은 지름길로 50여 리를 단축할 수 있습니다. 하지만 저 좁은 길 군데군데엔 수상한 연기가 피어오르고 있습니다."

"아랫길로 간다!"

화용도(華容道)에 들어선 조조가 손을 높이 들어 진군 명령을 내리려 할 때였다. 별안간 화포 소리가 천지를 진동하면서 산골짜기 양편에서 500 군사가 일시에 쏟아져 나왔다. 앞선 장수는 대춧빛 얼굴에 봉의 눈매, 그리고 가슴까지 늘어뜨린 검은 삼각 수염의 관우였다. 청룡도를 비껴들고 적토마 달려오며 우레 같은 소리를 벽력같이 지른다.

관우는 일찍이 조조 밑에서 후한 내접을 받았었다. 조조는 관우의 사람됨을 잘 알고 있었다. 관우는 비굴함을 무엇보다도 싫어하고 미워하는 반면 당당한 기백과 의기를 무겁게 여기는 사람이었다. 관우의 얼굴을 보는 순간, 조조는 살았다는 생각을 했다. 그리고 자신이 어떻게 행동해야 하는가 알았다.

"장군께서는 그동안 별일 없으셨소?"

관우는 조조가 몸을 굽혀 예를 올리자 자기도 몸을 굽혀 답례하였다.

"아무 일도 없습니다만, 오늘 이 관우는 제갈 군사의 명을 받들어 승상을 이곳에서 기다린 지 오래입니다."

조조는 더욱 정중하고 간곡한 어조로 말을 이었다.

"오늘 이 조조는 싸움에 패하여 몹시 위태롭고 처량한 처지에 빠져 있습니다. 용케 예까지 왔는데, 그만 또 장군을 만나게 되었구려. 바라건대 장군께서는 옛정을 생각하시어 나갈 길을 열어주시오."

하지만 관우 역시 떠나기 전 제갈공명에게 조조를 눈감아준 자는 누구든 참수형을 감수한다는 군령장을 써놓고 온 처지가 아닌가. 이를 악물고 대답했다.

"관우가 비록 승상께 후한 대접을 받기는 하였으나, 이미 안량(顔良)의 목을 베어 백마성의 위태로움을 풀어드렸습니다. 더욱이 오늘은 임금의 명령을 받들고 나온 몸입니다. 어찌 사사로운 정으로 공도를 그르칠 수 있겠습니까?"

"장군께서는 내 곁을 떠나면서 나의 장수들을 죽인 일을 잊지 않으셨겠지요? 그래도 나는 장군의 뒤를 쫓지 않았습니다. 장군은 신의를 소중히 여기는 분이라 들었습니다."

조조의 말에 관우는 묵묵히 말 위에 앉아 있었다. 그는 의기가 태산 같은 사람이었다. 한결같이 지치고 초라한 모습들이었다. 어떤 군사는 두려움에 떨며 눈물을 흘리고 있었다. 가련한 생각이 들었다. 가슴이 찢어지는 듯 아팠다. 마침내 관우는 결심한 듯 말머리를 돌리며 군사들에게 명했다.

"돌아가자!"

"고맙소이다."

후세 사람들은 의리를 자신의 생명과 국면 전체의 이익보다 중시한 관우를 나무라지 않는다. 그보다는 오히려 목숨으로 은혜에 보답하고 천추에 의로운 이름을 떨쳤다는 찬사를 보낸다. 의리와 징벌의 화용도, 두 갈래 길에서 관우는 의리를 택함으로써 후세에 지와 덕을 겸비한 사나이로서의 그의 고결한 관용정신을 실천으로 보여주었다고 높이 평가받는다.

우리 나라 판소리 다섯 마당 중 하나인 「적벽가」도 원래 명칭이 '화용도타령'이었다는 사실에서도 알 수 있듯 적벽대전이 『삼국지』의 절정이라면 화용도는 그 '절정의 절정'이다. 화용도는 단순히 『삼국지』의 두 주연급 인물, 조조에게는 죽음과 삶, 관우에게는 징벌과 용서의 갈림길뿐만 아니라 인간과 그들의 분투와 창조와 노력의 기록인 역사가 끊임없이 선택해온 갈림길이라 할 수 있다. 화용도는 곧 '적벽의 적벽'인 것이다.

지금의 후베이성 장링 감리현 변하향의 장강 북쪽변에 있는 화용도는 전체 길이 7킬로미터가 넘는 광대한 습지대로 변해 있어 정확한 지점은 알 수 없다고 한다. 그러나 수천 년의 역사를 집어삼키고 미래를 향해 도도히 흐르는 항간새 장강에 다시 몸을 실으며 나는 한 가지 다짐을 했다. 무수한 병사들의 원혼과 피울음이 깃들인 '적벽'의 머릿결을 두 갈래로 땋아 늘어뜨린 저 댕기머리처럼 아스라이 이어지는 '화용도'를 언제 한번 꼭 가보리라고.

지금 중국의 일부 소장파 지식인들은 화용도에서의 관우의 선택에 대해 조심스런 비평을 가하고 있다.

관우는 인생의 5대 관문 중 1단계 : 명예의 관문, 2단계 : 권력의 관문, 3단계 : 금전의 관문, 4단계 : 색정의 관문 네 개의 난관을 돌파했으나 그만 마지막 관문 '인정의 관문'이라는 5단계 관문을 넘지 못하여 대국을 그르쳤음을 못내 아쉬워한다.

그들은 관우가 화용도에서 조조를 사사로운 옛정으로 살려줌으로써 천추의 후환을 남겼음을 지적하고는 현재 중국이 당면한 최대 위기, '부정부패' 극복에 가장 큰 걸림돌도 원래는 이 '인정의 관문' 탓이라고 투덜거린다. 그러면서 그들은 천하제일 영웅 관우도 못 넘은 관문을 '정이란 무엇인가? 아 그놈의 정 때문에!'에 익숙한 예사 중국인들이 쉽게 넘을 것 같지 않다고 비관하며 밤새워 배갈을 통음한다. 통음하다가 통곡한다.

관림을 찾아서

영웅호걸이 몇몇이며 절세가인이 그 누구냐
우리네 인생 한번 가면 저 모양이 될 터인데
• 「성주풀이」

지난 여름 휴가철, 나는 황허와 어깨동무하며 거슬러가는 물길을 따라가 보았다. 이윽고 3천 년 중원의 고도 뤄양(洛陽)에 닿게 되었다. 관광객들은 보통 뤄양에 들기가 무섭게 중국 3대 석굴의 하나인 룽먼석굴(龍門石窟)을 찾는다. 하지만 나는 첫 나들이를 시 북동쪽에 위치한 망산(邙山)에서 시작하기로 했다.

오랜 옛날부터 망산은 중국 천하 최고의 명당으로 손꼽혀 왔다. 한편으로는 마른 잎이 바람에 휘날리는 기슭은 황량하여 한낮에도 귀신이 나올 듯하고 싸늘한 밤바람이 무성한 잡초를 휩쓸고 지나갈 때마다 유령이 울부짖는 소리가 일어나는, 죽음의 대명사로도 여겨져 왔다. 그러나 당초의 예상과는 판이하게 망산은 그저 아늑하고 포근한 가슴으로 한 외인을 반겨주었다.

죽으면 묘비를 읽을 수 없는데도 사람들은 왜 묘비를 세우려 하는 걸까? 영웅호걸이나 절세가인의 것으로 짐작되는 유택들 사이로 군데군데 장삼이사와 갑남을녀의 무덤들이 자리잡고 있다. 망산은 무덤이라는 귀여운 자식들을 대하는 어머니 품처럼 푸근하다. 이곳에서는 모든 게 평등이요 평화요 평범이다.

'죽음은 일체의 마침표가 아니라 육체적 생명의 쉼표가 아닐까.'

한줄기 서늘한 사념의 산골바람이 나를 망산의 무덤 사이를 꽤 오랫동안 서성이게 만들었다.

다음날 아침 일찍, 나는 망산과 대각선 방향으로 마주보고 있는 시 남서쪽의 룽먼석굴을 둘러보았다. 거기서 돌아오는 도중에 관우의 수급(首級)이 무셔진 관림(關林)을 침배하였나.

"관우의 무덤을 왜 관묘나 관총 또는 관릉이라 부르지 않고 관림이라 하였나요? 혹시 무덤 주위 숲이 울창해서 그러지 않았을까요?"

한 나그네의 치기 어린 질문에 관림에서만 일한 지 5년이 넘었다는 가이드 아가씨가 낭랑한 음성으로 들려주는 해석이 퍽 인상적이다.

"만인은 평등하다고 말들 하지만 실은 그게 아니잖아요? 만인은 무덤 속에 들어가서야 비로소 평등하지요. 그러나 무덤도 옛날 중국에는 명칭과 규모에 큰 차별이 있었지요. 묘(墓) 위에 총(塚)이 있고 총 위에 능(陵)이 있지요. 능에는 다시 왕릉이 있고 그 위에 황릉이 있지요.

자, 황릉 위에는 아무것도 없을까요? 뜻밖에도 황릉 위에는 림(林)이라는 게 있지요 . 우리 중국 땅 방방곡곡에는 왕릉과 황릉이 수없이 널려 있지만 '림'으로 불리는 지고지상의 무덤은 딱 두 군데뿐이지요. 이곳 관우의 수급이 묻혀 있는 관림과, 산둥성 취푸에 있는 공자의 무덤인 공림(孔林)이지요."

관우는 문(文)의 성인(聖人) 공자와 나란히 무(武)의 성인(聖人)이라 일컬어지고 있으므로, 그 묘도 공자의 묘가 공림이라 불리고 있는 데 대해 관림이라 불리고 있는 것이다.

관우는 후한 말 장안과 뤄양을 잇는 황허 유역의 한가운데쯤에 위치한 오늘날 산시성 시에저우(解州)에서 말(馬)도매상의 아들로 태어났다. 일설에 의하면 그의 조상은 원래 관씨가 아니고 풍(馮)씨라는 설이 있다. 젊은 시절 악한들을 처치하였던 관우가 관군에게 쫓겨 막다른 궁지에 몰렸을 때 닭피를 얼굴에 바르고 성을 관씨라고 속여 위기에서 벗어났었다. 그때 한번 얼굴에 칠한 닭피는 평생을 아무리 애써도 지워지지 않았다. 그의 대춧빛 얼굴의 내력은 바로 그때문이라고 전해진다.

당시 시에저우는 지금의 석유와 석탄을 합한 것에 맞먹는 귀중한 자원인 소금을 생산하는 염정(소금우물)이 있었던 덕택에 상업이 발전한 편이었다. 전하는 바에 의하면 관우는 아버지 밑에서 장사를 도우면서 중국식 복식부기를 창안해냈다고도 한다.

고향을 떠나 각지를 유랑하던 관우는 주어저우(涿州)에서 유비를 만나 장비와 함께 의형제를 맺은 후 평생토록 그 의리를 저버리지 않았다. 유비가 조조에게 패했을 때 관우는 조조에게 항복하여 조조로부터 귀순 종용을 받았으나 원소(遠紹)의 부하 안량을 베어 조조의 후대에 보답했을 뿐 기어이 유비에게로 돌아갔다.

유비 진영에서 혁혁한 전공을 세운 관우는 후일 장링을 지키다가 조조와 손권의 협공에 걸려들게 된다. 그러다가 '괄목상대'라는 유명한 고사성어의 주인공이기도 한 여몽(呂夢)에게 사로잡혀 양아들 관평과 함께 목이 베어졌다. 적벽의 대살육, 그리고 화용도의 관용이 있었던 때로부터 11년 후, 219년 12월 건안(建安) 24년의 일이었다. 관우의 머리는 소금상자 속에 저려져 뤄양으로 보내진다. 조조는 그것을 열어보다가 관우의 입이 호통을 치고 삼각수염이 솟구치는 모습에 대경실색한다.

"관우는 살아도 무서웠는데 죽으니 더욱 무섭구나."

화용도의 은혜를 잊을 수 없음인지, 조조는 관우의 수급을 단향

목으로 만든 관에 모시고 뤄양의 남문 안에 성대히 장례를 치렀다.

부처님보다 관우가 더 좋아

천년 세월이 흐르고 다시 수백 년이 겹으로 흐르고 흘러간 이곳 관림에서 우리의 젊고 푸른 가이드 아가씨는 그의 이야기를 계속 들려준다.

"살아선 촉나라의 한 장군에 불과했던 관우는 죽은 지 800년 후 승진에 승진을 거듭하지요. 당나라 때만 해도 관삼랑(關三郞)이라는 잡귀나 별반 다름없는 칭호로 불렸지만 송대에 이르자 제후가 되고 다시 송말 휘종(徽宗) 1123년에는 왕으로, 또다시 명나라 만력제(萬曆帝) 1594년에는 황제로 추존되었어요."

관림의 전시실에는 명나라의 저명한 문사 서위(徐渭)의 「촉한관후사기」(蜀漢關侯祠記)의 기록을 볼 수 있다.

천하를 이끄는 두 수레바퀴는 관우의 신(神)과 공자의 도(道)이다. 하지만 공자를 모시는 제사는 주나 현 단위가 주관하는 데 반해 관우를 모시는 제사는 전국 상하귀천을 가리지 않고 성대히 모셔진다. 위로는 황궁에서 아래로는 조그만 촌락까지, 인가가 있는 곳이라면 틀림없이 조석으로 관우를 모셔놓고 향불을 피운다. 관우에 대한 제사는 범위로 보나 열성으로 보나 모두 공자숭배를 훨씬 초과한 지 오래다.

거기에서 또다시 관우는 청나라 도광(道光) 연간에 이르자 '충의신무영우인용위현관성대제'(忠義神武靈祐仁勇威顯關聖大帝) 라는 어마어마한 14자 칭호로 불리게 되었다.

『삼국지』의 명장면을 묘사한 전시실 벽을 등지고 가이드 아가씨는 관우가 한손으로 휘둘렀다는 3미터 가량의 청룡언월도를 가리키며 뭐라고 뭐라고 열심히 설명을 했는데, 그러나 내 머릿속에는 거기 전시실에서 들려주었던 그녀의 이야기는 하나도 남아 있지 않다. 잘린 잡초가 우거진 가운데 키 큰 나무 몇 그루를 깃발처럼 달고 있는 봉분 하나만 흑색 바탕에 백색의 모노크롬으로 남아 있을 뿐이다.

여기 단 한 사람, 그것도 시신 전체가 아니라 그의 머리 하나만 묻혀 있는 관림의 이 무덤 하나가 저기 저 북동쪽 망산의 그 수많은 무덤들보다 더욱 크고 오롯하게 여겨졌던 까닭은 무엇일까?

그때 관림을 나오는 나의 발걸음이 유난히 느리고 무겁게 느껴졌던 것은 꼭 여행의 피로함 때문만은 아니었을 것이다.

중국인의 최다 신앙의 대상은 석가모니나 예수도, 공자나 마호메트도 옥황상제도 아니다. 관우다. 관우는 무신이자 재신(財神)이며 문신이자 농신(農神)이다. 중국인에게 관우는 이른바 전방위, 전천후 신으로 추앙받고 있다. 중국인의 신앙대상은 유·불·도뿐만 아니라 기타 등등이 전부 융합되어 있다. 불교의 절이나 도교의 도관(道觀)이나 신앙대상의 구분은 모호하다. 이곳들에서 부처님이나 옥황상제상보다 가장 많이 모시고 있는 상은 놀랍게도 『삼국지』에 나오는 관우상이다.

사원뿐만이 아니다. 일반 상점이나 가정집에서도, 집 안의 가장 신성한 곳에 관우상과 그의 신당을 차려놓고 조석으로 그에 대한 예배를 드리고 있다. 절에는 항상 대웅전보다 재신각이 더 붐빈다. 중국의 남부지방에는 관우를 무신보다는 재신으로 모셔 놓고 있다. 관우는 충성과 신의의 상징이어서 성실과 신용을 생명으로 받드는 중국 상인들의 정신적 지주이다. 중국 상인들의 신앙은 각별한 데가 있다. 세계 굴지의 동남아 화교 상인들과 미국, 일본, 화교계 거상 재벌의 치부술(致富術)과 재물축적의 노하우는 바로 관우가 평생 실천 덕목으로 했던 신의, 즉 신용을 지키는 일이다.

4 아름다운 꽃은 가슴에 칼을 품는다

막간산의 명검이 부른 비극

삼왕묘의 이름 없는 협객

2000년 12월, 북한의 김정일 위원장이 천지개벽이라고 외치게 만든 중국의 한 도시, 아시아 대륙의 최장 최대 민물줄기 양쯔강이 지구의 육지를 풍덩 다 집어넣어도 남을 만큼 드넓은 세계 최대의 바다 태평양을 향해 행진하다 점차 짠 해수로 농도가 짙어가는 '델타 황금 삼각주', 거기께가 바로 개혁개방의 중국이 용이라면 용머리라고 불리는 상하이다. 오랜 잠에서 깨어난 21세기 중국인의 꿈과 야망이 불꽃놀이를 하는 도시, 이름하여 상하이라는 도시다.

중국 제1의 경제 · 무역 · 금융 도시, 상하이 도심은 빌딩의 바다, 상하이 교외 동쪽 끝은 태평양, 교외 남서북은 가도 가도 끝없는 우리 나라 김제평야와 만경들 수백 개 수천 개를 합쳐놓은 듯한 대평원이다. 서울 전체 면적보다 10배 넓은 상하이에서 제일 높은 땅의 높이는 서산으로 해발 97미터이다. 해발 100미터도 안 되는 그게 언덕이지 그게 무슨 산이냐고 투덜대지 말 일이다. 케이블카가 연중 성황리에 운행될 만큼 서산은 상하이 시민들의 총애를 한몸에 받고 있다. 돈이나 권력말고 물도 산도 이성 (異性)도 귀하면 무엇이든 이렇게 좋은 대접을 받는 법이다.

한편 동구밖 산 너머 마을이나 산동네에서 산을 깎아 만든 비탈에 아파트 단지에서 힘차게 살아온 우리. 상하이에 살다 보면 우리는 처음 며칠 간은 탁트인 시야가 너무너무 시원해서 퍽 감격해한다. 감수성이 예민한 어떤 사람은 두 눈에 이슬이 맺힌다. 그러나 그 감격은 얼마 못 가 뭔가 허전한 공복감으로 변한다. 산이 못내 그리워지기 시작하는 것이다. 뭔가 고프다. 눈물을 쏟고 싶다. 남산이나 청계산, 수락산, 북한산이 얼마나 아름다운 산이었는가를 하다못해 뒷동산 언덕배기, 김동인의 '붉은산' 이래도 보고 싶어진다. 가까이 있을 때는 몰랐다가 떠난 뒤에야 사랑인 줄 깨닫는 것처럼.

막간산의 대장장이 부부

우리는 상하이 동서남북 사방을 가까운 산을 찾아 해매기 시작한다. 한번은 상하이에서 서쪽 저장(浙江)성 후저우(湖州) 방면으로 쭉 뻗은 4차선 국도 318호를 따라 달려 나간다. 가도 가도 대평원, 건너도 건너도 운하가 나타나는 풍경이 지겹게 느껴지도록 국산 신형차로 그렇게 두 시간 이상을 질주한다.

그 단조로움의 끝 무렵, 조그맣고 아기자기한 구릉지대가 둘러싼 곳에 삼거리가 나타난다. 거기서 항저우 방면의 104국도를 꺾어돈다. 어쭈? 풍경이 우리 나라 무주구천동에 비견할 만한 곳이 전개된다.

30분 더 남쪽으로 달리면 오른편에 제법 잘생긴 산이 하나 나온다. 상하이에서 200킬로미터, 항저우에서 60킬로미터 막간산(莫干山)이다.

막간산은 중국 발음으로는 모깐산이다. 최고 높이 해발 719미터, 최소한 1000미터 이상 되어야 산이라고 치는 사람들에게는 높이가 기대에 미치지 못한다. 막간산, 모깐산이라는 이름도 우리말 발음이나 중국 발음이나 산의 이름이 좀 그렇다. 그러나 산에 잔뜩 굶주린 자들에게는 이름이 요상하면 어떠리, 높이가 좀 낮으면 어디 덧나냐, 이게 웬떡이냐 감지덕지하며 오른다.

막간산이 청더(承德), 베이다이허(北戴河), 루산(廬山)과 함께 중국 4대 피서 명승지라는 것을 알고 간 자는 좀 다르겠지만……. 실제 막간산의 여름철 기온은 상하이나 항저우보다 섭씨 7도 가량이나 낮아 기체로 된 청량음료를 온몸으로 만끽하게 한다. 그리고 대나무숲의 바다에 섬처럼 떠 있는 별장들이 자그마치 173개나 된다. 중국전통식은 물론 영국 미국 러시아 일본 프랑스식을 비롯하여 20세기 초 각국 별장의 모델 하우스를 집결시켜 놓은 듯하다. 별장은 해발 500~600미터에 위치하는 게 요양과 휴양에 제일 좋다. 나는 마오쩌둥의 별장, 장제스(葬介石)와 송메이링(宋美齡)이 동숙한 별장, 상하이 암흑가를 주름잡던 두월생(杜月笙)이 주름잡던 별장들을 골라 이 중국 현대판 협객 대두령들의 체온이 스며든 세월의 이끼를 감촉하려 애쓴다.

어림없다. 별 무소득이다. 맑은 시냇물이 흐르는 깊은 계곡을 따라 난 돌계단을 내려간다. 사람의 발걸음 소리와 나란히 돌돌거리며 내려가던 시냇물이 조그마한 폭포 지엔츠(劍池)를 만나면 갑자기 청룡열차를 탄 여인들의 아우성 소리를 지르며 내려꽂힌다. 지엔츠 왼편 곁에는 남녀 모양의 대리석상이 하나 서 있는데, 그들이 바로 막야(莫邪)와 간장(干將)이라는 한쌍의 부부상이다. 이 산의 이름 막간산을 존재하게 한 인물들이다.

때는 옛날하고도 오랜 옛날, 춘추전국시대 오나라와 월나라가 앙숙으로 처절하게 다툼을 일삼던 시절이다. 오나라 왕 부차의 아버지 합려왕 시대다.

중국 사상 최고의 명검 수집 마니아인 합려왕은 오산(烏山: 지금의 막간산) 부근에 명검을 주조하는 대장장이 부부 간장과 막야가 살고 있다는 소문을 들었다. 그래서 천하의 보검 두 자루를 만들라고 명령하였다. 간장과 막야는 오산의 구리를 모아 정성껏 만들었으나, 어쩐 일인지 3년이 걸려도 구리가 녹지 않았다. 해도 뜨기 전 이른 새벽부터 밤늦도록 그들의 일터에서는 뚝딱거리는 망치 소리가 날마다 울려나왔다. 밥먹기와 잠자기까지 잊어버리고 열심히 만들었다. 간장과 막야는 합려로부터 수십 번 독촉을 받는 동안에 벌써 세월은 3년하고 또 석 달이 흘러갔다.

간장의 스승은 자기의 둘째아들을 잡고, 막야의 스승은 용광로에다 남녀 한쌍을 집어넣어 천하의 명검을 만들었던 무서운 사실을 떠올렸다. 그렇지만 마음이 모질지 못한 간장과 막야는 그렇게는 할 수 없었다. 우선 그들은 숫총각 숫처녀 300여 명을 시켜 풍구를 불게 하였다. 그러고는 아내 막야와 더불어 머리카락과 손톱, 발톱을 잘라 넣어 구리를 녹이는 데 성공하였다. 그리고 암수 한쌍의 검을 주조하는 데 성공하여 각각 자기 이름을 붙였다.

간장은 숫검을 집에 감춰두고 암검인 막야만을 왕에게 바쳤다,

간장은 칼을 바치러 집을 떠날 때 자신의 운명을 미리 알고 있었다. 칼을 바치면 죽음을 당할 것이라는 사실을 미리 안 간장은 임신 중인 아내에게 다음과 같이 유언하였다.

"남자가 태어나거든 장차 자란 후 내 원수를 갚도록 하시오. 문을 나서 남산을 바라보면 돌 위에 소나무가 있는 곳 뒤쪽에 칼을 묻어두었소."

칼을 받은 왕은 칼감정가에게 명하여 그 칼의 진부를 감정토록 하였다. 감정결과는 사실과 다름없었다. 제작기간이 3년이나 걸렸고 자웅 한쌍의 칼 가운데 암검이라는 것이었다. 왕은 노한데다가 그가 다른 나라에 가서 또 명검을 만들까봐 두려워 그 자리에서 간장의 목을 베었다.

삼왕묘의 슬픈 사연

막야는 아들을 낳았다. 두 눈썹 사이가 유별나게 넓어 이름을 미간척(眉間尺)이라 지었다. 미간척은 건강하게 자라 성인이 되자 아버지에 대한 이야기를 어머니에게 전해 듣고 이를 갈며 복수를 결심했다.

문밖을 썩 나서니 바라뵈는 남산이라.
남산에 바위 있고 바위 위에 솔이로다.
그 솔이 칼을 품었으니 그 칼이 너를 기다리로다.

문제의 명검을 찾기 위해 남산을 찾아 헤맸으나 헛된 일이었다. 어느 날 문득 자기 집 주춧돌 위에 세워진 기둥 나무가 소나무임을 안 미간척은 기둥 뒤쪽을 도끼로 파내어 그곳에 숨겨진 명검을 찾아냈다. 명검을 찾아든 미간척은 비장한 결의를 품고 복수의 길을 떠났다.

한편 간장의 명검을 받고 그를 죽인 왕은 까마득히 그 일을 잊고 있었다.

하루는 꿈에 어떤 어린아이가 나타나,

"나는 간장의 아들 미간척이다. 내 아버지의 원수를 갚으러 왔으니 내 칼을 받아라."

하며 왕의 목을 치려 하자 깜짝 놀라 꿈을 깼다. 왕은 까마득히 잊었던 그 옛날 일이 생생하게 떠올랐다. 즉시 화공을 불러 꿈에 나타났던 미간척의 형상을 그리게 하고 천금의 현상금을 걸어 전국에 수배했다.

미간척은 도망다니는 수밖에 없었다. 막간산에 돌아가 비통한 심정으로 흐느끼며 떠돌다가 하루는 어느 협객과 마주쳤다. 그 협객은 울고 다니는 연유를 알자 자기가 대신 원수를 갚아주겠다고 나섰다. 원수를 갚기 위해서는 미간척의 목과 명검이 필요하였다. 미간척은 선뜻 그 뜻을 알아차렸다.

"고맙습니다."

한마디 인사말을 남기고 서슴없이 자신의 목을 잘라 뻣뻣이 선 채 두 손으로 목과 칼을 협객에게 바쳤다. 협객이 목과 칼을 받아 들고는,

"알았네, 내 그대의 뜻을 저버리지 않고 꼭 원수를 갚아주겠네!"

하고 맹세하자 그제야 뻣뻣이 선 채로 있던 시체가 넘어졌다.

그 협객이 미간척의 목을 들고 왕을 찾아가자 왕은 매우 만족하였다.

"으흠, 틀림없는 그자로군! 내 이제야 마음놓고 잠을 잘 수 있게 되었구나!"

협객은 천금의 현상금을 받고 융숭한 대접을 잘 받았다. 그러자 협객은 왕에게 아뢰었다.

"대왕! 성질이 모진 인간은 죽은 원혼도 모진 법이옵니다. 이 소년의 목을 커다란 무쇠 가마솥에 넣어 삶아 흔적조차 없도록 하여 재앙의 빌미를 발본색원하는 것이 마땅한 일이라 생각합니다."

왕은 그 말을 옳게 여겨 가마솥에 넣어 삶도록 하였다.

3일 동안을 계속 삶았는데도 그 형상은 하나도 풀어지지 않았다. 도리어 펄펄 끓는 열탕 안에서 미간척의 목은 눈을 부릅뜬 채로 마치 아직도 살아 있는 듯하였다.

"괴상한 일이옵니다. 이 아이의 목은 좀처럼 삶아지지 않습니다. 이런 때는 왕께서 직접 그놈의 눈을 노려보시면 형상이 풀어질지도 모릅니다."

협객이 이렇게 말하자 왕은 가마솥 곁으로 다가와 펄펄 끓는 열탕 속을 눈을 부릅뜨고 노려보았다.

협객은 이 기회를 놓치지 않고 번개처럼 칼을 뽑아 왕의 목을 쳤다. 왕의 목은 열탕 안으로 툭 떨어졌다. 그 순간 왕의 여러 호위병사들이 협객을 에워쌌다.

"너희들은 물러섰거라! 너희들을 귀찮게 하지 않고 나 스스로 해결하겠다."

하고 외치며 협객은 자신의 목을 치니 협객의 목도 열탕 속으로 떨어졌다. 이제 가마솥에는 세 사람의 목이 용솟음치는 끓는 물에 곤두박혀 어떤 것이 누구의 목인지 분간할 수 없었다. 하는 수 없이 세 사람을 함께 장사지내고 그 무덤을 삼왕묘(三王墓)라 불렀다. 나는 이왕 내친김에 이 삼왕묘를 찾으려고 오월춘추 옛나라를 속속들이 뒤지며 무척 노력해보았으나 찾을 수 없었다.

막간산은 상하이에서 가장 가까운 산이다. 그렇지만 이곳 베이징에서는 8천 리나 떨어져 있다. 그러나 올 여름에는 꼭 다시 찾아가보리라.

막야와 간장, 미간척, 그리고 이름 모를 그 협객이 엮어내는 비장한 옛이야기를 되새기고자 한다. 그리고 1997년 무더운 어느 여름이던가, 지엔츠 곁 한 그루 대나무에 칼끝으로 나란히 새겨둔 이름, 지금은 떠나간 어느 소저와의 추억을 잠시 탐닉하고자 한다. 그런 다음 칼날처럼 견결하고 깨끗한 해장죽(海藏竹)한 뿌리를 가슴팍 어귀에 심고 새롭게 돌아오고자 한다.

오월춘추는 여인들이 만든다

여협 월녀와 절세미녀 서시

벌써 저물녘이다. 날이 더 어두워지기 전에 협객의 산, 막간산을 빠져나가야 한다. 서편으로 끝없이 펼쳐지는 대나무숲의 바다를 뚫고 내려간다. 댓잎에 서걱이면서 짙어가는 야음을 뚫고 50킬로미터쯤 더 달려가면 중국 최대의 죽제품 집산지, 안지(安吉)현이 대부채를 펼치면서 반긴다.

시장기를 때우기 위해 호텔에 딸린 식당에 들어섰다. 중국의 죽도(竹都: 대나무의 수도)라지만 지방의 조그만 소도시에 지나지 않은 안지의 밤이 유난히 휘황한 까닭을 묻는 나에게 식당 아주머니는 죽제품을 팔아 벌어들인 돈바람 덕분이라고 일깨워준다. 죽순을 주재료로 한 요리 가짓수가 왜 이렇게 많은지……. 대나무 속, 대나무 어린 잎, 대나무 일색인 식단으로 배를 채우며 나는 역시 죽제품으로 유명한 우리 나라 전라남도 담양은 어떨까 떠올려보았다.

안지는 앞서의 막야와 간장네 가정을 파탄시켜버린 오나라 합려의 숙적이었던 월나라 최북단에 속해 있었던 영토였다. 월나라는 지금의 샤오싱(紹興)에 도읍을 정하고 항저우와 자싱(嘉興)지방을 아우르는, 이른바 저둥(浙東)지방에 자리잡고 있었다. 저장성에서도 이 저둥지역은 예나 지금이나 경치 좋고 음식 맛있고 기후 온화하고 인심이 푸근한 부유하고 윤택한 곳이다. 또한 영웅과 호걸, 미녀와 참모, 시인과 묵객, 대부호 대석학을 무더기로 쏟아내는 명당이라는 것쯤은 웬만한 중국인은 잘 알고 있다. 하지만 타지역 중국사람은 물론 이 지역에서 태어나고 자라난 토박이 전문학자조차도 잘 모르거나, 인식하지 못해온 특종감 하나를 나는 공표하자고 한다. 중국사에 빼어난 여협(女俠)과 여걸을 배출해온 가장 큰 화단이 바로 여기 저둥지방이라는 사실이다.

우선 여협 월녀(越女)의 이야기부터 시작하기로 하는데, 그녀는 중국 여협사의 대선배이자 큰언니 격이다.

월나라 병사에게 무술을 가르친 여자

월나라에 아름다운 처녀 하나가 살고 있었다. 그녀는 남쪽지방의 인적과 멀리 떨어진 북쪽 대나무숲 속에서 자라났다. 사람들은 모두 그녀의 신묘한 검술을 칭찬하였다. 월나라왕은 사신을 파견해 격금무극술을 가르쳐달라며 후한 예물을 보내 그녀를 초청하였다.

그녀는 월나라왕을 만나러 가다가 자칭 원공(猿公)이라는 한 늙은이와 만나게 된다. 원공이 그녀에게 말했다.

"듣자 하니 네가 검술을 제법 잘한다던데 한 수 배워보자꾸나."

그러자 그녀는 당당하게 대꾸하는 것이었다.

"소녀, 어찌 감히 노선배를 속일 수 있으리요. 노선배께서 한 번 시험해보시죠."

이에 원공의 손길이 숲속에 있는 대나무에 뻗치자마자 흡사 고목이 쓰러지듯 댓가지가 잘려나갔다. 그녀는 손을 뻗어 떨어지는 대나무 가지를 받아들었다. 원공은 대충대충 다듬은 댓가지를 꼬나쥐고는 그녀를 향해 찔러 나갔는데, 그녀의 반응은 전광석화처럼 빨랐다. 가늘고 짧은 대나무 끝으로 반격해나갔는데 정확하게 원공의 죽간 끝을 맞추어 찔렀다.

이렇게 서로 세 번씩 공수를 주고받은 후 그녀는 다시 원공을 향해 깊이 찔러가니 원공은 이를 당해낼 길이 없어 훌쩍 높은 나무 위로 올라가 갑자기 흰원숭이로 변하는 것이었다. 그러더니 길게 울부짖다가 어디론지 홀연히 사라져버렸다.

그 뒤 그녀는 월나라왕을 만나게 되고 왕은 장교들을 보내 그녀로부터 그 신묘한 검술을 배우게 하여 다시 이것을 병졸들에게 가르치니 월나라 군대의 무술은 그 수준이 열국 중에서 제일 높아졌다.

이 이야기는 무협지에 나오는 '구라'가 아니다. 어엿한 중국의 사서 『오월춘추』(吳越春秋) 제5권에 기록되어 있는 역사다. 월녀는 중국역사상 비교적 완전한 기록이 남아 있는 최초의 민간 여협이다.

역시 저둥지방인 하이닝(海寧)현 출신 천재 무협소설가 김용은 역사 속의 인물 여협 월녀의 입술에 립스틱을 짙게 발랐다. 즉 무협지 『월녀검』(越女劍)을 지어낸 것이다. 이 『월녀검』의 끝부분을 보면, 검술에 정통한 월녀가 적개심을 가득 품은 채 댓가지로 같은 고향 출신이며 중국 4대 미녀 중 으뜸인 미녀 서시(西施)의 심장을 겨누고 있는 장면이 나온다. 서시는 훗날 때때로 젖가슴을 움켜쥐곤 했는데, 이는 월녀의 대나무 끝에서 나온 강한 기운에 맞았기 때문이라고 한다.

절세미인 서시가 젖가슴을 움켜쥐고 찡그리는 모습, 상상만 해도 이 얼마나 알싸한 장면인가!

절세미녀는 가슴에 칼을 품었다

이왕 내친김에 서시의 이야기로 들어가려고 한다. 그런데 친구 하나가 나의 염두를 블로킹하듯 막아선다.

"어이 자네 완전히 맛이 갔군. 협객 이야기에 아리따운 절세미녀 서시를 끼워넣다니……. 원 참, 내 기도 안 차네."

그는 나의 무식함과 무모함에 혀를 내둘렀다. 그러나 물러설 내가 아니라 1인 3역, 리시브에 이은 절묘한 토스, 곧 이은 강력한 스파이크로 몰아부쳤다.

리시브 : "여보게 꼭 비수나 댓가지, 창칼이나 총검 따위의 차갑고 딱딱한 무기를 써야만 협객인가. 손과 발, 혀나 신체의 모부분 등 부드럽고 따뜻한 무기로 적을 무찌르면 안 되는가."

토스 : "그리고 이것 보게, 서시는 오나라 합려왕의 아들 부차를 유혹하기 위한 정치적 임무를 띠고 부차의 애첩이 되어 목적을 달성한 여인이야. 인류사상 최초 최고의 유명한 미인계의 주인공이었어. 그래서 서시는 더욱 아름다운 거여."

스파이크 : "사람들은 서시가 그저 중국 4대 미인이라는 그녀

의 외관에만 한눈이 팔려 있어. 양쪽 눈을 균형 있게 쓰지 않는 그런 편협한 시각이 오히려 서시를 욕되게 한다고나 할까. 아무튼 나는 사람들이 중국사에 미친 그녀의 위대한 업적, 즉 그녀가 왜 풍전등화에 빠진 조국을 구하기 위하여 기꺼이 몸과 마음을 바쳤는가에 그녀의 외모에 대한 관심의 반이라도 기울여주길 바랄 뿐이네, 알겠는가?"

내 말발에 그 친구는 어안이 벙벙해 눈만 껌벅껌벅거렸다.

누구나 잘 알고 있다시피 미인계는 여색을 이용하여 적을 마비시키거나 투지를 꺾거나 그녀로 하여금 각종 비밀이나 고급정보를 얻어내는 전술이다. 나는 적장을 무뇌증(無腦症)에 걸리게 만든 서시 같은 미녀 한 사람은 현대의 원자폭탄에 맞먹는 가공할 위력을 지니고 있다고 생각한다.

중국 대나무의 수도, 안지에서 남으로 80여 킬로미터 내려가면 저장성의 중심도시 항저우가 나온다. 다시 거기서 남쪽으로 80여 킬로미터 내려가면 역시 중국 최고의 품질을 자랑하는 민물진주산지 주지(諸暨) 시가 나온다. 그곳이 중국 4대 미녀의 으뜸 서시가 태어난 곳이다.

서시는 어릴 때부터 천성이 곱고 용모가 빼어나 항상 마을 사람들의 부러움을 샀다. 하루는 서시가 강가에서 빨래를 하고 있는데, 그녀의 기막히도록 아름다운 모습이 맑은 강물에 비쳤다. 이때 물고기가 물에 비친 아름다운 서시의 모습에 도취되어 헤엄치는 것도 잊어버리고 보다가 점점 강바닥으로 가라앉았다고 한다.

당시 서시의 조국 월나라도 오나라 부차왕의 침입으로 물고기처럼 바닥으로 가라앉고 있는 형국이었다. 물을 좋아하면 물에 빠져 죽기 쉽고 칼을 좋아하면 칼에 베어 죽기 십상인가. 명검 수집광 오나라왕 합려는 결국 싸움터에서 부상을 입어 죽게 되었다. 그때 그는 아들 부차에게 반드시 월나라를 평정하여 원수를 갚아달라는 유언을 남긴다.

오나라왕에 오른 부차는 한시도 아버지의 원한을 잊지 않고 '땔나무 섶에 누워 자면서(臥薪)' 복수의 날을 기다렸다. 때가 되어 부차는 필사의 각오로 월나라를 공격하여 구천의 군대를 대파하고, 후이지산(會稽山)에서 월왕 구천을 사로잡는 데 성공하였다.

오나라의 신하가 되기로 하여 구걸하다시피 목숨을 건진 구천은 겉으로는 오나라를 섬기면서도 안으로는 내실을 다지기 위해 각고의 노력을 경주하였다. 직접 농사를 지으면서 백성들을 독려하고 인재를 널리 모집하는 등 월나라를 부흥시키기 위한 각종 조치들을 취했다. 그러면서도 항상 부차에게 당한 치욕을 잊지 않기 위해 쓸개를 걸어두고 그 맛을 보면서(嘗膽) 복수의 날을 기다렸다. 이때 구천은 부차를 안심시키기 위하여 매년 많은 금은보화와 미녀들을 예물로 바쳤는데, 서시도 그러한 목적으로 오왕 부차에게 바쳐진 미녀들 가운데 하나였다.

이때 월나라 대부 범려(范蠡)는 여러 차례 오나라에 미녀를 선사했음에도 그 효과가 나타나지 않자 직접 전국 각지를 돌면서 절색의 미녀를 찾아 나섰다. 하루는 범려가 후이지산 기슭 시냇가 근처에 절세 미녀가 있다는 소문을 들었다. 그 미녀는 바로 서시였다. 범려는 그녀의 자태를 보자마자 아름다움에 도취되어 자신도 모르게 이렇게 말했다.

"조금만 더 다듬는다면 세상에 보기 드문 보물이 되어 반드시 오왕 부차의 환심을 살 수 있을 것이다. 월나라의 미래는 저 여인에게 달려 있다!"

범려는 서시에게 자기의 신분을 밝히고 그가 오게 된 이유를 설명하였다. 서시는 무릎을 꿇어 절을 올리고, 연약한 시골 여자의 몸으로 이렇게 중요한 국가의 대사를 맡게 될 줄 몰랐다면서, 조국을 위해 모든 것을 바치겠다고 다짐하였다.

이에 범려는 후이지산 부근에 비밀 장소를 마련하여 미인계를 성공시킬 계책을 체계적으로 준비해나갔다. 여기에는 서시 외에도 전국 각지에서 선발된 미녀 10여 명이 더 있었는데, 교육 내용은 먼저 임금에게 충성하고 나라를 사랑하는 사상교육을 실시한 후, 그 다음으로 일반적인 지식을 전수하였다. 특히 가무, 몸가짐, 예절과 사람을 유혹하는 기교와 방중술 등을 중점적으로 지도하였으며, 정보수집 지식과 기술도 필수과목이었다. 이러한 집중 교육을 통하여 단기간에 그들은 충성심과 고귀한 품성을 갖춘 공작요원으로 양성되었다. 현대식으로 말한다면 서시는 바로 유명한 여자 스파이였던 것이다.

서시는 유능한 스승과 조교의 지도를 받으면서 발군의 재능을 나타내어, 소녀경 36비법 등 온갖 섹스기교와 가무를 3년 만에 마스터하고 우아한 자태와 교태로운 정취를 뽐낼 수 있게 되었다. 월왕 구천은 이를 친히 시험한 후 대단히 만족하였다. 이에 범려는 날을 잡아 서시를 데리고 오나라로 향했다.

그런데 어느새 범려는 서시와 사랑의 깊은 강물에 빠져버렸다.

서시도 범려의 아이를 임신한 몸인지라, 두 사람은 더 이상 헤어질 수 없는 사이가 되었다. 그러니 아무리 미녀라지만 어떻게 이 배가 남산만한 여인을 오왕에게 바칠 수 있었겠는가? 오나라로 가는 도중에 지금의 자싱지방에 이르러 범려는 서시가 풍토에 적응하지 못한다는 핑계로 반년간 그곳에 머물렀다. 거기서 서시는 범려의 아이를 낳았다. 그러나 가련하게도 이 어린 생명은 부모에게 선택될 기회도 갖지 못한 채 세상을 떠나고 말았다.

범려와 서시는 국난으로 만났다가 국난으로 헤어지게 되었다. 월나라의 대부이기 전에 한 남자로서 자기가 진정으로 사랑하는 여인을 감싸주기는커녕 적국의 군주에게 선물로 바치려고 하니 그의 마음은 찢어질 듯 아팠고 더 이상 흘릴 눈물도 없었다. 드디어 범려는 서시를 데리고 부차를 알현한 후 서시를 바쳤다.

과연 오왕 부차는 오나라의 모든 미녀들과는 비교조차 할 수 없을 정도로 아름다운 서시를 보자 첫눈에 황홀경에 빠졌다.

그러고는 월나라에서 바친 다른 미녀들도 모두 받아들였다. 한때 땔나무를 이불과 요로 삼아 자며 복수의 열정을 태우던 과거의 그가 아니었다. 부차는 그 중에서도 특히 서시를 총애하며 서시의 아름다운 육체를 밤낮으로 애무하였다. 서시는 비록 자신의 몸은 호색한인 그에게 내맡겼으나 가슴속에 품은 한 자루의 칼을 가는 것을 잊지 않았다.

부차는 서시를 위하여 대규모 토목공사를 일으켜 화려한 궁궐을 짓고 온갖 보석으로 호화롭게 장식하였다. 또 온갖 궁리 끝에 땅을 파서 큰 옹기를 묻어 평평하게 한 후 그 위를 다시 두꺼운 나무로 덮은 회랑을 만들게 하여 그것을 향리랑(響履廊)이라 하였다. 서시가 이 향리랑 위를 걸어갈 때 그녀의 발걸음 소리가 영롱하게 울리도록 하기 위한 것이었다. 뿐만 아니라 인공호수를 조성하여 그 주위에 아름다운 화초를 심고 호수 안에서 배를 띄워 함께 놀 수 있도록 하였다.

서시의 현란한 섹스기교와 교태는 부차의 마음을 완전히 사로잡았다. 결국 부차는 범려의 계획대로 역대 망국의 군주들이 걸었던 벼랑길을 향해 한 걸음씩 다가가고 있었다.

월왕 구천은 경거망동하지 않고 복수의 날만 기다렸다. 그는 오나라가 대외 원정을 떠나 군사력을 소진한 후에 오나라를 공격할 계획을 세워두고 있었다. 마침 서시로부터 오나라가 제나라를 공격할 준비를 하고 있다는 초특급 첩보를 전해 듣고, 구천은 그때를 틈 타 병력을 파견하여 오나라를 돕는 척하면서 오왕 부차의 환심을 사두었다.

설욕의 기회를 노리던 월왕 구천은 마침내 수군을 동원하여 오나라를 공격하였다. 2년여에 걸친 포위 공격 끝에 결국 오나라 성은 무너지고 부차는 고소산(姑蘇山: 지금 쑤저우 시내에서 남서쪽으로 10킬로미터 지점)으로 도망가 자결하였다.

지겨운 오월간의 전쟁이 끝난 후 서시의 행방에 대해서는 전해오는 이야기로 오나라 사람들이 나라 잃은 망국의 뜨거운 분노를 모두 서시에게 쏟아붓고 그녀를 비단으로 꽁꽁 묶어 양쯔강 한가운데 빠뜨려 죽였다는 것이 있다. 그러나 이는 전설일 뿐이지 역사는 아니다. 사서에 의하면 오나라가 멸망되는 날 범려는 고소대(姑蘇臺) 아래에서 옛날 애인 서시를 찾아냈다. 그리고는 황급히 그녀와 함께 타이후(太湖)로 쪽배를 타고 아득한 안개

속으로 사라졌다.

범려는 월왕 구천의 인간됨이 환난은 함께 할 수 있으나 즐거움은 함께 누릴 수 없는 인물이라는 것을 알았던 것이다. 서시와 범려는 성과 이름을 바꾸고 제나라 바닷가에서 초막을 짓고 장사를 시작했다. 그들 내외는 과거의 환락과 아픔을 깨끗이 잊어버리고 열심히 일한 결과 몇 년 사이에 수천 금의 부를 쌓았다. 얼마 후, 제나라 왕이 그 명성을 듣고 그를 도성 린쯔(臨淄)로 초빙하여 재상에 임명하였다.

범려는 2, 3년간 재상 자리에 있은 후, "집에 있을 때는 천금의 재산을 쌓았고, 관직에 있을 때는 재상의 지위에까지 이르렀다. 자수성가한 평범한 백성에게 이것은 이미 갈 수 있는 데까지 다 가본 것이다. 고귀한 자리에 너무 오래 머무는 것도 좋지 않은 징조다"고 하면서 관직을 반납하고 재물은 바닷가 가난한 농민들에게 전부 나누어주었다. 그런 다음 범려는 아내 서시와 두 아들을 데리고 서쪽으로 가 도(陶: 지금의 산둥성 定陶)에 은거하였다. 그들 가족은 거기서 다시 도주공(陶朱公)이라는 이름으로 무역을 하여 거부가 되어 그 명성을 천하에 떨치며 행복하게 살았다.

이처럼 절세미녀 서시에 관한 전설은 비극적이지만 역사는 분명히 해피앤드다. 대개 역사는 '불행하게', 전설은 '행복하게' 끝나는 법인데, 서시의 경우는 매우 이례적이다. 왜 그럴까? '칼에서 칼'로 시종일관하지 않고 '칼에서 돈'으로 적절히 전향하여 행복한 삶을 누림에 대한 부러움에서인가? 역사에 대한 전설의 질시에서인가?

지금도 항저우 사람들에 의해 '서시의 화신'이라고 일컬어지는 아름다운 시후(西湖) 호반에서 나는 역사보다는 전설을 펀들고 싶어졌다. 안 되는 줄 알면서도…….

해어화와 우미인초

현종의 양귀비와 항우의 우희

2001년, 새해하고도 정월이었다.

고국에서 전해오는 소식은 상하좌우가 하나같이 온통 심란한 이야기뿐. 폭설이 내렸다 한다. 그래 덮어라, 덮어주어라, 저 은세계가 영원히 녹지 않았으면 좋겠다는 엉뚱한 생각이 함박눈이 되어 내린다. 이곳 베이징에도 폭설이다. 창밖의 은세계를 멍하게 바라보다가 시선을 창 안으로 돌렸다. 사무실 벽걸이 달력 속 양귀비가 역시 멍한 표정으로 서 있다.

당고종(唐高宗)은 자기 아버지의 애첩을 자기 아내로 삼았다. 당고종의 손자, 당현종(唐玄宗)은 자기 며느리를 아들에게서 빼앗았다. 쓰촨 여걸 측천무후(則天武后)가 죽은 지 반백년도 안 되었다. 쓰촨의 미녀가 또다시 당나라 운명을 절체절명의 위기에 몰아넣었다. 그녀는 바로 동양 미녀의 대명사, 양귀비. 현종은 56세이고, 양귀비는 22세였다. 시아버지와 며느리 사이로 보면 스캔들이지만, 사실 한 남성과 한 여성사이의 로맨스였다.

현종은 사랑하던 무혜비(武惠妃)가 죽자 모든 게 시든해졌다.

아들 수왕(壽王)의 왕비가 절세의 미녀라는 소문을 듣고 양귀비를 술자리에 불렀다. 절세가인은 춤을 추고 노래를 부른다. 지상에 하강한 선녀, 양귀비의 가무가 미처 끝나기도 전에 현종의 영혼은 그녀의 노예가 되어버린다. 아버지 현종은 아들 수왕의 부인을 앗았다. 그 대신 아들에게 위(魏)씨의 딸을 보내어 아내로 삼도록 했다. 아버지와 아들의 스와핑, 여인 바꾸어 즐기기!

말을 알아듣는 아름다운 꽃

"폐하, 날이 밝았사옵니다."

양귀비가 말하면, 현종은 "그럼 또 날이 어두워지겠군!" 하고는 양귀비를 껴안고 뒹굴었다. 사랑에 빠진 사람에게는 별은 저녁에도 뜨고 아침에도 뜨는 법인가. 당현종은 양귀비와 해가 뜨는지 별이 지는지도 모르고 사랑에 빠졌다.

그러던 어느 날 현종은 양귀비와 함께 아름다운 호숫가에 놀러 갔다. 마침 그곳에는 연꽃들이 가득 피어나 장관을 이루고 있었고, 현종과 양귀비의 옆에 있던 사람들은 연꽃의 아름다움에 감탄을 거듭했다.

이때 현종은 "나의 말을 알아듣는 이 꽃, 여기 양귀비가 가장 아름답다"고 했다. 이것이 말을 이해하는 꽃, 즉 아름다운 미인을 뜻하는 해어화(解語花)의 유래다. 해어화? 걷는 그녀를 보고 걸어다니는 꽃 보행화(步行花), 앉은 그녀를 보고 앉아 있는 꽃 좌화(坐花), 같이 누우면 와화(臥花)?······

현종은 양귀비와의 정사(情事)에 전념할수록 정사(政事)에는 흥미를 잃어갔다.

중국사상 전대미문의 전성기를 열었던 개원(開元)의 치(治)도 곤두박질치기 시작했다. 현종은 양귀비의 친척 오빠 양국충(楊國忠) 등 간신배들을 중용하였다. 정치가 문란해지고 천하가 크게 어지러워졌다. 이윽고 755년 겨울 안녹산이 반란을 일으키게 되었다. 현종은 양귀비를 데리고 장안을 떠났다. 피란 행렬이 마외역(馬嵬驛)이라는 곳에 도착했을 때였다. 수행하던 군사들은 재상 양국충의 목을 베고 현종의 거처를 포위하였다. 그러고는 "양귀비를 죽여라"고 외쳐댔다.

어쩔 도리가 없었던 현종은 늙은 환관 고력사(高力士)에게 눈짓을 하였다. 오래 된 어느 암자로 인도된 양귀비는 하얀 비단으로 목을 매어 죽었다. 그때 그녀 나이 38세. 삶의 참맛을 알기 시작한 농익은 나이. 서기 756년, 음력 6월 14일 새벽녘이었다.

여기서 한번 짚고 넘어가 보자. 양귀비는 달기(妲己)나 포사(褒姒)처럼 음녀나 악녀였을까? 아니면 측천무후나 서태후처럼 권력의 화신이었을까? 아니었다. 정사와 야사를 속속들이 파헤쳐 냉철히 살펴보면 양귀비는 남성과 준남성(환관)들의 추악한 권력투쟁에서 희생된 한 가엾은 여인에 지나지 않았다. 그녀가 아름다워서? 눈부시게 아름답다는 것도 죄인가?

양귀비에 대한 험담으로 자주 회자되는 에피소드 둘. 남쪽지방에서만 나는 과일인 여지(리치)를 무척 즐기는 그녀를 위해 현종이 지금의 DHL 특급배달 격인 역참망을 이용하여 장안까지 운송하게 한 일, 자신을 비난한 시를 쓴 시선 이백을 현종에게 베갯머리 송사하여 황궁에서 쫓아내도록 한 일이다. 국가존망에 치명적 손상을 입히지는 않은 사소한 것들이다.

아이가 길을 가다가 돌부리에 걸려 자빠지면 돌에다 화풀이를
한다. 돌의 잘못인가 아이의 잘못인가? 당나라가 기울게 된 책
임은 전적으로 당현종을 비롯한 권문세가, 탐관오리들의 악폐와
실정에 있다. 남성들의 잘못을 절세미녀(그네들 말로는 요녀) 하
나 탓으로 덮어씌우려는 남성우월사의 음모가 아니라면 그 무엇
인가? 졸장부의 역사, 비겁한 역사 따위는 덮어라, 하얀 눈으로
덮어버렸으면…….

양귀비의 꽃말은 '망각'과 '위안'이다.

양귀비꽃 날은 양력 7월 5일, 양귀비가 세상을 떠난 날과 비슷
하다.

망각과 위안, 이 꽃말과 화사하고 농염하기 이를 데 없는 양귀
비꽃과는 전혀 걸맞지 않는다. 뜻밖이다.

신세기 새해 정월, 은세계로 하얗게 사윈 상념 어귀에 한점 피
처럼 붉은 양귀비꽃, 나는 그 꽃 한 송이를 꺾어 해어화 양귀비에
게 보내련다.

역발산 기개세의 가련한 꽃

한 사내가, 서른을 갓 넘긴 한 사내가 강가에 서서 울부짖는다.

힘은 산을 뽑고도 남음이 있고 기개는 천하를 덮었었노라
때가 이롭지 못하니 오추마야 너마저 달리지 않는구나
오추마야 너마저 달리지 않으니 어쩔 수 없구나

우희야 우희야 이를 어쩌란 말이냐
力拔山兮氣蓋世
時不利兮騅不逝
騅不逝兮可奈何
虞兮虞兮奈若何

그의 사랑, 한 여인이 화답한다.

한나라 군사가 이미 땅을 차지하였지요
사방에 들리는 것은 초나라 노래뿐
대왕의 기개가 다하셨으니
천첩은 살아서 무엇하리요
漢兵已略地
四方楚歌聲
大王意氣盡
賤妾何聊生

그 남자의 이름은 항우(項羽), 그 여자의 이름은 우희(虞姬)였다.
기원전 202년 초패왕 항우가 한고조 유방에게 쫓겨 해하(垓
下)에까지 왔을 때였다. 해하는 지금의 중국 최고 품질의 수석산
지 안후이성 링비(靈壁)현 동쪽에 있다.
오랜 싸움으로 군량은 떨어지고 군졸들은 지칠 대로 지친데
다 사방은 한나라군에 의해 포위된 상태였다. 항우의 군사들은
밀물처럼 밀려드는 한나라군의 공격을 물리치며 굳세게 싸웠

다. 포위망을 뚫고 나아갈 가망이 보이지 않았다. 항우는 병사들에게 방어에 주의하면서 기회를 보아 출전할 준비를 하고 있으라고 명령하였다.

한편 유방의 참모 장량(張良)은 밤이 깊어지자 높은 산에 올라가 초나라 군사들이 있는 진영을 향해 애절하고 곡진한 가락으로 통소를 불었다. 초나라 군사들로 하여금 고향 생각이 나게 하여 사기를 떨어뜨리기 위한 계략이었다. 그의 계략은 적중했다. 그렇지 않아도 고향 생각에 젖어 있던 초나라 군사들은 그 슬픈 가락을 듣자 더 이상 전의를 상실했다. '한나라가 이미 초나라를 얻었단 말인가? 어찌 초나라 사람들이 저리 많은가.' 그들은 눈물을 흘리며 하나둘 한나라군 진영으로 넘어가고 말았다.

"장막 안에 있던 가인은 앉은 채 늙었다." 옛이야기는 이렇게 전한다. 항우 옆에는 항상 절세가인 우희와 하루에 천리를 달리는 오추마가 있었다. 항우의 뺨에는 몇 줄기 눈물이 흘렀다. 우희는 앞의 화답송을 마치자 항우의 옆구리에 찼던 칼을 뽑아 자신의 목을 찔러 죽었다. 항우는 주먹으로 눈물을 닦으며 사력을 다하여 탈출을 꾀하지만 우장(烏江)에 이르자 강둑에 주저앉았다.

고향을 떠날 때 데리고 온 강동(지금 양쯔강의 이남 지방)의 청년 8천을 다 죽이고 저 혼자 살아 돌아간들 그들의 부모를 볼 면목이 없었다. 애마 오추마도 강물로 뛰어들었고 항우는 자기 목을 찔러 자결하고 말았다.

기원전 207년, 중국 최초의 통일제국 진(秦)나라가 멸망하자 군웅들의 각축전은 항우와 유방 두 호협의 한판승부로 압축되었다.

8척 장신에다 겹으로 된 눈동자를 지닌 항우는 힘은 능히 산을 뽑고 기개는 하늘을 찌를 듯한 희대의 장사였다. 그는 초나라의 장군을 대대로 역임한 명문 귀족의 자손으로서 숙부 향량(項梁)으로부터 병법과 검술을 배웠으며 천병만마를 호령하는 뛰어난 능력을 인정받았다. 부하를 극진히 위하는 반면에 적에 대해서는 단호한 무력을 휘두르는 격렬한 협기의 소유자였다. 항우가 봉기를 지도하였을 때 그의 나이는 불과 22세였다. 지금 같으면 대학교 2, 3학년생이었으리라.

새파랗게 젊은 나이로 거병한 항우의 활약은 눈부셨다. 진시황의 폭정으로 혼란한 상황에서 그의 수완은 대단하여 5년 만인 27세에는 이미 천하의 패권을 다투는 호협 중 제일 앞머리에 떠올랐다. 하지만 자신보다 15세 연장자인 노회한 유방을 만나면서 그의 그런 활약은 빛을 잃어가게 된다.

유방은 고작 일개 농부의 아들인지라, 그의 주위에 모여 일을 일으킨 인물 중에는 신분이 퍽 낮은 자가 많았다. 패현(沛縣)의 서기였던 소하(蕭何), 옥졸이었던 조참(曹參) 등은 그래도 유식한 편이었지만 번쾌(樊噲)는 개백정, 관영(灌嬰)은 떠돌이 옷감 장수, 주발(周勃)은 장례식의 나팔수, 하후영은 마부, 주창(周昌)은 머슴, 유방과 어릴 때부터 친했던 노관(盧官)은 깡패, 한신(韓信)은 하루하루 끼니를 잇기도 어려운 실업자였다. 한나라 대신 가문 출신인 장량 같은 사람은 예외라 해도 좋을 것이다. 이 같은 유협 패들의 집단으로 천하를 얻은 것은 놀라운 사실일 따름이다. 건달 출신인 유방은 부하의 충고에 늘 귀를 기울이고 그들에게 대권을 맡겨 그들의 사기를 고무했으며 공적을 세운 자에게는 즉석에서 막대한 은상을 내렸다.

반면 항우는 원래 초나라 귀족 출신으로 뛰어난 재주를 지녔을 뿐만 아니라 그것을 자부하고 있었다. 따라서 부하들이 하는 일을 전폭적으로 신임하지 못했고, 그들의 공적도 하찮게 여겼다. 그 하나하나가 호협으로서 이름을 떨쳤던 장군들의 입장에서 볼 때에는 참을 수 없는 굴욕이었다.

신참자의 경우에 상관의 인간적 매력이란 일상적인 접촉 가운데서 막연히 감지되는 것이 아니라 눈에 보이는 유형적인 것에 의해 구체적으로 뒷받침되지 않으면 안 된다. 작은 집단을 통솔해왔던 인간적 매력이 보다 큰 집단을 통솔하는 데에도 유효 적절하게 발휘되어 구성원의 자발적 충성심을 환기시키기 위해서는 그 표현 방식에 커다란 전환이 있지 않으면 안 된다. 항우는 그 전환에 실패하였고, 유방은 성공했다고 할 것이다. 그리고 항우의 치명적 약점은 혼자만 잘났고 양보와 패배를 몰랐던 것이다.

해하의 패배는 재기불능의 치명적인 것은 아니었다. 싸움에서 패하는 것은 늘 있을 수 있는 일임에도 항우는 양보와 패배를 몰랐던 사람이었기에 목숨을 버린다. 8년 동안 70여 회의 싸움에서 한 번도 패한 적이 없었던 '역발산 기개세'의 항우에게는 단 한 번의 대역전패는 살아서는 다시 도전할 수 없는 몰락이었으며 죽음이었다. 끝장이었다. 그는 강을 건너 후일을 도모하라는 주위의 권고를 듣지 않고 자살하고 말았으며 그의 몸은 다시 다섯 동강이로 나뉘어야 했다.

황제의 그릇은 아니었지만 젊음의 화려함을 모두 가지다가 사라진 항우이기에 후세 사람들의 이야기 속에 안타까움으로 자주 등장한다.

"향기로운 넋은 밤에 칼빛을 쫓아 날아가니, 푸른 피는 화하여 언덕 위의 풀이 되었다." 우희의 무덤 위에는 예쁘고 가련한 꽃이 피었다. 사람들은 그 꽃이 우희의 넋이 꽃으로 피어난 것이라 하여 '우미인초'(虞美人草)라 불렀다. 꽃 가운데에서 섬세하고 화사하기로는 양귀비를 따를 것이 없지만, 양귀비의 이런 면을 고루 갖추고 있으면서도 섬약하여 보는 사람에게 가련한 느낌을 주는 꽃으로는 우미인초만한 것이 따로 없다 한다.

보드라운 미풍에도 몸을 하늘거리는 이 꽃을 보노라면 살갗이 투명한 소녀를 훔쳐보는 느낌을 준다. 지금도 우미인초 앞에서 항우의 역발산 기개세를 부르면 꽃은 바람이 없어도 흐느끼듯 하늘하늘 몸을 떤다고 한다.

이제 승자도 패자도 한움큼 흙이 되었다. 그들의 영웅담 또한 역사의 청태 이끼 속에서만 남았을 뿐이다. 그런데도 한 여인의 슬픈 죽음만이 그 한을 풀 길이 없어 2천 년이 지난 지금도 가냘픈 몸매로 그날을 떨고 있다니……. 우미인초, 전설이나 꽃이나 모두 이처럼 슬프도록 아름답다.

장강의 여협들

중국에 점점 커지는 섬이 있다. 장강 하구에 자리잡은 충밍다우(崇明島)가 바로 그 섬이다. 충밍다우는 천년 전만 하더라도 원래 조그만 모래톱에 지나지 않았다. 하지만 천년을 하루같이 쉴새없이 밀려드는 장강의 엄청난 양의 토사 덕택에 충밍다우는 타이완, 하이난다우(海南島)에 이어 중국에서 세번째 큰 섬이 되었다. 오늘도 내일도 계속 커지고 넓어지고 있다.

명나라 가정황제 시절, 충밍다우의 제일 갑부 리(犁)씨 가문에는 예순을 넘도록 슬하에 자식이 없었다. 하는 수 없이 리씨는 몰락한 명문가 화(華)씨 집안의 딸 수영(秀英)을 양녀로 들였다. 열두 살 어린 나이에 화수영에서 리수영으로 변하게 된 그녀는 지혜롭고 빼어난 천성을 지녔다. 눈썹은 버들가지 같고 얼굴은 가을꽃 같으며 부드럽고 연약한 듯 아름다운 그녀의 자태는 수많은 섬 총각들의 마음을 설레게 하였다. 리씨 부부는 그녀를 친딸과 똑같이 여겨 몹시 총애하였다. 마침 그들의 노후를 수영에게 맡기기 위하여 돈 많고 인물 좋은 사윗감을 고르고 있던 중이었다.

소매 속에 비수를 감추고

명나라 가정 25년(1547), 한 무리의 왜구가 중국 남부해안에 상륙하여 잔인하기 이를 데 없는 살인과 약탈을 감행하기 시작하였다.

왜구들은 자신의 배들을 일렬로 묶어놓고 상륙하여 지금의 저장, 푸젠, 장쑤 일대를 무법천지로 휩쓸고 다니며 약탈, 방화, 살육과 강간을 자행하였다.

남아 있는 기록은 왜구의 만행에 대한 당시의 참상을 이렇게 전하고 있다.

시체가 산야를 덮고 운반 중에 흘린 쌀이 길 위에 한 자나 깔릴 지경이었다. 그들은 대낮에 부녀자들을 모아놓고 집단윤간을 일삼는 것은 다반사고, 젖먹이 아이를 장대 끝에 매달고 펄펄 끓는 물을 끼얹어 아이의 부모들이 어쩔 줄 몰라 울부짖는 모습을 보곤 손뼉을 치며 환성을 질러댔다. 또 임신한 여인을 잡으면 배를 가르는 내기에서 이긴 자에게 술을 실컷 마시게 하는 만행을 저질러 그들의 술자리에는 임산부의 시체가 산더미처럼 쌓였다.

충밍다우에 상륙한 왜구는 섬 안에서 제일 갑부인 리씨네를 가만히 놓아두지 않았다. 우선 주인 내외를 비롯하여 집안의 모두 남자들을 잔인하게 참살하였다. 그 다음 모든 재물을 약탈하고 남은 텅 빈 리씨 저택을 모조리 불살랐다. 끝으로 잿더미만 남은 정원에다가 화수영을 비롯해 친지와 하녀들 20여 명의 여인들을 꿇어앉힌다. 하녀들 중에서 나이가 많고 용모가 변변치 못한 여인들을 차례차례 그 자리에서 목을 벤다. 1차로 7명의 여인이 남았다. 잠시 후 다시 소두목 한 놈이 나타나 칼을 빼어들고 거의 혼절해버린 그녀들의 머리채를 잡아 얼굴을 찬찬히 살펴본다. 그놈의 반걸음 뒤에서 칼을 빼어들고 바짝 따라붙은 졸개에게 눈짓을 보낸다. 순간 가엾은 여인들의 목은 피의 분수를 뿌리며 땅바닥에 굴러떨어진다.

결국 수영과 그녀의 몸종 월아, 두 여인만 살아 남았다. 아니 선발된 셈이다. 왜구는 그녀들을 소두목급 이상의 왜구가 숙소로 쓰이는 포구 근처의 큰 누각으로 끌고 갔다. 누각의 방마다에는 젊고 아름다운 여인들이 수십 명씩 잡혀와 갇혀 있었다. 수영은 비수를 소매에 숨겨두고 왜구가 가까이 오면 함께 죽을 각오를 하고 있었다.

며칠 후 대낮인데도 기골이 장대한 왜구 한 놈이 날이 시퍼렇게 선 장검을 빼어들고 수영에게 다가왔다. 며칠간 여인들을 감시하는 왜구 졸개들과 지내면서 그들의 말을 익힌 수영은 그에게 생긋 웃으며 말했다.

"대낮에 많은 사람들의 눈과 귀가 있는데 부끄럽잖아요, 골방으로 가서 우리 한번 신나게 즐겨요."

"어렵쇼……요놈의 맹랑한 계집 다 보게."

'허구한날 강간만 하니 이제 좀 신물이 났는데, 이렇게 절세미

녀가 자진해서 나와 즐기려고 하다니. 남자란 나처럼 키 큰 미남으로 태어나고 볼일이야 흐흐흐.'

왜구는 속으로 쾌재를 부르며 그녀를 따라 안으로 들어갔다.

"조용한 위층 다락방으로 가는 게 좋겠어요."

은근한 눈빛으로 귓엣말을 하면서 수영은 먼저 계단을 올라갔다. 왜구도 장검을 치켜든 채 눈앞에서 춤추는 듯한 그녀의 엉덩이를 침을 흘리며 바라보면서 따라 올라갔다. 다락방 안으로 들어서자마자 놈은 한손으로 훈도시를 벗으며 그녀를 벽 구석에 몰아넣고 뒤로 엎드리게 하였다. 그런 다음 그녀의 아래 속옷부터 벗겨내려고 했지만 다른 한손에 장검을 들었기 때문에 잘 벗겨지지 않았다. 수영은 잔뜩 흥분한 놈의 하복부를 찔러버릴 요량으로 소매춤에서 막 비수를 꺼내려 했을 때, 방바닥에 놓인 한 수십 근쯤 나갈 만한 맷돌이 하나 보았다.

"아이, 성미도 급하셔라, 잠깐만 기다리세요."

"또 뭐야?"

"저 맷돌을 방문 앞에 기대놓아야 하지 않겠어요. 만일 다른 분들이 들어와 우리를 귀찮게 굴지 않도록 해야지요."

"으음, 하기야 그렇지."

방심한 왜구는 고개를 끄덕이며 손에 들려 있는 장검을 수영에게 들게 하였다. 놈이 허리를 굽혀 두 손으로 맷돌을 들어 안았을 때, 그녀는 장검으로 놈의 항문에서부터 배 위를 향해 힘껏 찔렀다. 칼이 날카로워 칼자루까지 다 들어갔다. 왜구는 아무 소리도 내지 못하고 꾸역꾸역 선혈을 토하며 데굴데굴 굴러 쓰러졌다.

여협 화수영의 얼이 서린 충밍다우. 거기 장강 하구에서 1만 6천 리 물길과 함께 유장하게 흐르는 반만년 역사를 거슬러올라간다. 포양호(鄱陽湖)와 둥팅호(洞庭湖)……. 중국 최대의 호수들을 한 가슴으로 품은 장강 중류지대가 눈앞에 전개된다. 그 강과 호수가 어우러진 갈대숲 풍경 위를 찬란한 중세의 제국, 당나라 시절이 오버랩되어 떠오른다.

당말 헌종 연간(905~920), 사소아(謝小娥)는 중국의 호반도시인 지금의 장시성 난창(南昌)의 한 거상의 외동딸로 태어났다. 태어날 때부터 외모가 남자아이처럼 생긴 그녀는 성격이 강직하고 은혜를 입으면 반드시 보답을 하는 열렬한 의협심을 지닌 소녀로 자라났다. 나이 14세 때 그녀는 안후이성 화현(華縣) 지방의 유거정(劉居貞)이라는 젊고 패기 넘치는 협사(俠士)에게 시집을 갔다.

그러나 결혼한 지 보름이나 지났을까? 신혼의 단꿈에서 미처 깨어나지 못한 어느 날, 새신랑 유 협사는 장인과 함께 진귀한 물건을 배에 가득 싣고 장강을 거슬러올라가다가 그만 강도떼의 습격을 당했다. 야심한 밤중에, 게다가 강 한가운데에서 당한 기습이라 그 장인과 사위 두 사람은 불귀의 원혼이 되고 말았다.

"피를 토하며 쓰러져간 아버지와 나의 남편. 이 평화스러운 마을. 태평스러운 시대, 강도들의 야심이 우리네 모든 행복을 짓밟아버렸구나."

청천벽력 같은 소식을 접한 사소아는 통곡하며 강가로 뛰쳐나

왔다. 굽이치는 강물에 이르니 아버지와 남편의 원혼이 울부짖는
것만 같다.

"아버지, 아버지~, 여보, 여보~."

아버지와 남편을 번갈아 부르다 지친 그녀는 울래도 더 이상
울 피눈물도 메말랐다. 저녁 노을이 장강을 곱게 물들이기 시작
하자 강물 깊은 데를 향해 하나둘 발걸음을 옮기고 있었다.

저녁 찬 강물이 어느덧 그녀의 가는 허리께를 에두르며 흐른
다. 누가 그녀의 옷자락을 잡는다. 거기까지 따라온 한 늙은 어부
가 매몰찬 목소리로 꾸짖는다.

"어리석은 짓 마시오, 소저! 지금 소저에게 자살은 살인보다
비겁하고 흉악한 짓이야. 자기 혼자만을 위해 살거나 죽는 것은
모두 수치스러운 짓. 원과 한을 푸시오, 오로지 복수뿐이오."

노인이 잔뜩 일그러졌던 얼굴을 찬찬히 펴며 쉰 목소리를 이어
간다.

"무슨 연고인지는 잘 알 수 없지만 소저는 무척 원통하고 참담
한 처지에 빠졌는가 보오. 그러나 이 도도히 흐르는 장강은 최선
을 다하지 않고 투신하려는 자들을 경멸할 것이오."

물살을 내려다보며 한참을 꼼짝도 않고 서 있던 사소아는 발걸
음을 강둑 쪽으로 되돌린다.

"그렇다. 아버지와 남편의 원한을 풀기까지, 원수를 갚기 위해
비수를 품어야지. 이제 내 삶의 의의는 오직 복수뿐."

그러나 원수의 이름도 거처도 그녀가 아는 거라고는 하나도 없
었다. 어디서부터 실마리를 잡아야 할지 몰랐던 사소아는 거지
행세를 하며 강호를 방랑하였다. 그렇게 떠돈 지도 2년이 흘렀

다. 자신도 모르는 사이에 그녀의 발걸음은 상원현의 묘과사(妙果寺)에 닿았다.

비구니 주지승 정오법사는 그 여자 걸인을 몹시 가련하게 여겨 묘과사에 머물게 하였다. 비구니가 된 사소아는 매일 새벽 일찍 일어나 향불을 피운 후 불당 앞에 무릎을 꿇고 자기 아버지와 남편의 원수가 누구인가를 알려달라고 기원하였다.

어느 날 황혼 무렵 그녀가 불전 앞에 꿇어앉아 좌선하고 있을 때 아주 가늘지만 뚜렷한 목소리가 귓전을 스치고 지나갔다.

"네 아버지를 죽인 자는 차중후(車中猴) 문동초(門東草), 네 남편을 죽인 자는 화중주(禾中走), 일일부(一日夫)이니라."

비몽사몽간에 깨어난 그녀는 심상치 않은 12자를 한자한자 뇌수 깊이 새겨둔다.

"도대체 무슨 뜻이람. 아버지의 원수는 수레 속의 원숭이, 문 동쪽의 풀이고, 남편의 원수는 벼 사이를 걷고 하루해 농부로다."

그녀는 車中猴, 門東草, 禾中走, 一日夫 12자를 비단 조각에 써두고 항상 중얼거리며 골똘히 생각해보았으나 그 수수께끼 12자의 해답은 아무래도 풀 길이 없었다.

사소아는 정오법사에게도 답을 구해보았으나 별무소득이었다. 묘과사를 등지고 다시 탁발승 반, 걸인 반의 행색을 하고 강호를 부평초로 떠돌아다녔다. 그러다가 고승이나 도사, 학식이 높고 이치를 깨달은 것 같아 보이는 선비를 만났다 싶으면 예의 비단 조각을 꺼내어 보이며 애원했다.

"나으리, 천승은 묘과사의 비구니요, 제발 이 12자 수수께끼 좀 풀어주시오."

사소아는 밀기울과 솔잎가루를 섞은 것이나 산과일이나 나무 뿌리, 산나물 따위로 허기를 채우고, 찬바람과 이슬을 맞으며 별과 달을 이불삼아 한데서 잠을 잤다.

대저 과부는 외로운 잠자리에서 옛날의 사랑과 앞날의 사랑을 꿈꾼다고 한다. 하지만 청상과부 사소아는 낭군과의 짧은 사랑과 아버지와 지아비를 한꺼번에 앗아간 불구대천지원수의 목을 베는 꿈만을 꾸어야 했다. 강둑 아래께 잔설이 녹고 파릇파릇 풀이 돋아나는 봄날이 오면 떠났다가 강 건너 찬바람에 누런 갈대잎이 몸서리를 치며 서걱대는 가을이 가면 묘과사로 돌아와 새봄을 기다리며 겨울을 났다. 그렇게 세월은 어언 3년이 흘렀다.

물결은 출렁이고 버들빛은 푸르네
석양 하늘에 복사꽃은 피고 지고
장난(江南)의 봄날은 또 저물어가네
마름꽃 피면 온다던 임은 오지 않네

지난 세월은 연기와 같다

헌종 원화 8년(923), 어느 화창한 봄날, 당시 최고의 명문장 이공좌(李公佐)는 홍주 판관 벼슬에서 물러나 장강변의 와관사(瓦官寺)에 머물고 있었다. 와관사의 주지승 제공은 그의 둘도 없는 죽마고우로서 그와 함께 시문과 한담을 주고받노라면 이공좌는 자신이 신선이라도 된 듯 마냥 흐뭇했다.

물가의 산이 푸른 강물에 아른아른 흐르는 봄날의 오후는 더욱

나른하다. 게을고 긴 하품 끝에 제공은 말문을 열었다.

"여보게 이 판관, 일전에 장시의 여자 걸승을 하나 만났지. 뭐 묘과사의 비구니라지만, 영판 거렁뱅이 소녀더군. 워낙 보기에 딱하여 말을 걸어 보았는데 대뜸 빈승에게 12자로 된 수수께끼를 풀어달라고 하던데, 빈승의 돌머리로 풀 수 있어야지."

"12자 수수께끼라. 그게 뭔데, 말해보게나."

이공좌는 귀가 번쩍 뜨여 제공에게 기억을 되살려보도록 채근한다. 제공이 12자를 읊어나가자 이공좌는 고개를 떨어뜨리고 한참 동안 깊은 명상에 잠겼다. 마음에다 그림을 그렸다. 그리고 깊은 한숨을 몰아쉬었다.

돌연히 그는 고개를 번쩍 들고 무릎을 딱 친다. 형형한 눈빛으로 제공을 바라보며 대갈한다.

"풀렸소 노형, 드디어 풀렸소. 어서 빨리 그 여인을 데려오시오."

봄은 또 왔으나 아직 봄을 볼 수 없다. 그녀는 또 방랑의 길을 떠나려고 묘과사의 산문을 나오는 참이었다. 동자승 하나가 그녀를 향해 달음박질쳐 오는데 와관사의 제공법사의 부름이라고 한다.

마침내 사소아는 와관사의 한 승방에서 이공좌와 대좌하게 된다.

"왜 소저는 이 12자의 뜻을 풀려 하는고?"

이공좌가 두 눈을 지그시 감고 묻는다.

"소녀, 비명에 간 아버지와 남편의 원수를 갚으려고요."

비통을 억누르며 간간이 이어지는 사소아의 사연을 듣자 이공좌는 자신도 모르게 눈물이 핑 돌았다.

"소저, 제발 그만. 이제 그만하시게."

이공좌는 어서 해답을 주어 그녀의 아픔을 덮어버려야만 한다고 생각했는지 급히 말문을 연다.

"우선 소저의 부친을 살해한 자를 말하리다. '車中猴' '車'자 아래위의 가로획을 빼면 申일 테고 또한 원숭이 '후'는 12간지의 申이지 않은가. 그자의 성은 申일 테고 門東草라, 草 아래 門, 또 門 아래 東이면 란(蘭)일지니, 그자의 성명은 신란(申蘭)이렷다."

"……"

"다음, 소저의 부군을 죽인 자의 성은 역시 申, 禾中走 무논(田) 가운데를 관통하여 걸어가는 게 申자 모양이 아니고 그 무엇이리요. 一日夫라 夫자에서 한 가로획만 더하고 아래에 '日'자를 더하면 春자가 아닌가. 고로 그자의 성명은 申春일 것이오."

"제 부친을 죽인 자는 申蘭, 제 남편을 죽인 자는 申春……"

그녀는 이공좌에게 두 무릎을 꿇고 이마를 방바닥에 찧으며 깊은 감사의 예를 표한다.

"만일 나으리가 아니었다면 어떻게 철천지원수들의 성명을 알 수 있으리요."

사소아는 비단조각 하나를 방바닥에 조심스레 펼쳐놓는다. 거기에는 방금 전에 비밀이 풀린 12자가 흐릿한 비문처럼 씌어 있다. 그녀는 그 비단조각을 뒤집는 동시에 품에서 비수를 꺼내들고 자신의 팔목을 한 줄로 깊게 긋는다.

"앗, 소저 이게 무슨 짓이오?"

"소녀는 피로써 불구대천지 원수의 이름을 쓰는 것입니다."

비단조각 이면에 사소아는 붉은 피로 원수의 이름 '신란'과 '신춘'을 차근차근 써내려간다.

"천하에는 원래 어려운 일이라곤 없소. 다만 사람의 마음이 그것을 두려워할 뿐이오. 소저의 원한을 풀기를 기원할 뿐이오."

자상스러운 말투로 격려하는 이공좌에게 사소아는 다시 한 번 정중한 예를 올린 다음 강호 속으로 행적을 감추었다.

그 해 봄도 다 갈 무렵, 장강 연안 나루터에는 내력을 모를 더벅머리 총각 뱃사공 하나가 출현하였다. 남장한 사소아였다.

불구대천의 원수를 찾아 강호를 누비는 사소아. 그녀는 심양(潯陽)이라는 꽤 번화한 나룻터 마을에 이르렀다. 심양은 풍부한 물산과 사통팔달한 교통으로 당시 장강 중류유역에서는 손꼽히는 항구도시였다. 사소아는 왠지 원수의 단서를 찾을 수 있을 거라는 예감이 들자 배에서 내려 객잔에 머물며 심양에서 여러 날을 묵었다.

그러던 어느 날 오후 우연히 사소아는 한 돌다리를 건너가다가 나뭇가지에 걸린 붉은 쪽지를 바라보았다. 한 점포의 상호가 적힌 쪽지였는데 맨 아래 서명을 무심코 살펴보았다. '申蘭' 두 글자였다. 별안간 그녀의 전신에는 푸른 불길이 일었다. 주소를 알아내 그 점포를 찾아갔다. 점포 주인은 언뜻 보기에는 자상하게 생겼으나 어딘가 모르게 어둡고 흉악한 느낌이 드는 중년남자였다. 그녀는 한눈에 그가 아버지를 죽인 신란임을 알아차렸다. 깊게 숨을 들이마셨다.

'복수하기에는 아직 일러.'

그녀는 매우 공손한 태도로 신란에게 그 점포에서 일하고 싶다고 말했다. 마침 회계 일손이 딸렸던 참이라 신란은 선뜻 그녀를 채용하였다. 글을 알고 예절도 바른 사소아는 매사에 빈틈없이 행동하여 점차 주인의 신임을 얻었다. 점포에는 주인과 매우 흡사한 외모의 또 다른 중년남자가 들락거렸는데 그는 신란의 동생 신춘(申春)이었다.

그녀는 한번은 물품을 정리하려고 창고 속을 살피다가 옛날 자신이 소지하던 장신구를 발견했다.

'틀림없이 이놈들이로구나!'

사소아는 입술을 깨물었다. 그리고 며칠이 지난 저녁, 여느 때와 다름없이 마음 내키는 대로 살인과 노략질을 하고 돌아온 신춘 형제와 그 일당들은 술을 퍼마시고 모두 깊은 잠에 곯아떨어졌다. 수면제를 잔뜩 푼 술이었다. 사소아는 그 틈을 놓치지 않고 품속 깊이 감추었던 비수를 꺼내 신춘과 신란 형제의 목을 잘라냈다. 나머지 수십여 명의 부하들은 옴짝달싹 못하게 모조리 밧줄로 꽁꽁 묶어놓은 후 관아에 고발하였다. 체포된 강도들은 모두 34명으로 형률에 의해 전부 참수형에 처해졌다.

후일 사소아는 사천의 개원사(開元寺)에 들어가 비구니가 되었다. 이따금 그녀의 근황을 듣고 싶어 적지 않은 사람들이 개원사를 찾았으나 사소아는 죽을 때까지 결코 지나간 일을 말하지 않았다고 한다.

"지난 세월은 연기와 같다"(往事如煙).

옹정제의 무덤에는 목이 없다

소녀 협객 여사랑

청나라 황릉은 베이징의 동쪽과 서쪽에 있다. 각각 청동릉(清東陵)과 청서릉(清西陵)이라 한다. 청서릉은 전국시대 진시황을 찌르러 형가가 건너갔던 허베이성 이수이(易水) 북쪽 10여 킬로미터 산록에 위치해 있다.

청서릉에서 가장 큰 능묘는 청나라 5대 황제 옹정제(雍正帝)가 묻혀 있는 진릉(泰陵)이다. 그런데 그 진릉의 주인은 머리가 없는 채 잠들어 있다.

1735년 음력 8월 15일 중추절 이른 아침, 옹정제는 쯔진청(紫禁城)의 별궁 웬밍웬(圓明園)의 한 누각에서 목이 없는 변사체로 발견되었다. 장례식 때 황금으로 만든 가짜 머리를 대신 매장하였다. 옹정제의 진짜 머리는 어디로 갔는가?

생시에 그의 머리는 누군가에 의해 베어진 것이다.

옹정제는 청나라가 산하이관을 넘어 베이징 쯔진청에 들어온 지 세번째 황제였다. 강희제의 넷째아들 옹정제는 열넷째아들을 후계자로 하라는 부황의 유언을 변조하여 황제의 자리에 오른 자다. 비열한 수단으로 황위에 올랐기에 그의 주위에는 정적이 끊이지 않고 생겨났다. 그래서 옹정제는 녹림의 협객과 모사와 정객을 매수하였다. 천성이 교활하고 의심이 많은 그는 정적을 제거하고 후환을 없애기 위하여 1723년 명나라의 잔당을 뿌리뽑기 위하여 이른바 '문자의 옥'을 일으켰다. 저장성 출신의 저명한 명사 여유량(呂留良)이 이미 죽었는데도 불구하고, 그의 묘는 파헤쳐져서 부관참시되었다. 그의 9족도 모조리 비명에 목숨을 잃었다. 다만 여유량의 넷째손녀 여사랑만 가까스로 살아 남게 되었다. 당시 다섯 살 난 어린 소녀 여사랑(呂四娘)은 안후이의 황산(黃山) 깊숙한 골짜기의 비구니 절에 맡겨졌다.

그녀는 열네 살 생일을 맞던 날, 유모로부터 일가 9족이 멸문당했다는 청천벽력의 소식을 들어야 했다.

노협과 소녀 협객

이른 새벽, 여사랑은 일찍 잠자리에서 일어났다. 황산 치맛자락의 여기 저기를 빈둥빈둥 돌아다니고 있는 새벽 안개를 헤치며 그녀는 계곡을 따라 산중턱의 벼랑을 향해 올라가고 있었다.

노송 사이로 사람의 그림자 하나를 보았다. 몸이 민첩하기가 이 나무에서 저 나무를 자유자재로 건너 뛰어다니는 원숭이를 방불케 하였다.

"누구일까?"

여사랑은 숨을 죽여 사뿐사뿐 다가서며 훔쳐보았다.

'앗! 저이는 야운초당(野雲草堂) 황독로 대협이다. 실바람에

몸을 떠는 청대잎처럼 저 유연한 초식 마디마다 호랑이가 금방이라도 뛰어나올 것만 같네.'

이미 환갑이 넘은 늙은이였지만 황독로의 비범한 무공은 15세 소녀의 눈을 황홀하게 만들었다.

'저분의 절기를 배워야지, 그리고 여씨 멸문의 원수를 갚아야지.'

그러나 자신이 아직 어린 소녀라는 데 생각이 미치자 난감했다.

"기왕 저분의 무공을 연마하는 곳을 알아냈으니 몰래 배워야지."

그날 이후 여사랑은 새벽 잠에서 깨어나자마자 야운초당 쪽으로 달려 갔다. 멀지 않은 으슥한 곳에 몸을 숨기고 황독로의 연무 동작 일거일동을 하나도 빠뜨리지 않고 지켜보았다. 그런 다음 그녀는 혼자 조용한 곳에 가서 방금 본 황독로의 동작을 흉내내었다. 먼저 권법을 연마한 후 나중에는 솔가지로 검술을 익히고 돌멩이로는 표창을 던지는 기법을 단련하였다.

어느 새벽, 황독로가 잠시 자리를 비웠는지 야운초당은 텅 비어 있었다. 호기심 넘치는 크고 맑은 눈을 반짝이며 여사랑은 초당 속으로 들어가보았다. 벽에는 각종 무기가 시퍼런 빛을 발하며 걸려있었다. 그녀는 아무렇게나 장검 하나를 골라 초당 앞 마당에서 여러 가지 초식을 펼쳐보았다. 난생 처음으로 잡은 진검으로 펼치는 무예라 모든 정신을 집중하고 있었다. 황독로가 그녀의 눈앞에 왔는지도 몰랐다.

'앗, 저 소녀는 누구지?'

황독로는 바위 뒤에 숨어 그녀를 지켜보았다.

'맹랑한 소녀로구나, 이 늙은이가 평생 연마한 무공의 절반 수

준에 이르다니.'

　여사랑이 돌멩이를 집어드는가 싶더니 약 100여 보나 떨어져 있는 나무둥치에 들이박힌다. 한 마리 다람쥐가 땅에 떨어졌다.

　황독로는 자기도 모르게 탄성을 지른다. 비로소 여사랑은 누가 자기를 지켜보고 있음을 알아차렸다. 복사꽃 고운 수줍음이 소녀의 고운 볼에 퍼진다.

　"소저는 어디의 누구신지요?"

　황독로는 여사랑으로부터 자초지종을 다 듣고 나서는 자신의 제자로 받아들였다. 황독로는 여사랑같이 무예를 잘 모르는 소녀도 한눈에 알아볼 만큼 이미 저장(浙江)지방의 유일한 내가권사(內家拳師: 소림사파의 외가권사에 대응한 무당산파의 무술)로 야운초당이라는 위명을 떨치고 있었다. 더구나 황독로의 아버지 황종희(黃宗羲, 1610~95)는 당시로서는 매우 대담한 학설을 펼친 대학자였다. 황종희는 황제를 천하의 독부, 만민의 원수라고까지 혹평하고는 황제 한 사람만을 위한 법을 폐지하고 천하의 법을 제정하여 법률로써 황제의 권한을 제한해야 한다고 주장하였다. 거기서 더 나아가 청나라 군대와 싸울 의군을 모집하여 무장항거집단인 '세충당'(世忠堂)을 창설하기도 하였다. 그러나 황종희에게 닥친 것은 멸문의 화였다. 황종희 생시의 둘도 없는 벗은 바로 여사랑의 할아버지, 여유량이었다.

　제자는 가문의 피맺힌 원한을 풀어야 한다는 절절한 마음가짐으로 배웠다. 스승은 멸문당한 두 가문의 복수를 위하여, 절망의 끝간 데서 나오는 숙명의 의무감으로 가르쳤다. 그래서인지 여사랑의 무공은 하루가 다르게 높아갔다. 한 해가 채 못 되어 그녀의 무공은 스승과 비겨도 손색이 없는 여협으로 성장하였다.

추석이면 오이 꼭지가 떨어지리

황독로는 여사랑에게 더 이상 가르칠 것이 없다고 말했다. 그러고는 여사랑에게 티엔타이산(天台山)의 오인법사(悟因法師)에게 보내는 소개장을 들려주고 하산을 명했다.

오인법사, 그녀는 무공이 거의 신에 맞먹는 경지에 이른, 이른바 출신입화지경(出神入火之境)의 당대 제일의 여협이었다. 오인법사의 본래 속성은 주(朱)씨로 이미 망해버린 명나라의 황족이었다. 티엔타이산은 저장성의 제1항구도시 닝보(寧波)에서도 남서쪽으로 약 200킬로쯤 내륙으로 들어간 곳에 위치했는데, 우리 나라 고려시대의 대각국사 의천이 수도하였던 도량이자 중국 불교의 5대 명산으로 손꼽혀왔다. 고승이 좌선하고 있는 듯한 산세의 티엔타이산은 울창한 원시림과 고목이 하늘을 가리고 맹수들이 밤낮으로 출몰하였다. 여사랑은 산 정상에서 제일 가까운 낭떠러지 위의 암자 혜일암에 이르렀다.

"소저는 무슨 일로 찾아왔는고?"

얼음같이 차갑고 단도처럼 예리한 목소리가 흘러나왔다. 한 노파가 양 뺨이 홀쭉하게 들어갔고, 머리카락에는 백발이 무성하고, 눈에는 실핏줄이 가득하여 매우 초췌한 행색을 하고 있었다. 천하 여대협 오인법사였다.

그러나 여사랑을 보는 순간 그 노여협의 눈에는 희열의 광채가 번득였다. 노여협은 단 한눈에 빼어난 그 소녀의 싹을 알아차렸다. 오인법사는 한평생 쌓아온 자신의 모든 공력과 절기, 핏빛 분노와 팥빛 원한을 소녀의 심신에 불어넣어주기 시작하였다.

첫해 겨울이 끝날 무렵 여사랑은 수십 길 얼음폭포를 두 발로 뛰어오를 수 있었다. 열길 담을 나비처럼 훨훨 나는 신묘한 경공술도 습득하였다.

여사랑이 티엔타이산에 든 지 두번째 맞는 늦가을, 바람도 불지 않는데 갑자기 단풍잎이 우수수 소리를 내며 쏟아졌다. 단풍나무숲 10여 장 떨어진 곳에 여사랑은 눈을 감은 채 운기를 하고 있었다. 그녀는 아주 부드러운 기운으로 시작하여 자신이 원하는 지점에서 기를 폭발시키는 섭신운기법(攝神運氣法)을 전수받은 것이다.

또 겨울이 왔다. 동안거(冬安居)에 들어간 노여협은 혜일암 암자 내의 밀실에서 좌선을 한다. 스승 옆에서 밤낮으로 좌선을 하며 모든 잡념을 털어낸다. 드디어 겨울이 가고 온 산이 두견화로 붉게 타는 이듬해 봄이 왔다.

산에 든 지 3년째 되는 어느 날 밤, 마음이 호수처럼 고요해졌다. 만물과 자아가 합일되어 몰아의 경지에 빠져들었다. 순간 체내의 진기와 천지의 기운이 하나가 되어 끊임없이 쏟아져 나온다.

화로의 불꽃이 푸른 난향으로 피어나는 주위에 마음의 칼, 심검(心劍)이 형상으로 떠오른다. 심검은 마지막 담금질로 접어든다. 검술이 최고의 경지에 오르게 되면 자기 마음속의 살기를 무형의 기운으로 만들어 갈고 닦을 수 있는데 이를 검의 형태로 만들어낸다. 마음먹은 대로 마음속의 검이 움직여 원하는 결과를 낳는 것이다. 심검이 마지막 담금질을 완성하면 무형검(無形劍)

이다. 여사랑은 드디어 검술과 무공의 최후 최고의 경지, 천하무비의 무형검을 얻은 것이다.

며칠 후 오인법사는 그녀에게 수백 년 내려오는 황실 보검 한 자루를 전해주며 당부했다.

"너의 가공한 절기로 원수를 갚아라. 약한 자와 가난한 자를 돕고 불의를 베어내라."

그리고 법어 하나를 산을 떠나는 제자의 등뒤에 꽂아주었다.

"중추지후(中秋之候) 과숙체락(瓜熟蔕落)"(추석 무렵이면 익은 오이 꼭지가 떨어지리).

웬밍웬의 피리 소리

여사랑은 홀로 북상하여 베이징에 이르렀다. 황궁의 경계는 매우 삼엄하였다. 복수의 일념은 급하고 예리했지만 금방 어떻게 손을 쓸 수 없었다. 웬밍웬 부근의 폐가나 다름없는 암자 묘음암에 머물며 거사의 기회만을 노렸다. 그녀는 매일 새벽 별을 머리에 이고 나가 달빛을 가슴에 안고 돌아왔다. 모든 눈과 귀를 활짝 열어젖히고 옹정제의 동태만을 살폈다.

때는 옹정 13년, 즉위 후 피의 대살육이 한시도 그치지 않았다. 한족의 반청 저항세력들의 준동도 많이 가라앉았다. 이제야 옹정제는 높은 베개를 자고 편히 잠을 잘 수 있다고 생각했다. 그는 가혹한 독재자였지만 한편으로는 수면시간이 네 시간을 넘지 않도록 정무에 열중한 군주였다. 쯔진청 건청궁(乾淸宮)에서 엄청난 양의 상주문(上奏文)을 일일이 체크하여 그 가부를 결정하는 열의를 보였다.

부황 강희제는 장난(江南)을 6차례나 순행하고 쯔진청을 자주
비웠지만 옹정제는 단 한 번도 베이징을 떠나지 않았다. 그 대신
지금의 쯔진청 서쪽 베이징 대학 근처에다 황실정원인 웬밍웬을
건설하고 50여 곳의 아름다운 장난 풍경을 재현해두었다(현재
웬밍웬은 1860년 영국의 약탈 및 1900년 프랑스의 방화 등으로
그 잔해만 남아 있다). 옹정제는 피곤한 머리를 식히고 청정한 머
리로 새로운 정책을 구상하기 위해서 가끔 웬밍웬을 찾았다.

음력 8월 14일, 추석 전야, 서늘한 가을바람이 상쾌하였다. 웬
밍웬 뜨락에 만발하였던 꽃잎은 이미 시들고 회랑에는 누런 잎
이 찬바람에 뒹굴고 있었다. 58세의 황제 옹정제는 조락(凋落)
의 가을풍경을 바라보자 왠지 모를 공허감이 밀물져 올랐다. 빈
방에 홀로 앉아 있으니 자신의 늙어감에 서글픈 생각이 들었다.
떨어지는 소리, 만물이 떨어지는 소리가 그의 두 귀를 이명(耳
鳴)으로 아프게 했다.

어디선가 애잔한 피리 소리가 들려왔다. 이어지는 듯 끊어지는
듯 굵고 가늘게 흘러오는 피리 소리에 늙은 황제의 가슴은 아른
아른 흔들렸다.

'도대체 어디에서 나오는 피리 소리일까?'

누각을 왼쪽으로 끼고 돌아 연못 건너편에 보이는 언덕을 향했
다. 너도밤나무 밑에서 피리를 비껴 불고 있는 어린 궁녀의 모습
이 눈에 들어왔다. 옹정제는 가마에서 내려 궁녀의 등 뒤쪽으로
가만히 걸어갔다.

궁녀의 입술에 떨고 있는 피리는 손때가 올라 윤이 나 있었다.

'이 아이는 이미 자기가 없고 피리가 없는 경지에 달했는가 보다.'

옹정제는 무표정하게 한참을 그대로 서 있었다.

"흠, 흠."

조용히 기침 소리를 냈다. 궁녀가 고개를 돌렸다. 지엄하신 황제가 서 계신 게 아닌가.

혼비백산한 궁녀의 커다란 눈망울이 크게 열렸다. 자기도 모르게 피리를 손에서 떨어뜨리고 무릎을 꿇고 머리를 땅바닥에 조아렸다.

옹정제는 아무 말이 없었다. 눈물방울이 목걸이에서 끊어진 진주처럼 백옥으로 깎아놓은 듯한 그녀의 볼에 굴러떨어졌다.

"아가야, 너무 놀라지 마라. 네 피리 소리가 무척 듣기 좋구나. 뭐라고 부르더냐?"

옹정제는 측은한 생각이 들었는지 나직하고 부드러운 목소리로 물어보았다.

"소녀는 황궁에 들어온 지 얼마 안 되는 혜선수녀(惠仙秀女)예요."

밤이 깊어지자 옹정제는 웬밍웬의 춘선관(春仙館)에서 침상에 들었다. 맑은 가을 밤하늘에 푸른 달빛과 낙엽을 쓸고 가는 밤바람 소리는 늙은 황제를 잠 못 들게 하였다. 그는 문득 피리 불던 혜선의 겁에 질렸지만 교태가 뚝뚝 듣는 아리따운 모습이 떠올랐다.

"앗, 그 아이의 이름이 혜선이 아닌가. 여기 춘선관의 이름과 딱 맞아떨어지는군. 춘선관의 여주인은 그 아이렷다."

옹정은 당직 내시를 불러 혜선수녀를 금침에 들 것을 명했다.

여사랑은 낮에는 묘음암에서 진기를 가다듬고 밤이 되면 성내에 잠입하여 황궁 주변의 동태를 파악하고 있었다. 비록 황궁 내의 경계가 삼엄하다지만 무언가는 약점이 있을 것이다. 그녀는 쯔진청의 높은 담을 몇 번씩이나 비장의 경공술로 넘어들었다. 대담하게 옹정제가 밤늦도록 근무하는 건청궁 침궁까지 접근한 적도 있었다. 그러나 천하에서 무공이 출중한 자들로만 엄선된 수백 명의 근위병들이 9중진을 펼치며 물샐틈없이 경호하고 있었다.

옹정아, 옹정아

"옹정제가 웬밍웬에 머문다."

희소식이 하나 날아들었다.

"웬밍웬은 쯔진청보다는 경계가 삼엄하지는 않아. 하늘이 소녀에게 주신 기회야."

불현듯 "추석 무렵이면 익은 오이 꼭지가 떨어지리"라는 오인법사의 법어가 떠올랐다.

땅 치면 쟁그랑 쇳소리를 낼 것만 같은 중추 전야의 둥근 달이다. 황궁의 숲은 달에게서 은빛 피를 수혈받고 있듯 차분하다. 무림 협객들은 이런 밤이면 출행을 삼간다.

자욱하게 물안개가 피어오르는 웬밍웬의 한 연못. 건너편 누각 하나가 불빛이 휘황하다. 근처에는 근위병들의 그림자가 베틀처럼 이리저리 왔다갔다 한다.

'저곳이 옹정제의 숙소구나. 근위병들을 없애버리고 곧바로 황제의 침전으로 쳐들어갈까?'

뛰는 가슴을 진정시키고 금방 고개를 흔들었다.

'아니야, 저 무림고수들로만 모아놓은 근위병들을 설사 내가 전멸시킨다해도 그 와중에 옹정제 저놈은 피신해버릴 거야. 그러면 두 번 다시 없는 천재일우의 기회가 뒤틀려버리지.'

여사랑이 숲그늘에서 뇌의 즙을 짜내듯 이런저런 궁리를 하고 있을 때 문득 한 내시가 빈 포대기 하나를 들고 어디론가 황급히 달려가는 모습이 눈에 잡혔다. 머릿속에서 섬광이 한줄기 반짝하고 스쳐 지나갔다.

'옳지, 저놈의 뒤를 밟아보자.'

멀찌감치 내시의 뒤를 미행하였다. 굽이굽이 돌아 한 누각에 이르렀다. 여사랑은 다시 나무그늘 속으로 몸을 숨겼다. 내시의 쉰 목소리가 밤하늘을 가늘게 찢는다.

"혜선수녀는 성지를 받아라!"

남자도 아닌 여자도 아닌 거세당한 인간의 목소리는 언제 들어도 소름이 돋는다. 혜선은 그 소리를 잠결에 들었다. 침대에서 엉금엉금 기어나와 자기를 침전에 들인다는 황제의 성지를 접하는 순간 그녀는 기뻐서 어쩔 줄 몰랐다. 혜선은 새롭게 머리를 빗고 몸단장을 하였다. 내시는 실오라기 하나 없이 발가벗은 그녀를 포대기 속에 집어넣었다. 그러고 나서 포대기를 어깨에 올려메고 춘선관을 향해 오던 길을 냅다 달렸다.

명나라와 청나라 시대에는 황후를 제외한 모든 궁녀는 황제의 침전에 들 때 이렇게 벌거벗은 몸으로 내시에 의해 운반되어야 했다. 암살을 예방하기 위한 조처이다.

포대기를 올려멘 내시가 헐레벌떡 길모퉁이 나무그늘에까지 달려오다가 "아이쿠" 외마디를 지르며 땅바닥에 나동그라졌다. 포대기가 여사랑의 다리에 걸린 것이다. 그 바람에 혜선도 포대기 속에서 수풀 쪽으로 튕겨져 나왔다. 여사랑은 나무그늘에 몸을 숨긴 채 혜선의 혈도를 가볍게 눌렀다. 그녀는 찍소리도 못하고 기절해버렸다. 여사랑은 빈 포대기 속으로 몸을 날려 뛰어들었다. 순식간의 일이다. 뭐라고 투덜거리며 일어난 내시는 급히 포대기를 어깨에 둘러멨다.

내시는 뛰면서 포대기 안의 그녀에게 숨넘어가는 목소리로 애원했다.

"혜선수녀, 제발 폐하 앞에서 넘어졌다는 말은 아뢰지 말아주오."

"……"

"혜선수녀님, 폐하가 알게 되는 순간 소인의 목은 댕강입니다. 아뢰지 않는다고 어서 말해주세요, 제발."

"……응."

여사랑은 들릴 듯 말 듯 짧게 대꾸했다.

내시는 옹정제의 침실에 걸친 장막 속에 '혜선'을 밀어넣고 밖으로 나갔다. 그때 옹정제는 금침 속에 발가벗고 누워 봄나물같이 싱그런 혜선수녀의 속살 향기를 상상하고 있었다.

"아가야, 수줍어하지 말고 빨리 나와라."

인자한 미소를 지으며 눈을 감은 채로 채근하던 옹정제는 목젖에 차가운 칼끝이 느껴졌다.

"앗, 너는 누구냐?"

너무나 놀란 나머지 옹정제의 말은 입 속에서 미처 다 나오지 못했다. 칼끝이 벌써 그의 목을 한 푼쯤 찔러 들어왔기 때문이다.

"나는 여유량의 손녀 여사랑이다. 오늘밤 나는 너의 머리를 가지러 왔다. 멸문당한 우리 가문의 영전에 네놈의 머리통을 제물로 바칠 것이다."

무공이 절륜한 옹정제라지만 사시나무처럼 부들부들 떨었다.

'툭' 하고 황제의 머리가 아홉 마리 용으로 수놓은 금침에 떨어졌다. 몸뚱이를 잃어버린 머리는 비명을 지르지도 못한다. 한순간에 상황은 끝난 것이다. 여사랑은 더운 피가 솟구치는 원수의 머리통을 포대기에 집어넣고 침전을 빠져나왔다.

여사랑이 묘음암에 돌아오니 오인법사와 황독로가 기다리고 있었다. 암자의 방 윗목에는 여유량과 9족의 원혼을 위로하는 제사상이 차려져 있었다. 그녀는 포대기에서 아직도 피가 듣는 옹정제의 머리통을 제단 한가운데 올려놓고는 스승들에게 두 손을 합장하고 큰 예를 올렸다.

"저의 부모는 제게 생명을 주셨지만 두 스승님은 그 생명을 보람차게 해주셨어요."

오인법사는 수급을 가리키고 크게 웃었다.

"옹정아, 옹정아, 오늘 여기에서 너를 이렇게 보고야 말았구나!"

다음날 새벽 서광이 쯔진청의 동쪽하늘에서 밝게 비치기 시작할 무렵 여사랑 일행은 남쪽을 향하여 떠났다.

5 협객은 죽어도 기개는 향기롭다

국화 향은 장안에 스며들고

당 최후의 혁명가 황소

동쪽 울타리 아래서 국화를 꺾어 들고
유연히 남산을 바라본다
산기운은 해저물자 더욱 아름답고
나는 새들도 함께 돌아오네

采菊東籬下

悠然見南山

山氣日夕佳

飛鳥相與還

• 도연명의 「음주」(飮酒)에서

중국 최고의 전원시인, 도연명(陶淵明)이 「음주」라는 시에서 국화를 이토록 유적하게 노래한 지 약 500여 년이 지났다. 농민봉기의 영수이자 유협의 두목인 황소(黃巢, ?~884)가 두 수의 시를 국화에게 보낸다.

서풍이 쏴하고 불어와 뜨락 가득 구슬피 서성대네
꽃술 서늘한 향은 차가워 이제 나비는 날지 못하고
지난 세월, 내 푸른 님을 위해 오래 괴로워하였건만
한 무리 복사꽃이 피어남으로 이 아픔을 달래라는 건가
　•「제국화」(題菊花) 전문(全文)

9월 8일 가을이 오길 기다리다
나의 꽃이 피어나면 모든 꽃들을 꺾으리라
하늘을 찌르는 국화 향은 장안에 스며들고
성안은 온통 황금갑옷만 둘렀구나
待到秋來九月八
我花開後百花殺
沖天響陳透長安
滿城盡戴黃金甲
　•「부국」(賦菊) 전문

　그동안 우리에게 반란군 괴수로나 또는 근육파 터프가이 장군
으로나 알려져왔던 황소가 이처럼 멋진 시를 쓸 수 있다니…….
　은사(隱士)이자 시인인 도연명의 시는 평담(平淡)한 가운데 고
고한 인품이 스며들어 있다. 그에 반해 유협의 두목 즉 호협, 황
소의 시는 청신한 언어 감각과 리듬의 서정성 못지않게 시대적
고뇌와 저항, 웅지가 내뿜는 힘이 넘친다. 황소의 시에는 도연명
의 그것에서는 찾기 어려운, 뭔가 강인한 아름다움 같은 게 샘솟
는다. 황소의 국화 시는 젊은 시절 그가 과거를 보려고 장안에 갔

을 때 쓴 것으로 조정의 부패상과 어둠을 목도하고 격분한 나머지 당나라를 뒤집어 엎어버리겠다는 혁명의지를 표현한 것이라 전해진다.

북진하여 큰일을 도모하자

지금의 산둥성 서부는 『수호전』로 유명한 량산포(梁山泊) 거야(鉅野)의 늪이 있던 곳으로, 수로가 종횡으로 통해 도둑이 소굴로 삼기엔 안성맞춤인 지방이다. 당나라 말, 이 부근 출신인 왕선지(王仙之, ?~878)와 황소 두 사람은 소금 밀매를 하다가 서로 알게 되어 의기투합한 친구였다.

가뭄과 홍수 때문에 백성들이 유랑하는 것을 틈타 먼저 왕선지가 수천 명의 도당을 모아 반란을 일으켰다(874). 그 이듬해 황소도 이에 호응, 합세하여 수만의 무리를 이루게 되었다.

일부 사학자들은 이를 곧 농민폭동이라 할는지 모르나 진상은 그렇지 않다. 물론 농민들도 곤경에 빠지면 반란에 가담할 수 있다. 그러나 그들의 활동상황을 보면 아무래도 세상물정을 잘 모르는 농민들의 움직임이 아니다. 그 중심세력은 왕선지나 황소처럼 천하를 두루 돌아다니며 산전수전 다 겪은 소금밀매상인과 협객 위주의 비밀단체이다. 황소는 일찍이 과거에 응시해 진사가 되려다 실패한 전력이 있었다.

고향으로 돌아온 황소는 관리가 될 생각을 단념하고는 각종 검술과 무공을 습득하며 각지의 협객들과 교류하였다. 황소는 원래 불평불만에 가득 찬 지식계급에 속했다. 그 점이 그로 하여금 거대한 반란집단의 통솔자가 되게 한 조건임은 틀림없는 사실인 것 같다.

거사의 처음부터 끝까지 황소는 한 지방에 오래 머물러 영역을 확보하여 백성을 재편성한다는 의도는 갖지 않았다. 말하자면 유적(流賊)의 우두머리였다. 병력을 집중할 뿐 분산시키지 않고 부유한 도시를 점령해서는 그 도시의 재화를 탕진했다. 그리고 탕진한 다음에는 다른 지방으로 이동했으니, 마치 유목생활 같은 감을 주었다. 먼저 중국 내지를 북쪽에서 남쪽까지 휘저었다. 허난(河南)에서 양쯔강 유역으로 빠진 황소는 해안을 따라 남하, 광동을 함락시켜 기득권층에 대한 가차없는 약탈과 살인을 감행하였다. 그러나 북부지방 출신이 대부분인 황소의 반란군들의 가장 큰 적은 그들의 체질에 맞지 않는 장난(江南)지방의 풍토였다.

"북진하여 큰일을 도모하자!"

이것이 황소군의 구호였다. 큰일을 도모한다는 것은 시시하게 절도사 따위가 되겠다는 뜻이 아니고 새로운 정권을 수립하겠다는 뜻이다. 이렇게 해서 황소군의 북벌이, 혁명이 개시되었다. 황소의 혁명군은 커다란 뗏목을 만들어 구이린(桂林)에서 샹장(湘江)의 흐름을 타고 징저우(荊州)와 영저우(永州)를 지나 탄저우(潭州)를 격파하였다. 이곳에서 당군 10만 명이 소멸되어 시산혈해를 이루었다고 『신당서』(新唐書)에 기록되어 있다. 지나는 곳마다 농민들과 유협들은 속속들이 혁명군에 가담하였다. 황소가 지금의 허난성 화이허(淮河)를 도강할 즈음 혁명군은 60만 대군에 달했다. 거기서 그는 관군측의 장수와 병졸들에게 격문을 보냈다.

"우리는 장안으로 쳐들어가서 황제의 죄를 문책할 것이니, 너희들은 이 천명을 대신하려는 예봉을 막는 우를 범하지 말지어다."

서기 880년 가을, 만산에 휘날리는 혁명군 기치의 행렬은 드디어 한구관에 닿았다. 혁명군 총사령군 황소가 대열의 선두에 서서 지르는 호령에 맞춰 60만 대군은 일제히 환호성을 보내니 그 기세는 하늘을 찌를 듯하였다. 얼이 반쯤 빠지고 혼이 9할 가량 달아난 한구관의 관군들은 힘없이 관문을 열 뿐이었다. 천혜의 요새 한구관을 넘어 혁명군이 장안을 향해 파죽지세로 밀고 갔다.

당의 희종(僖宗) 881년 1월 8일, 이날은 당나라 수도 장안의 역사에 대서특필할 커다란 사건이 일어난 날이었다. 이날 아침 당나라 제18대 황제 희종이 장안의 서문인 금광문을 빠져나와 허겁지겁 도망치는 것과 거의 때를 같이하여 장안의 동문 춘명문으로부터는 혁명군의 수령 황소가 대군을 거느리고 금으로 장식한 수레를 타고 위풍당당하게 입성하였다.

장안의 백성들은 조수처럼 길 양쪽에 밀려들어 혁명군을 환호하였고 태극궁(太極宮)에서 연금 생활을 보내던 궁녀 수천 명도 거리에 뛰쳐나와 환영하였다.

혁명군은 황족과 귀족들은 물론 구정권의 3품 이상의 고위관리들의 목을 전부 쳐냈다. 그 대신 4품 이하의 중하위관리들은 그대로 그 자리에 근무하라는 명령을 내렸다. 그리고 몸도 마음도 가난하고 핍박받은 자들로 그득한 감옥 문을 활짝 열어제쳤다.

가난한 백성들에게는 의복과 금품을 나눠주는 등 이날 하루는 장안 시민들에게는 더없이 즐거운 축제의 날이었다. 청년시절 황소가 장안거리의 높은 자들, 있는 자들, 잘난 자들의 부패와 비리에 푹 절어 있는 꼬락서니를 목도하며 울분으로 입술을 깨물며 염원하였던 그의 황금빛 국화꽃이 활짝 피어난 날이었다. 유협의 두목 황소가 세계 최고의 중세문명을 자랑하던 당제국의 희미해가는 숨통에 최후의 검을 찔러 넣은 날이었다.

장안이 천하인 줄 알았더냐?

산은 산이고 강은 강이다.

이것은 논쟁의 여지가 없는 사실이다. 그러나 중국에서는 산은 그냥 산이 아니고 강은 그냥 강이 아니다. 중국의 강산은 모양이나 특성에 따라 여러 가지 다른 이름을 가지고 있다. 흙이 많은 산을 산(山)이라 하고 바위가 많은 산을 악(岳)이라 한다. 초목이 유난히 많은 산을 호(岵)라 하고 사방이 가파르고 정상이 비교적 평평한 산을 고(岨)라고 한다. 이 밖에도 셀 수 없이 많지만 상세한 것은 다음 기회로 미루고자 한다.

산둥성 타이산 부근 라이우(萊蕪) 북쪽에는 사방이 가파르고 꼭대기가 고원을 이룬 산이 하나 있다. 중국사람들은 그 산을 황소고(黃巢岨)라 부르는데, 당나라 말 농민봉기군의 영수인 황소에 얽힌 전설이 하나 서려 있다.

황소가 황소고에서 웅거하며 농민봉기를 구상할 무렵이었다. 그곳 기슭의 한 작은 사찰에는 편시(偏視)라는 주지승이 살고 있었다. 편시는 글깨나 읽고 칼깨나 쓸 줄 알며 얼마간의 모략적 두뇌도 구사할 줄 알았다. 황소는 편시를 자신의 책사로 삼고 대사를 도모했다. 그러나 천성이 여우같은 편시는 거사 직전에 황소를 관아에 밀고해버렸다. 그의 배신을 사전에 용케 간파한 황소는 장검을 빼들고 그 절로 들이닥쳤다.

"이 쥐새끼보다 못한 놈의 목을 댕강 잘라낼 터이다!"

그러나 황소는 아무리 절 안을 이 잡듯이 뒤져보아도 편시의 그림자도 찾을 수 없었다. 분을 삭이려고 절 마당을 씩씩거리던 황소의 분노로 이글거리는 눈길 앞에 오래 된 홰나무 한 그루가 들어왔다. 황소는 고목 주변을 왼쪽으로 세 바퀴, 오른쪽으로 세 바퀴 천천히 돌았다. 그러더니 돌연 팔을 쭉 뻗어,

"카차!"

단칼에 홰나무를 베어냈다. 곧 '쿵'소리를 내며 쓰러진 홰나무 속에서 편시의 머리통이 '땍때구르' 굴러 나왔다. 편시는 위급한 나머지 그 고목의 텅 빈 목심(木心)에 몸을 숨겼던 터인데, 황소의 칼은 상하좌우 한 치도 어김없이 편시의 목을 쳐냈던 것이다.

서기 881년 황소는 장안을 점령하자 국호를 대제(大齊)로, 연호를 금통(金統)이라 칭하고 황제자리에 앉았다. 그리고 미녀 조씨를 황후로 맞이하였다. 사가들은 황소가 나라이름을 대제로 정한 것은 그의 고향 산둥에 원래 춘추전국시대의 강대국 제나라가 있었고, 금통을 연호로 삼은 것은 그의 성이 황씨이며 국화 중에서 특히 황금빛 노오란 국화를 좋아했던 연유라고 풀이한다.

그러나 이제 황소는 더 이상 호협이 아니라 황제였고 황소의 군대 역시 더 이상 혁명군이 아니라 대제의 관군이었다. 승리감에 도취한 황소는 장안이 곧 천하가 아니라는 사실을 잊고 있었다. 국화꽃의 노오란 꽃술만이 국화의 전부가 아니듯 황소는 서

울 장안만 점령하였지, 장안을 제외한 나머지 드넓은 강역은 아직 당나라 세력하에 들어 있었다. 또한 황소의 군대는 유격전을 오랫동안 벌였기에 점령한 곳에 방어군을 배치하지 않았다. 쓰촨성 성도로 도망친 희종의 존재를 염두에 두지 않았던지 더 이상 추격하지 않았다. 숨돌릴 기회를 부여받은 당나라 조정은 각지의 병마를 소집하여 장안성을 역포위하였다.

매화도 한철, 국화도 한철

황소군의 전력은 날이 갈수록 시들어갔다. 883년에 이르자 장안의 남·서·북은 모두 관군에 의해 봉쇄되었다. 그때 뤄양으로 통하는 유일한 통로는 황소군의 2인자인 주온(朱溫)이 맡고 있었지만 황소군의 형세가 불리하다고 판단한 주온은 관군에 투항해 버렸다. 이렇게 해서 장안은 점점 고립 상태에 빠지고 물과 식량마저 바닥이 날 지경이었다. 주온의 배반은 황소에게는 치명적인 타격이었고, 당측에게는 천병만마를 얻은 것이나 다름없는 큰 힘이 되었다. 당 희종은 주온에게 요직을 내리는 한편 온몸을 다해서 충성하라는 전충(全忠)이라는 이름까지 하사하였다. 한번 배신한 간신이 또다시 배신하면 충신이 되는 걸까? 주전충은 훗날 당나라에 이어 5대 10국의 하나인 후량(後梁)의 태조가 된 인물이다.

가장 신뢰하였던 2인자 주전충의 배신으로 황소는 15만의 병력을 이끌고 장안을 철수한다. 철수 도중 허난성 화이양(淮陽)에서 주전충의 10만 대군과 정면으로 마주친다. 그러나 그때만 해도 황소군의 전력과 기상은 아직 쇠하지 않았으며 일찍이 편시의 목을 베어 응징한 것처럼 역시 주전충의 목을 능히 벨 수도 있었다. 또한 적진의 장교들은 배신자가 자기네들의 최고 지휘자라는 사실을 떳떳지 못하게 여겼고 병졸들도 여기저기서 굴러들어온 패잔병들이나 어중이떠중이들이 대부분이었다.

이렇게 양적으로나 질적으로나 우세한 황소군이 막 적진을 향해 총진격을 감행할 순간, 갑자기 터키계 사타족의 기마군이 출현하여 황소군의 후진을 쑥대밭으로 만들어 놓았다. 그 기마군의 총사령관은 이극용(李克用, 855~908)이라는 당시 28세의 젊은 호걸로 애꾸였다.

결국 황소군은 이극용과 주전충 연합군의 협격을 받아 치명적인 패전을 당하게 된다. 금통 5년(884) 6월 초여름, 황소는 겨우 1천여 명의 패전군을 거느리고 퇴각하다가 타이산의 동남쪽 낭호곡(狼虎谷)에서 장렬하게 죽음을 맞이하였다. 창에 찔려 죽은 황소의 머리를 임언(林言)이라는 자가 거액의 현상금을 노리고 관군의 한 수령에게 바친다.

그러자 그 수령은,

"상금은 네 놈이 먹는 것보다 내가 먹는 것이 훨씬 좋지."

음흉한 미소를 짓고는 자객을 시켜 임언의 수급을 베어냈다. 그리고 그것은 황소의 수급과 같이 상자에 담겨 장안의 황궁으로 보내지게 되었다.

국화꽃을 피우기 전과 후가 그렇게 다를 수 있을까?

뭐니뭐니 해도 황소의 최대 실패원인은 '혁명성의 상실'이었다.

혁명 전의 황소와 혁명 후의 황소는 딴판이었다. 황제가 되기 전의 황소는 동적(動的)이었으며 백전백승이었다. 그러나 황제가 된 후의 그는 정적(靜的)이었고 백전백패였다. 그는 장안의 황궁에 눌러앉아 중국 특유의 궁정 제도에 사로잡힌 포로가 되었다. 황소는 황제가 된 그날부터 수천 명이 넘는 환관의 손아귀에 궁녀의 치마폭에 놀아나고 있었다. 황궁과 바깥세계는 완전히 단절되고 모든 것이 구정권이 하던 대로 답습되었다. 또한 혁명정권 창출 시대의 동지들과의 친밀한 관계도 완전히 단절되어버렸다. 그 혁명동지들도 관직을 차지한 후부터는 그들이 통한해 마지않았던 부정부패의 삼매경에 빠져 자력으로 헤어나지 못하게 되었다.

'나의 꽃이 피어나면 모든 꽃들을 꺾으리라.'

황소는 승리감에 도취된 나머지 까맣게 잊고 있었을까. 모든 꽃들이 꺾어지면 그 '나의 꽃'도 시들어 떨어질 날이 온다는 것을, '매화도 한철, 국화도 한철'이란 자연계와 사회계에서 공히 통용되는 이 불변의 이치를, 황소 그는 몰랐던 것일까, 아니면 깜박 잊었던 것일까?

황허는 콸콸거리며 흐른다

명의 불꽃 주원장

 텐안먼 광장. 한 소녀가 머리를 온통 그을린 채 "엄마, 엄마"를
울부짖고 그 옆의 한 남자는 가솔린을 몸에 끼얹고 불을 붙인 뒤
가부좌를 틀고 있다.

 2001년 1월 30일, 중국 중앙방송 CCTV 8시 저녁 뉴스는 끔
찍한 화면세례를 퍼부었다. 그 어떤 엽기 드라마보다 참혹한 실
제 상황에 시청자들은 자신도 모르게 눈을 질끈 감았다. 중국의
중원에서도 허난성 카이펑에서 올라온 파룬공(法輪功) 수련자 5
명이 텐안먼 광장에서 집단으로 분신자살을 실행하는 장면. 한
예민한 시청자는 브라운관 그득한 검은 연기 속에서 생살타는
냄새가 뿜어져 나오는 듯하여 격심한 구토를 하였다 한다. 중국
공안당국은 분신자살자 가운데에는 사망한 36세 여자 수련자의
딸인 초등학교 5학년생 소녀도 포함되어 있다고 밝혔다. 열두
살인 류쓰잉(劉思影)이라는 이 소녀는 전신 60퍼센트의 화상을
입었다.

 중국정부는 1999년 7월 파룬공을 '사교' 또는 '악마 숭배'로

규정, 활동을 금하고 있으며 공산당 지도부는 2001년 1월 톈안면 광장에서 분신자살 사건이 발생하자 이를 비난하는 전단을 제작, 전국에 배포하고 대대적인 선전활동에 나서는 등 강력히 대처하고 있다.

"악, 저게 뭔가? 외눈박이 돌사람이 나타났다!"

지금으로 650년 전, 황허의 수로를 파던 한 인부가 곡괭이를 집어던지며 외마디 비명을 질렀다. 인부들은 어느새 일손을 놓고 그것을 에워싸기 시작했다. 풍문이 전해지고 황허 변을 따라 삽시간에 퍼져나갔다.

그로부터 며칠 후, 한 머리에 붉은 천을 감아 맨 한 사내가 무수한 농민봉기군의 선두에 서서 외쳤다.

"드디어 그가 나타났다. 외눈박이 돌사람이 나타났으니 이제 황허는 소용돌이치고 천하는 뒤집어 엎어지리라."

그 사내의 이름은 유복통(劉福通). 20세기 미국과 구소련을 합한 것보다 크고 강했던 초강대국, '대원제국의 멸망'이라는 화약고에 불을 댕긴 백련교(白蓮敎)의 열성신도. 그 역시 위의 톈안면에서 분신자살한 파룬공 신도들과 같은 허난성 카이펑 출신이다.

장강을 닮은 문사, 황허를 닮은 협객

장강(양쯔강)은 왜 '장하'(長河)라 하지 않고 장강(長江)이라 할까? 황허(黃河)는 왜 '황강'이라 하지 않고 황허라 부를까? 어째서 중국인들은 큰 물줄기를 강(江)과 하(河) 두 종류로 나눠 부를까? '강'(江)과 '하'(河)의 차이점은 무엇일까? 사람들은 흔히들 이렇게 답변한다.

"강이나 하나 그게 그거지 뭘, 그냥 전해오는 습관이겠지요."

"하보다 크고 긴 물줄기를 강이라 하겠지요."

"북쪽의 강을 하라 하고 남쪽의 강은 그냥 강이라 부르는 것 아니겠어요?"

웬만한 사전도 웬만한 중국의 식자층도 도움이 되지 못했다. 하여 나는 『설문해자』와 『사해』(辭海)을 뒤적여보고 지시엔린(季羨林) 북경대 종신교수(현재 88세) 등 세계적 비교언어학자에게 직접 자문을 들었다. 어렵사리 구한 정답은 이렇다.

"강과 하는 세월이 흐름에 따라 '장강'과 '황허'가 되었다. 장강의 수량은 일년 열두 달 한결같고 물줄기의 흐름, 즉 수류(水流)도 백년 전이나 천년 전이나 별 차이가 없다. 그래서 쑹화(松禾)강, 헤이룽(黑龍)강, 주(珠)강 등 항상 평온한 군자처럼 장강의 특성을 닮은 물줄기를 무슨무슨 강(江)이라고 부른다. 장강과 반대로 황허의 수량은 여름에는 홍수가 연중행사이며 겨울에는 강바닥이 말라붙고 수류도 과거 천년 동안 1500차례나 변해왔다. 이를테면 랴오허(遼河), 화이허(淮河), 하이허(海河)같이 수량과 수류의 진폭이 커 변덕이 죽 끓듯 한 물줄기를 일컬어 무슨무슨 '하'(河)라고 한다."

중국의 조상들은 이렇게 고삐 풀린 망아지 같은 하(河)들의 고삐를 다잡으려고 수천 년 세월을 한결같이 단결하고 분투해왔다. 그러다 보니 동방의 찬란한 문명을 낳게 된 것이다. 결국 중국문명은 '안정의 강'보다 '변혁의 하'의 유습을 먹고 자라왔다고 말할 수 있겠다. 중국의 '강'과 '하'는 물줄기의 대소장단이나 동서남북의 위치에 구분되는 것이 아니라 '안정이냐, 변혁이냐' 그들의 캐릭터에 달려 있다. 다시 이 둘을 사람으로 비유해 말하자면 '강'은 안정지향적인 문사 같고 '하'는 변혁추구형인 협객 같다. 중국 역사를 움직여온 두 주인공 문사와 협객. 이 둘 가운데 안정의 주체인 문사의 집단을 장강이라 한다면 변혁의 주체인 협객의 무리를 황허라고나 할까.

중국 5천년 물줄기에 한족이 주체가 된 통일국가로서 100년 이상 수명을 유지한 왕조는 전한과 후한, 당, 송, 명 5황조뿐이다. 그 중에서도 전한과 후한은 협객의 무리가, 명은 협객의 종교 비밀결사가 주체가 되어 농민운동을 일으켜 세운 나라라고 할 수 있다. 또한 진, 전한, 후한, 당, 원, 명, 청 등 역대 중국 황조는 협객들의 무장혁명역량을 집결시킨 각양각색의 비밀결사들에 의해 망했다. 그러니 문사만 알고 협객을 모르고는 중국을 알 수 없다. 이는 마치 유장하게 흐르는 장강만 알고 콸콸거리며 흐르는 황허의 존재는 잊는 것이나 마찬가지일 것이다.

자연일지라도 그것을 다시 특성에 따라 세분하는 취향은 어쩌면 중국문명만이 가지는 아이덴티티가 아닐까라는, 꽤 흥미로운 생각이 긴 물줄기를 이루며 흘러간다. 15세기 황허의 물줄기도 흘러가다가 무엇에 걸려 격심한 소용돌이를 치게 되었다. 그것은 외눈박이 돌사람이었다.

어지러운 세상을 바로잡으리라

예나 지금이나 황허의 중하류가 흐르는 중원지대, 즉 허난성과 안후이성 북부와 산둥성 서부는 일망무제의 대평원이 까마득히 펼쳐져 있다. 그러나 장강을 젖줄로 삼는 장난(江南) 땅에 비하면 땅이 메말라 풍작과 흉작의 격차가 심했다. 그 중에서도 특히 골칫거리는 황허의 범람이었다. 이와 같은 메마른 풍토는 거기 사는 인간을 부지런한 자연인으로 키워놓았다. 특히 중원지역의 중국인들은 옛날부터 전화(戰禍)가 그치는 일이 없었기 때문에 무술을 익히고 말을 잘 다루었다.

그곳은 유약하고 온화한 장난인과는 반대로 자연과 인간이 거친, 말하자면 약육강식의 세계였다. 이르는 곳마다 무법지대가 있었고 협객과 도박꾼과 무뢰배는 물론 마적에서 무덤 도굴꾼에 이르는 어둠의 무리가 들끓고 있었다. 거기에는 크고 작은 두목들이 세력을 떨치며 그들 나름대로의 세력권을 형성해 국가에 배반하고 사당에 헌신하는 식의, 이른바 의협의 세계가 지배하고 있었다. 유명한 『수호전』의 무대만큼 항시 동란의 위기를 내포하고 있었다.

원나라 말기가 되자 이 지방에 연속적인 기근이 일어나 주민들은 풀뿌리와 흙을 먹고 딸을 팔아 굶주림을 면했다. 인심이 흉흉해지고 불길한 먹구름이 하늘을 가렸다. 예나 지금이나 중국 민중들은 결코 유순하지는 않다. 그들은 스스로 궐기하여 황조를 타도했던 경험을 적지 않게 가지고 있어, 민중봉기 앞에 황조의 지배가 오래 지속되지 못한다는 것은 중국 역사의 법칙이었다. 원나라 역시 이 법칙에서 예외일 수는 없었다.

이러한 악조건이 한창일 때, 대원제국은 20만이 넘는 역군(役軍)을 징발하여 황허의 치수 공사를 시작하게 하였다.

"외눈박이 돌사람이 나타났다!"

이 소문을 가장 반갑게 맞이하는 사람이 하나 있었다. 그는 백련교 교주 한산동(韓山童). 그는 황허의 대역사에 많은 관심을 모았다. 그가 예언한 세상 바로잡기를 황허의 대공사로 바꿔놓고 적중시키려 했던 것이다. 그는 석인일안 천하사반(石人一眼 天下反) 이라 새긴 돌부처를 남몰래 황허의 물길에 묻어놓고 누군가 그것을 파도록 꾀하였다. 즉 외눈박이 돌사람(石人)이 나타나면 천하가 어지러워진다는 것이다. 그리고 이 계획은 제대로 들어맞아 위에서 이야기한 대로 인부 하나가 그것을 우연히 파내게 되었다.

백련교의 원래 이름은 명교(明敎)다. 세상을 선한 세계와 악한 암흑으로 나누고 광명세계로부터 마니가 현신하여 세상을 구한다고 설파했던 페르시아의 마니교는 중국에 와서 명교가 되고 마니는 미륵이 되었다. 다시 명교는 원나라 말 압제하에 신음하던 한족의 처지와 꿈을 반영하여 백련교로 이름을 바꾸었다. 그리고 미륵이 악으로 가득 찬 어지러운 세상을 구제한다고 퍼뜨렸다.

"기적아 나타나거라!"

백련교는 현세를 부정하는 생각이 강하여 현상에 불만을 품은 사람들을 흡수하여 반권력적인 저항 결사로 변할 가능성이 언제든지 있는 것이었다.

"내가 바로 미륵의 화신이며 명왕(明王)의 현신이다!"

"어지러운 세상을 바로잡기 위한 천하대란이 일어날 것이다!"

그러나 한산동은 충분한 준비가 이루어지지 않은 상황에서 거사를 일으켰다가 바로 체포되어 처형당했다. 독실한 백련교도 유복통은 비명에 간 교주의 뜻을 계승하여 궐기의 깃발을 높이 들었다. 그리고 혁명동지라는 표시로 붉은 띠를 머리에 둘렀다. 또 이 움직임에 호응하여 후베이의 동부에는 직물행상인 서수휘(徐壽輝)를 수령으로 하는 다른 계통의 홍건군(紅巾軍)이 일어났다. 그들은 순식간에 후베이 후난(湖南)을 지배했으며 황허에서 장강 중류유역에 이르는 거대한 반몽고세력을 구축하였다. 세칭 한산동·유복통 일파를 동계(東界), 서수휘 일파를 서계(西界)라 하거니와 전자는 육상 게릴라, 후자는 수군을 주력으로 하여 싸웠다.

머무르는 것은 흉조요 떠나는 것은 길조로다

"명태조는 성자의 면(面)과 호협의 풍(風)과 도적의 성(性)을 겸비한 인물이다."

• 조익

1352년 2월에는 안후이성 호주(濠洲)에서 또 다른 백련교도 곽자흥(郭子興)이 궐기하였다. 곽자흥은 물려받은 유산을 물쓰듯하고 협객인 체 했지만 머리가 아둔한 사나이에 불과하였다. 이때 용모가 무척 험상궂은 한 청년이 찾아온다. 그가 바로 주원장(朱元璋)이다.

주원장은 가난한 농민의 아들이었다. 그의 가문은 대대로 가난한 농가였다. 실제로는 너무도 가난하여 한 곳에 정착하지 못하는 유민이었다. 주원장의 일가는 호주 인근의 평양(鳳陽)에서 지주로부터 몇 마지기의 땅을 빌려 경작하여 입에 풀칠하기 어려운 생활을 이어오고 있었다. 고달픈 생활을 하던 주씨 일가는 1344년 봄, 더 큰 불행에 부딪혔다. 한발로 인한 기근과 역병 탓으로 양친과 큰형을 한꺼번에 잃은 것이다. 남은 자녀들은 망연자실했으나 이웃 사람들의 호의로 장례는 그럭저럭 치를 수 있었다. 하지만 그 후에는 이산의 길밖에 남아 있지 않았다. 둘째형은 집에 남아 있었으나 셋째형은 남의 집에 가고 원장은 황각사(皇覺寺)라는 절에 들어가 중이 되었다. 두 누이는 이미 출가해 있었으나 그녀들의 시댁도 빈농이었다. 이렇게 뿔뿔이 헤어진 형제자매는 그 후 끝내 한 번도 만나보지 못하고 말았다.

절에 들어가 중이 되었다고는 하지만 별안간 중이 된 사람이 앉아서 밥을 먹을 수 있는 시대는 아니었다. 그는 절에 머문 지 두 달도 채 못 되어 탁발행각의 길을 떠나 녹림의 협객들과 어울려 다니는 유협승이 되었다. 갓을 쓰고 검을 지팡이 삼아 그는 약 3년 동안 황허와 화이허 유역 각지를 편력하였다. 이런 그의 유랑시절은 각지의 풍속과 인정, 지리에 통달하게 하여 훗날 그의 대업달성에 크게 기여하였음은 물론이다. 훗날 그는 당시를 이렇게 회상하였다.

"몸은 쑥처럼 바람에 쫓기어 멈출 곳이 없었다."

글자 그대로 유협승이었다. 때마침 화이허강 유역에서는 굶주린 유민이 넘쳐 백련교가 그들 사이에 깊이 침투하고 있었다.

3년 동안의 유랑생활을 끝내고 주원장은 황각사로 돌아왔다. 1351년, 유복통 일당의 백련교도가 원왕조 타도의 기치를 들었고, 다음해 2월에는 곽자흥이 이에 호응하여 주원장의 고향 평양

근처 호주에서 반란의 깃발을 올렸다.

어느 날 주원장이 목탁을 두드리고 있을 때 홍건군의 함성이 들려왔다. 그는 일단 도망쳤으나 마땅히 갈 곳이 없어 폐허가 되어버린 절로 다시 돌아와 길흉을 점쳐보았다. 그런데 절에 머무르는 것은 흉조로, 절을 떠나는 것이 길조로 나왔다.

'그렇다면 아예 백련교도의 홍건군에 가담하여 세상을 바로잡는 일에 가담하는 것은 어떨까?'라는 생각을 하며 다시 점쳐보니 대길(大吉)로 나왔다. 주원장의 운명은 여기에서 일대 전환이 예고된 것이다.

1352년 음력 2월 초하루, 스물다섯 살의 유협승 주원장은 곽자흥의 근거지인 호주성으로 찾아가 일원으로 받아주기를 희망하였다. 그러나 그의 모습이 너무나도 험상궂어 성의 병사는 첩자가 아닐까 의심하여 엄중히 심문하였다.

나중에 명나라의 태조가 된 그의 초상화는 두 가지가 있다. 하나는 유사풍의 온후한 풍모를 하고 있으며, 다른 하나는 길쭉한 얼굴에 곰보자국이 뒤덮여 있고 머리카락이 거의 다 빠진 머리에는 종기로 뒤덮여 있는, 이루 말할 수 없이 추악한 인상이다. 여간해서 동일인이라고는 볼 수 없는 것이다. 아마도 추악한 초상화가 진짜인 듯하다.

곽자흥은 포박당한 주원장의 생김새가 범상하지 않은 상이라 여겨 포박을 풀고 10명의 부하를 거느리는 십장(什長)으로 임명하였다. 그가 계속 눈부신 공을 세웠기 때문에 차차 중용하였다.

이보다 앞서 떠돌이 유협 마(馬) 아무개가 칼부림 끝에 곽자흥에게 굴러들어와 딸을 곽자흥에게 판 일이 있었다. 곽자흥은 그

딸을 양녀로 삼고 있다가 결국 주원장에게 시집을 보냈다. 이래서 주원장은 곽자흥의 사위가 되었거니와 이 마씨 부인이 바로 뒷날 주원장의 어진 부인으로서 이름이 높았던 마황후다.

질시심이 많은 곽자흥은 한때 주원장을 굶겨 죽이기 위하여 그를 옥에 가두고 음식의 공급까지 금지시킨 일이 있었다. 그때 마씨는 남모르게 음식을 나르기 시작했다. 그러던 어느 날 마씨가 부엌에서 뜨거운 호떡을 몰래 품고 옥으로 가다가 양모 장씨(곽자흥의 부인)와 맞닥뜨렸다. 장씨는 자신을 보자 크게 당황하는 마씨를 보고 그 연유를 물었다. 마씨는 하는 수 없이 자초지종을 말하며 자신의 품에 감춘 호떡을 꺼냈는데 이때 그녀의 젖가슴은 화상을 입어 벌겋게 익어 있었다. 그날 밤 장씨는 주원장을 방면하도록 곽자흥을 설득하여 주원장은 겨우 목숨을 건질 수 있었다.

명교의 주원장과 파룬궁의 리훙즈

저명한 장젠화(張建華) 베이징사범대학 역사학 교수 겸 국무원발전연구센터 수석연구원은 『중국문제보고』(中國問題報告)라는 책에서 이렇게 밝혔다.

지금 미국을 비롯한 일부 서구 언론은 중국이 종교조직을 탄압한다고 하며 인권유린이라고 비난하고 있다. 그러나 파룬궁은 종말론과 교주 신격화, 정통의학 부정 등 사이비 종교의 색채가 뚜렷하다.

만일 미국에 이런 사교가 급속히 세를 불려 추종자가 수천만 명이라고 내세우며 이미 혹세무민 차원을 넘어, 체제 이념과 기반마저 위협하고 있다면 미국 정부도 수수방관할 수 있을까?

이른바 파룬궁 교주, 리훙즈(李洪志)는 모국을 향해 갖은 선동과 비방에 광분하고 있다. 그는 미국의 비호를 받으며 호화판 생활을 누리면서 한편으로는 자기가 제2의 명태조 주원장이 되리라는 망상에 사로잡혀 있다. 리훙즈는 가증스럽고도 가소롭기 그지없는 국사범일 뿐이다.

주원장은 28세 때 홍건군의 우두머리인 곽자흥이 사망하자 부두목에서 일약 최고지도자로 떠오른다. 주원장에 의해 장악된 남방계 홍건군은 급속히 커갔다. 1363년에는 서계의 홍건군을 석권하고 1367년에는 동계 홍건군의 허수아비 수령 한림아(韓林兒)마저 제거하여 전 중국의 홍건군 세력을 통일하였다. 이는 곧 천하의 무장력을 장악한 것을 의미하였다. 마침내 주원장은 1368년 난징에서 황제에 오르고 나라이름을 명(明), 연호를 홍무(洪武)로 정했다. 주원장의 생애는 수직 출세의 경우를 가장 극적으로 보여주고 있다. 한낱 유협승이자 녹림 협객에 불과했던 주원장은 백련교의 원래 명칭 즉 명교(明敎)에 기반한 홍건군의 두목이 되어 결국 대중국을 통치하는 황제의 자리에 올랐다. 세계 최대·최강의 원나라를 쓰러뜨리고 세운 주원장의 명나라는 중국 근세사상 한족 중심으로서는 유일무이하면서도 마지막인 통일제국이었다.

이렇게 650년 전 중국 대륙에서 이루어졌던 기괴하나 명백한 흐름, 즉 명교→백련교→홍건군→명나라와 명태조라는 이 흐름을 '우연의 일치'로 치부하고 가볍게 스쳐지나가기에는 오늘날 파룬공과 리훙즈의 출현과 동태가 여간 어둡고 불길한 대목이 아닐 수 없다. 그래서 지금 중국 당국은 '우연의 일치'의 반복을 막기 위하여 이토록 안간힘을 다하고 있는 것은 아닌지…….

난징은 영웅호걸의 무덤인가

래평천국의 바람 홍수전

19세기가 되자 그간 사근사근하기만 하던 중국의 남방은 돌연 혁명의 근원지로 급변하였다. 그 가운데서도 광둥성은 홍수전(洪秀全)과 쑨원(孫文), 저장성은 장제스라는 불세출의 혁명가를 연달아 배출했다. 그들 세 영웅은 약속이나 한 듯 절반의 성공을 거둔 후 난징에 자리잡았다. 그러나 난징에 도읍을 정한 후부터 그들은 나머지 절반의 실패를 맛보며 사라져갔다.

제갈공명은 난징을 가리켜 이렇게 말했다.

"용이 또아리를 틀고 호랑이가 웅크리고 있다. '용반호거'(龍蟠虎踞), 왕기가 서려 있는 곳이다."

그보다 더욱 옛날 이야기 하나. 진시황이 천하를 순행하다가 금릉(金陵: 지금의 난징)에 이르렀다. 그곳에 범상치 않은 왕기가 서려 있자 산맥을 절단하여 장강의 물을 끌어다가 하천을 만들고 이름도 말릉(秣陵)으로 바꿔버렸다. 진시황이 난징의 왕기를 단절하기 위해 팠다는 하천. 친화이(秦淮)는 오늘도 난징 남북을 관통하며 흐르고 있다.

그래서일까. 난징에 도읍을 정했던 중국의 역대 정권의 수명은 유난히 짧다. 난징은 시안, 뤄양, 베이징, 카이펑, 항저우와 더불어 중국 6대 고도(古都)로 손꼽힐 뿐만 아니라 오늘날 베이징과 함께 '서울 경(京)'자를 쓰는 중국의 유이무삼(有二無三)한 도시인데.

요절하는 도읍지 난징

베이징은 강이 없어 메마른데다가 불과 60킬로미터 북쪽 만리장성 너머 이민족의 침입 가능성을 자나깨나 잊으면 안 되었기에 살벌한 느낌마저 돈다. 그런데도 베이징에 도읍을 정한 제국은 최소한 100세가 넘는 장수를 누려왔다. 그에 비해 난징은 산수가 아름답고 물산이 풍부하며 교통이 편리하고 미녀도 많은 지방으로 이름 높다. 하지만 난징에 도읍을 정했다 하면 제국이건 공화국이건 간에 평균수명이 30여 년이며 3대를 못 넘기고 요절하고 말았다. 도읍지로는 '풍요의 난징'이 '결핍의 베이징'보다 훨씬 못한 것 같다.

삼국시대의 동오(229~280)시작하여, 동진(317~420), 송(420~479), 제(479~502), 양(502~557), 진(557~589), 남당(937~975), 명(1368~1421), 홍수전의 태평천국(1368~1864), 쑨원과 장제스의 중화민국(1912~1949)까지, 모두 10개 정권의 도읍기간을 합해보아도 300여 년 정도다. 이쯤 되면 '수도로서의 난징'은 실격이다. 승지가 아니라 패지요, 축복이 아니라 저주받은 땅이다. 명나라도 태조 주원장 사후 수도를 베이징으로 옮겼기 망정이지, 그대로 난징에 주저앉았다면 단명하고 말았을지 모른다고 한다. 쑨원과 장제스의 가장 큰 실책의 하나도 난징을 수도로 삼은 것이라는 견해가 있다. 쌩쌩한 협객이 난징에 가까이 하면 흐물흐물한 유사로 변한다. 난징은 영웅호걸들의 무덤인가.

여호와의 둘째아들?

난징 시내 번화가에는 태평천국(太平天國) 역사박물관이 공자를 모신 부자묘(夫子廟)와 어깨를 나란히 하고 서 있다. 이 박물관은 난징 변혁사의 축약판이라고 할 수 있다. 명나라를 세운 주원장이 황제로 등극하기 전까지 거주했었고 청나라 말 홍수전(洪秀全, 1814~64)을 비롯한 태평천국의 수뇌부가 살던 곳이며 현대 중국의 국부 쑨원의 관저가 위치했던 곳이다. 정문에 '금릉제일원'(金陵第一園)이란 현판이 붙어 있는 이 박물관은 1850년 태평천국의 탄생으로부터 1864년 그것의 멸망까지의 거의 모든 자료가 전시되어 있다.

광둥성의 수도 광저우에서 북쪽으로 약 50킬로미터, 광둥성 화현(花縣)의 중서부에 관록포라는 마을이 있다. 거기가 태평천국의 창시자 홍수전의 고향이다. 집의 구조나 배열방법, 길게 뻗어나온 지붕의 처마 등에 '커자'(客家: 화난華南으로 이주해온 화베이華北 출신의 사람)마을에서 볼 수 있는 특유한 특징이 있는 밖에는 사방에 논이 펼쳐져 있는, 어디서나 볼 수 있는 화난지방의 마을이다.

청나라 시대 빈궁한 한족들이 가난과 관청의 수탈에서 자유롭기 위해서는 과거에 합격하여 관직으로 나아가는 길뿐이었다. 그들은 자신의 친인척 가운데 뛰어난 아이가 있으면 공동으로 돈을 모아 학문을 가르쳤다.

이렇게 친인척의 모든 희망을 걸머지고 오직 공부에만 몰두해야 했던 인물 가운데 홍수전이 있었다. 그는 어린 시절부터 어려운 가세를 돕기 위해 두 형과 함께 농사일을 했다. 그런데 그의 총명함을 알게 된 친척들의 도움으로 여섯 살이 되던 해부터 글을 배울 수 있었다. 홍수전은 일곱 살에 서당에 들어가 과거시험을 목표로 학문을 시작하였다.

가난과 멸시에서 탈출할 수 있는 길은 오직 과거에 급제하는 길뿐임을 누구보다도 잘 아는 홍수전은 열심히 공부하여 16세가 되면서부터 여러 번 과거를 보았다. 그러나 그때마다 그에게 돌아온 것은 낙방이라는 고통스러운 잔이었고, 그는 심한 좌절감에 시달리게 되었다. 과거에의 도전과 그 좌절은 그 개인으로서 볼 때 청조에 대한 반역이라는 것과 어느 정도 상관 관계를 가졌을 것이다. 낙방한 후 고을 아이들을 가르치며 세월을 보내던 홍수전은 23세가 되었을 때 과거에 응시했으나 결과는 마찬가지였다. 결국 홍수전은 실의에 빠지고 근 두 달간을 병석에 눕게 되었다. 어느 날 그는 불가사의한 꿈을 꾸었다.

그의 병실에 용, 호랑이, 새들이 숱한 사람과 함께 들어왔다. 제일 안쪽의 가장 깨끗한 방에 들어갔더니 한 층 높은 곳에 금색 머리에 검정옷을 입은 기품과 위엄이 있는 노인이 앉아 있었다. 그는 홍수전의 모습을 알아보고 곧 눈물을 흘리며 말했다. "온

세계의 인류는 모두 내가 낳고 내가 길렀다. 그들은 나의 양식을 먹고 나의 의복을 입고 있으면서도 누구 하나 나를 기억하고 존경하는 자가 없다. 그렇지만 보다 더 불행한 것은, 그들이 내가 주는 것을 받으면서도 악마를 숭배하는 일이다. 그들은 일부러 나를 배반하여 나에게 분노를 안겨준다. 너는 그들을 본떠서는 안 된다." 이렇게 말하더니 그에게 '천왕대도군왕전'이라는 글자가 새겨진 한 자루의 칼을 주면서 "악마를 절멸하라"고 명령하였다. "그렇지만 형제자매에게는 위해를 가하지 말라"고도 훈계하였다.

환상을 본 지 40일이 지나자 홍수전은 씻은 듯이 병이 나았다. 그러고는 그때까지 본 환상을 모두 잊은 듯이 종전대로 서당 접장을 하면서 과거공부에 열중하였다. 그러나 또 낙제하였다. 때마침 아편전쟁 직후인 1843년, 그는 『권세양언』(勸世良言)이라는 소책자를 읽다가 깜짝 놀랐다. 이것은 전날 광둥에 시험 치러 갔을 때 길거리에서 낯선 백발노인한테서 얻은 것이었다.

과거공부에 전념하던 홍수전은 그것을 훑어보지도 않고 놔두었다가 무심코 집어 읽었더니 그 내용이 6년 전에 보았던 환상과 너무나도 일치하였다.

이 『권세양언』이라는 책은 기독교의 전도서였다. 홍수전은 환상과 『권세양언』을 부합시켜 자기에게 '악마를 절멸하라'고 말한 금발흑의의 노인은 여호와, 즉 '천부상주황상제'이며 '악마'라 함은 바로 사탄과 우상이라고 생각했다.

그리스도는 여호와의 장남 즉 친형이고 자기는 여호와의 차남이다. 여호와는 자기에게 "우상을 타파하고 세인을 유일한 신인 여호와에 귀의시키라"고 명령한 것이라고 믿었다.

홍수전은 지성선사(至聖先師)로 추앙 받던 공자상을 "저것은 우상이다!" 하고 부숴버렸다. 말할 것도 없이 그는 서당에서 추방당했다. 과거공부도 그만두었다. 그러고는 그와 마찬가지로 과거에 낙제만 하던 고향친구 풍운산(馮雲山)에게 자신의 사명을 말한 후, 상제회(上帝會)라는 비밀결사를 창시하였다.

두 개의 천국

그 시절 광둥, 광시 두 성에서는 계속된 재해로 유민들이 날로 증가했다. 이들 굶주린 백성들은 각지에서 비밀결사조직인 천지회(天地會)의 지시로 봉기해 청나라 군대와 무장충돌하는 사건이 발생했다. 천지회 등 비밀결사들은 소금과 아편 밀매업의 주요한 담당자였다. 아편전쟁의 패전 이후 내륙으로 쫓긴 해적들은 수적(水賊)이 됨으로써 사회불안을 악화시켰다. 특히 남방의 두 성의 불온상은 반청복명(反淸復明)을 목표로 하는 천지회의 개입으로 더욱 심화되어갔다. 이러한 시대배경은 홍수전의 상제회라는 비밀결사를 탄생케 하는 데 일조했다. 상제회는 '천부황상제를 창조주로 하는 일신교로서 우상숭배를 중지하고 천부황상제'를 유일한 신으로 숭배하였다. 상제회 회원들은 가진 재산을 모두 바치고, 상제의 자녀로 평등한 형제자매라는 구호 아래 태평천국이 건설되기까지 누구나 정결한 생활을 해야 한다며 부부의 동거도 금지했다. 그리고 항상 상제에 감사의 기도를 드리면 사람은 누구나 살아서는 '소천당'에서 지내며 죽어서는 '대천당'

에 오를 수 있다고 설교했다.

상제회에서 천당이란 바로 천국을 말한다. 천국이 생전과 사후 두 개로 되어 있는 점은 역시 현세적인 중국인의 생각답거니와, 그 생전의 천국인 지상천국이 곧 '태평천국'이다.

상제회는 그 이념으로서 기독교의 교리와 용어를 도입했으나 결성은 형제적 유대와 결속 그리고 생명을 담보한 충성심으로 조직된 중국 전통적 비밀결사의 조직을 기반으로 하였다. 또 활동지역이 인적이 드물고 배타적인 광시성 동부 산간지역이었기 때문에 초기에 기반을 쉽게 구축할 수 있었다. 도처의 밀매업자, 비밀결사 회원, 광부, 탈주병, 도시빈민, 그리고 절대다수의 빈농과 굶주린 민중과 유랑민, 크고 작은 비밀결사를 흡수하여 대세력을 이루었다.

상제회를 창시한 1844년 정월, 홍수전은 삼척 장검을 치켜들고 기백이 넘치는 검무를 추며 노래하였다. 즉흥시 「음검시」를 즉흥적으로 지었는데, 7년 후에 일으킬 태평천국혁명의 거사를 예고하는 듯했다.

> 손에 삼척검 잡고 강산을 평정하리라
> 천하 백성은 한집안처럼 화목하게 지내리다
> 요사한 무리 모조리 그물에 잡아넣고
> 내외의 적들도 남김없이 그물치기하련다
> 동서남북에 황위는 굳건해지고
> 해와 달과 별도 개선가 부르리라
> 아, 범과 용도 노래하는 빛나는 세계여

두 얼굴의 영웅협객

홍수전은 1851년 1월 11일 자신의 37회 생일을 기하여 광시성 구이핑(桂平)현의 진톈춘(金田村)에서 봉기하여 국호를 태평천국이라 하였다. 또 청나라를 토벌하고 명나라를 부흥한다는 가치를 내걸고 전쟁을 선언했으며, 자신들을 태평군이라고 했다. 그들은 무기 제작과정에서 나는 소음을 위장하기 위하여 수백만 마리의 오리를 키웠다고 한다. 홍수전이 진톈춘에서 거사를 일으킬 당시 가담한 군중은 1만여 명에 달했는데 태평군이 여러 지방을 거치면서 그 숫자는 급속히 증가했다. 기아에 시달리는 백성들에게는 그들이 내세운 종교에의 신앙보다 먹을 것과 입을 것을 해결해 준다는 것이 가장 큰 유혹이었다.

그들은 청나라 전통 머리모양인 변발을 하지 않고 머리를 길러 장발적(長髮賊)이라고 불렸다. 복장도 한족의 전통복장을 입어 만주족과 구분했다. 홍수전은 많은 무리가 따르게 되자 체계화ㆍ조직화할 필요를 느껴 『주례』를 바탕으로 홍수전이 천왕(天王), 양수청은 동왕, 소조귀는 서왕, 풍운산은 남왕, 위창휘는 북왕, 석달개를 익왕이라 하고, 각왕 밑에는 자신들의 막료를 두었다. 이들 가운데 가장 정치적 감각이 뛰어난 동왕 양수청이 실질적 통수권을 가졌고, 천왕 홍수전은 점차 명목상의 교주가 되어 갔다.

그 후 태평군은 겹겹이 포위한 청나라 군대를 뚫고 후난성으로 진격했는데, 그 세력은 마치 구르는 눈덩이처럼 갈수록 커져 이듬해 우창(武昌), 한양(漢陽) 등 양쯔강 중류유역의 요충지가 함락되었다. 이때 태평군은 2백만 명에 달했고, 수륙 양군이 연안을 따라 난징을 공격해 정부군과 치열한 전쟁을 벌였다.

태평군은 지하도를 파 성벽을 돌파할 것을 기도했으나 청나라 또한 참호를 파 지하도를 방어했다. 난징에 주둔해 있던 3만 명의 청군은 결사의 항쟁을 벌였으나 1853년 2월 11일, 태평군에 의해 함락되었다. 진톈춘에서 1만여 명으로 봉기한 태평군이 난징을 점령할 때 전투병력수는 모두 210만 명이었는데 그 중 여자 태평군은 30만 명을 넘었다. 총 전투병력의 성비 중 여군의 수가 전체의 7분의 1에 달하는 경우는 동서고금의 전쟁사에서 보기 드문 예라고 할 수 있을 것이다.

홍수전은 난징을 '하늘의 서울'이라는 뜻으로 즉 천경(天京)이라 정했다. 태평천국의 건설을 착수하는 이때 발표된 '천조전묘제'(天朝田畝制)는 태평천국이 지향하는 평등주의의 이상사회상을 제시한 제도였다.

태평천국의 최고수뇌부는 녹림 협객 출신 아니면 사회 최하층민 출신이었다. 이들 비밀결사 연합은 길고 긴 봉건 전제정치의 통치와 압박, 가혹한 수탈과 착취에 신음하다가 분연히 궐기했다고 볼 수 있다. 태평천국 혁명의 타도 대상은 지주, 관료, 상인, 고리대금업자, 그리고 이들의 기반이 되고 있던 전제왕조였다. 대륙의 남반부를 무려 14년 동안 점령, 통치할 수 있었던 태평천국의 가장 큰 매력은 뭐니뭐니 해도 역시 평등사회구현의 혁명이념이었다.

태평천국이 이상으로 삼는 사회는 원시 기독교적 평등주의였다. '땅이 있으면 모두 똑같이 농사를 짓고 밥이 있으면 모두 똑같이 먹고 옷이 있으면 모두 똑같이 입고 돈이 있으면 모두 똑같이 쓴다'는 사회다.

의식주는 물론 재판으로부터 관리의 임면, 등용, 축출에 이르기까지 균등 공평하게 행해진다. 만사에 불균등 불공평을 경험해 온 빈곤한 농민이나 유민에게는 균등 공평을 기본으로 하는 태평천국이 매력 있음은 당연했다. 태평천국을 한층 매력적인 것으로 한 것은 엄격한 규율의 비밀결사 조직이었다.

두 차례의 난징대학살

청조 말 중국천하는 작은 폭동으로 말미암아 벌집을 쑤신 듯했다. 따라서 만일 이 폭동을 조직화하는 능력의 소유자가 나타난다면 청조가 당장 그 존속을 위협받을 만한 대규모의 전국적 혁명으로 확대될 개연성은 충분히 있었다. 그러한 반정부적 비밀결사 총연합의 조직자로서 나타난 영웅협객이 홍수전이었다. 그러나 그가 1864년 난징이 포위된 후 불행하게도 죽음에 따라 혁명도 실패하였다.

그 실패의 원인을 요약한다면 혁명공약 제1조라고 할 수 있는 토지의 평균주의적 분배 약속의 불이행에 따른 농민들의 실망 및 혁명 지도세력의 내부 분열, 의병의 형태로 무장한 사대부세력의 반발과 외세의 개입이다.

그러나 무엇보다도 난징 정착이 가져다 준 안정 속에서 태평천국은 지도층의 내분과 기존 왕조와 다를 바 없는 봉건화에 빠졌다. 홍수전은 옥새를 만들고, 백성들에게 만세를 부르게 하고, 천왕으로서의 권위를 과시하고자 미녀 18명을 뽑아 후궁으로 삼는 등 중국의 역대 제왕과 같은 행태를 추구하였다. 이것은 다른 지도부자들간에도 거의 마찬가지였다. 그들은 백성들에게는 전제와 금욕을 설교하며, 의식주에 필요한 것과 예배할 때 바칠 약간의 돈을 주고 자신들은 공동의 돈으로 사치를 즐겨 신앙의 열정과 평등사상은 이미 희박해졌다. 그러므로 '요마(妖魔)의 타도'라는 목표를 향해 전진하던 이들 태평군의 종교적 결집은 약화되고, 지도층간의 내분으로 자멸에 이르렀다.

청나라의 진압군은 '하늘의 서울' 난징의 남녀노소를 불문하고 대학살을 자행하니 이때 죽은 사람이 20여만 명이라고 한다. '하늘의 서울'이 '지옥의 서울'로 변하였다. 20세기 일본이 자행한 난징대학살에 비유한다면 이것은 19세기의 난징대학살인 셈이다. 청나라의 군대가 홍수전의 황궁을 소탕하러 갔을 때 거기에는 반조각의 공자의 위패도 없었다. 다만 쯔진청 타이허뎬(太和殿)보다 한층 사치스러운데다가 거대하고 무거워 운반하기조차 없는 용상만 있었다고 한다.

시인과 암탉은 배가 고파야만 운다. 포난생음욕(飽暖生淫欲), 편안하게 잘 살면 방탕해진다고 한다. 물 좋고 산 좋고 경개 좋고 인물 좋고 어디 하나 빠진 곳 없이 살기 좋은 땅. 난징은 풍요로움 그 자체다. 그러나 평생을 치열한 의협정신으로 살고 죽기를 각오한 영웅이라면, 난징은 오래 머물 땅이 못 될 것 같다. 혁명군의 입장에서 볼 때 난징은 죽기 전에 이미 죽는 곳이며 육체는 살이 찌나 정신은 썩어지는 곳이다. 정신적으로 죽은 지 이미 오랜 한 영웅이 비로소 육신의 생을 마감하면 그 시체의 온기가 식기가 무섭게 무수한, 무고한, 무심한 백성들의 대학살의 혈하(血河)가 장강으로 흘러나왔던 곳이다.

태평천국 역사박물관을 이어 관광객들의 대열에 섞여 무심코 따라간 또 다른 관광지 '남경대학살 기념관', 거기서 나는 30여만 명의 무구한 인명을 단 한 달 만에 살육해버린 일제 만행의 거증물을 목도하였다. 거기서 나는 지옥을 보았다. 악마를 보았다. 임산부의 배를 도려내면서도, 일본도로 소년의 목을 잘라내면서도 그들은 싱글벙글 웃고 있었다. 기념관 앞 광장으로 뛰쳐나온 나는 명치께 부근 뭔가 심하게 엉키고 뭉친 걸 풀어내고 싶었다. 그러나 그것은 한 줄기 눈물로는 쉽게 뽑아낼 수 없었다. 인간에 대한 절망을, 역사에 대한 분노를, 창자까지 쏟아낼 듯한 토악질로 마구 해댔다. 어느 지랄같이 무더운 여름날 난징에서였다.

협객의 무대 량산포를 찾아서

인육만두를 빚은 야차녀와 수호전 108 영웅

나그네가 어찌 무사히 십자파(十字坡)를 지나갈 수 있겠나, 살찐 자의 고기는 만두속에 넣어지고 깡마른 자는 하천에 던져질 텐데.

장청(張靑)은 원래 량산포(梁山泊) 근처의 광명사라는 조그만 절에서 채소밭을 일구던 자였다. 어느 날 그는 사소한 말싸움 끝에 중을 살해하고 절도 불태워버린 후 산적이 되었다. 한번은 장청이 숲길을 지나가는 한 노인을 위협하고 물건을 강탈하려 했다. 하지만 그 노인은 비전(秘傳)의 암기(暗技)가 특장인 자오문파(子午)의 장문이자 인육만두집 노처녀 손이낭(孫二娘)의 아버지였다. 장청은 힘만 믿고 달려들다 단 20여 합 만에 무릎을 꿇고 말았다. 상대를 잘못 만나도 한참 잘못 만난 것이었다.

"노 대협, 어서 소인의 목숨을 거두어주시오."

모든 것을 체념한 장청의 귀에 노인의 목소리가 날카롭게 파고들었다.

"내 딸 손이낭과 결혼한다면 네 놈의 목숨만은 살려주겠다."

장청은 목숨을 보전하는 대가로 그 노인의 사위가 되어야 했다. 손이낭은 강호에서 '야차녀'라는 별명으로 통했는데 서른이 넘도록 시집을 못 간 노처녀였다. 자칫 자신의 살덩이가 아내의 아침식사용 만두속으로 변해버릴 수도 있다는 우려였을까. 주위의 장정들은 아무리 아쉽고 급하더라도 손이낭만 보면 꼬리를 내린 강아지처럼 꽁무니를 빼기 바빴다.

'손가주점'의 스페셜 만두

장청은 장인의 도움으로 지금의 산둥성 범현(范縣) 남쪽 황허변 부근인 십자파에 '손가주점'(孫家酒店)을 차렸다. 그는 아내 손이낭의 처녀시절 만두집 운영의 핵심 노하우, 즉 "원료를 사람고기로 충당한다"를 그대로 계승하였다. 요새로 치자면 손가주점은 식당과 호텔은 물론 정육점까지 겸한 퓨전 종합 숙박요식업소였다.

장청과 손이낭, 그들 신혼부부는 손가주점에 찾아든 손님들을 수면제를 탄 술과 음식으로 기절시킨 후 돼지 잡듯 사람을 잡았다. 그러고는 큰 덩어리의 살점은 황소고기로, 자잘한 부스러기와 피는 만두속으로 만들어 팔았다. 재료비가 거의 들지 않아 손가주점은 나날이 번창했다.

그러던 어느 날 강호에 무송이 서문경(西門慶)과 반금련(潘金蓮)을 죽이는 일이 발생했다. 제아무리 무송이 호랑이를 맨손으로 때려죽인 호걸이고, 또 규율이 썩어빠진 관아라 하더라도 살인죄는 눈감아 줄 수 없었다. 결국 무송은 두 포졸에 의해 관헌으로 압송되었는데, 그들 일행은 십자파 손가주점에서 묵게 되었다.

무송이 만두를 먹다말고 투덜거렸다.

"주모, 만두속에 사람 털이 들어 있어, 마치 그곳의 털 같소."

손가주점의 여주인 손이낭이 야차처럼 소리도 없이 그들 앞에 나타났다. 가늘게 찢어진 눈꼬리에 차가운 미소를 흘리며 대꾸했다.

"아이, 손님! 농담이 심하시네, 뒤뜰에 나무그늘이 좋으니 거기서 푹 쉬세요."

두 포졸과 무송은 뒤뜰 평상에 편히 앉아 손가주점의 명주를 들이켰다. 술맛은 매우 향기롭고 그윽했으나 하나둘씩 땅바닥으로 굴러 떨어졌다.

"꼴좋다, 이놈들! 힘깨나 쓰는 놈 같은 이놈은 체격이 좋으니 황우고기로, 저기 말라깽이 두놈들은 물소고기로 처분해야겠다. 얘들아! 너희들은 우선 저 두 놈들을 부엌으로 끌고 가 껍질을 벗겨라, 감히 나를 우롱한 요놈은 내가 직접 처분해야겠다."

손이낭은 초록 저고리와 붉은색 겉 치마를 벗던졌다. 그녀는 사람 잡을 때 반드시 속옷차림이 된다. 피가 튀어 옷을 버릴까 그런 것이다. 손이낭은 한 손에 식칼을 움켜쥔 채 죽은 듯 나자빠져 있는 무송을 주방 쪽으로 끌고가려 했다. 바로 그때 무송은 마치 큰 구렁이처럼 사지로 손이낭의 전신을 꼼짝달싹 못하도록 감아버렸다. 손이낭의 가냘픈 목뼈가 무송의 팔뚝 힘에 꺾어지려는 순간 그녀의 남편 장청이 나타났다. 장청은 머리를 땅바닥에 찧으며 애원했다.

"무대협, 한 번만 저희 부부를 용서해주시오."

무송은 장청이 겪어온 그간의 내력을 듣자 그들 부부에 대한 적의가 눈 녹듯 사라졌다. 자신의 처지와 흡사하여 동정심이 일었다. 급기야 그들이 강호에서 오랫동안 고락을 같이해온 동지로까지 여겨졌다. 무송은 당장 장청을 대형으로, 손이낭을 형수로 고쳐 불렀다.

"아까 제가 술을 한 방울도 마시지 않고 뱉어버린 것은 아마 대형과 함께 의형제를 서약하는 술을 마시려고 그랬나 보오. 아참 장대형, 두 포졸들이나 살려주시오. 그들이나 우리 신세나 피장파장이오."

장청 부부는 무송을 주방으로 안내하였다. 벽화를 그리듯 검은 핏자국으로 물든 주방 벽에는 인피(人皮)가 여러 장 걸려 있었고 기둥에는 잡은 지 며칠 안 되어 보이는 대여섯 개의 사람다리가 매달려 있었다. 무송은 대형 도마 위에서 정신을 잃고 널브러져 있는 두 포졸을 깨워, 어디론지 멀리 사라지라고 일렀다. 가마솥에는 뜨거운 물이 펄펄 끓고 있었다. 손가주점 종업원들은 그 끓는 물로 두 포졸들의 껍질을 벗길 작정이었다.

훗날 장청부부는 무송의 주선으로 량산포 경내 행화촌(杏花村)에서 '서산주점'(西山酒店)을 열었다. 장청과 손이낭은 108협객 서열중 각각 제66위, 67위를 차지하였다. 서산주점은 량산포 협객들의 직영식당 겸 영빈관이었던 셈이었다.

그들 부부는 '서산주점'에서도 '손가주점' 때처럼 사람고기로 만두를 빚었을까? 그것에 대한 이야기는 『수호전』에도, 그 밖의 야사에서도 확인할 수 없어 좀 아쉽다.

무슨 까닭인지 모르지만 량산포 부근과 산둥성의 웬만한 호텔 (중국에서는 호텔을 주점 또는 반점이라고 한다) 이름 중에는 서산주점이라고는 단 하나도 없다. 한두 개 있을 법도 한데……

그런데 2000년 말, 나는 산시성 타이위안의 3성급 호텔 서산주점에서 하룻밤을 묵은 일이 있다. 그 서산주점에서 아침식사로 먹은 만두가 유난히 맛있었던 것으로 기억되는데……

량산포의 실세는 흑선풍 이규

2000년 5월 초, 중국의 노동절 연휴기간에 나는 『수호전』의 무대 량산포를 찾아가보았다.

량산포를 중심으로 동쪽은 타이산이고, 서쪽은 공자의 협객출신제자 자로의 고향 푸양(濮陽)이다. 또한 남으로는 농민봉기군의 영수 황소를 낳은 거야(巨野), 북으로는 중화문명의 탯줄 황허이다. 이들 협객과 관련된 동서남북의 각 거점이 지척에서 량산포를 호위하듯 둘러싸고 있다.

지난(濟南)에서 남서쪽 황허 변으로 나란히 난 220번 국도를 두 시간쯤 따라가다 보면 왼쪽 시야에 량산포의 중심 량산(梁山)이 나타난다. 량산의 최고 높이는 고작 해발 197미터. 산이라고 할 수 없을 만큼 낮으나, 광막한 서부 산둥성 평원에 우뚝 솟아 있다.

『수호전』은 북송말(1121년) 송강(宋江)을 수뇌로 일어났던 농민봉기에 역사적 근거를 두고 있다.

하지만 사실 3, 허구 7의 『수호전』은 크게 보아 우리의 『홍길 동전』이나 『임꺽정전』과 별 다를 바 없는 무협역사소설이다. 그 런데도 중국 특색적 시장경제체제하의 중국 정부는 『수호전』의 량산포를 실제 역사 유적지 뺨치는 관광지로 꾸며 놓고 국내외 『수호전』 애독자들을 유치하는 데 혈안이 되어 있다.

그리고 지금의 량산포는 산과 물이 서로 교차하여 베를 짜내듯 8백리 절경으로 상상했다면 실망하기 십상이다. 이제 량산포는 호수와 운하로 둘러싸인 천혜의 요새가 아니다. 천년 세월은 축 축한 '량산포'에서 '포'(泊)의 수분을 앗아가 이제 산 경치 위주 의 '량산'만 남게 하였다.

량산포 입구 매표소로부터 완만한 경사의 오솔길을 따라 올랐 다. 고만고만한 봉우리가 계속 이어 있고 군데군데 절벽과 계곡 이 심심하지 않게 어우러져 량산은 밖에서 보기보다 속이 꽤 깊 은 산이라는 느낌이 들었다.

삼면이 벼랑인 언덕 꼭대기에는 동그마니 한 정자가 나타났 다. 흑선풍 이규(李逵)가 도끼와 술잔을 들고 놀던 흑풍정(黑風 亭)이다. 그 송나라 양식의 아담한 정자는 1989년 몰아닥친 회 오리바람에 날아가버렸다는데 그 자리에 다시 세워진 것이라고 한다.

흑풍정을 지나 남쪽 언덕을 호를 그리며 올라가는 길, 맞은편 절벽 정상에는 거대한 이규의 동상이 서 있다. 시커먼 얼굴에 쌍 도끼를 치켜들고 불청객의 목을 금방이라도 찍어버리기라도 할 듯한 모습이다.

"하필이면 이규의 동상일까? 조개(晁開)나 송강, 또는 무송(武

松)이나 노지심(魯智深)도 아니고?"

이런 의문을 품고 내 발걸음은 흑풍구(黑風口)에 닿았다. 거기가 량산포의 심장부로 이르는 최종 관문이다. 흑풍구는 항상 바람이 거세게 불기에 웬만한 바람이 불더라도 모두 무풍(無風), '바람이 없다'라고 한다. 머리통을 날려버릴 듯한 돌개바람이 몰아쳐야 비로소 유풍(有風), 즉 '바람이 있다'라고 한다. 하지만 흑풍구에서 일부러 발걸음을 멈추고 기다렸는데 바람은 한 점도 불어오지 않았다.

'흑풍정, 흑선풍의 동상, 흑풍구……량산포 산채의 서열 1위 송강은 어디 가고, 고작 서열 22위 이규만이 흑선풍을 일으키고 있는 건가?'

뒤늦게 안 사실이지만 중국인들은 대개 유비같이 우유부단한 송강보다 장비처럼 화끈한 이규를 좋아한다. 마오쩌둥도 량산포 영웅 중 이규를 제일로 쳤다고 한다. 이규는 량산 협객들 중 사회의 최하층 농민출신이었고, 지주계급에 대한 원한이 가장 깊은 인물이었다. 이규가 량산에 오른 것은 순전히 자발적이고 주동적이었다. 사형장에서 송강을 구할 때 처음 량산 협객들을 만났으나 이규는 자기를 당연한 량산포의 성원으로 보았다.

중국 협객사의 보금자리

흑풍구를 들어서니 동그마한 고원지대가 펼쳐지고 곧이어 꽤 큰 집채 하나가 시선에 꽉 들어찼다. 송강채(宋江寨)다. 량산포 협객세계의 청와대나 백악관인 셈이다. 그러나 이름과는 달리 송강채는 서열 1위 송강 혼자 살았던 게 아니다. 량산포 108영웅 중 서열 12위 이상의 영웅들이 함께 거처했던 곳이다. 이것은 마치 지금의 중화인민공화국의 중난하이(中南海)가 장쩌민 총서기 1인의 가족만이 거처하는 곳이 아니라 정치국 상무위원 7인의 식구가 들어있는 것과 비슷하다. 1인 독재체제가 아니라 집단지도체제였다. 송강채의 남쪽에는 협객들의 종합청사 격인 충의당(忠義堂)이 있다. 충의당에는 송강과 노준, 오용의 상을 서열순으로 모셔 놓았다.

량산포의 과도기 수령 조개가 사문공의 화살에 죽게 된다. 송강은 사문공을 잡아죽이고 그의 간을 꺼내 조개의 영전에 바친 후, 산둥의 도적 세력들을 통합한다. 조정의 토벌을 막고 108호걸이 모두 모인 자리에서 송강은 고한다.

"내 죄를 짓고 산에 올라온 후 여러 형제의 도움을 입어 산채의 주인이 되었거니, 그동안 싸우면 반듯이 이기고 치면 반듯이 취하니 이것은 모두 하늘의 뜻이오."

옆에 있던 오용이 말했다.

"하늘에 제를 올려 이에 대한 은혜를 보답하는 것이 마땅합니다."

송강은 옳다 여기고 길일을 골라 단을 쌓고 제를 지내니 멀쩡하던 하늘에 한 줄기 빛이 내려오더니 땅으로 내려앉는 것이 아닌가?

군졸들을 시켜 즉시 빛이 내리는 곳을 조사해보니 비문이 나오는 것이 아닌가?

비문에 써 있는 글을 읽으려 했으나 워낙 난해한 문자였기 때문에 고심하던 때, 량산포에 하(河)도사라는 사람이 나타나 이를 해석해준다.

"이 돌 위에 새겨 놓은 것이 모두 호걸들의 이름이고, 모서리 한편에는 '체천행도'(替天行道) 넉 자, 다른 한편에는 '충의쌍전'(忠義雙全) 넉 자입니다."

하늘에서 내려온 돌에 자신들의 이름이 씌어 있다는 것에 놀란 량산포 호걸들은 모두 무릎을 꿇고, 송강은 하늘에 고했다.

송강이 이제 형제를 량산에 집결하여 모두 108인이니, 위로는 하늘에 응하고 아래로는 인심에 맡겼나이다. 만약 앞으로 각 개인이 어진 마음을 버리고 대의를 끊는 일이 있다면, 바라옵건대 천지도 신인(神人)도 우리를 함께 멸하소서!

량산 동쪽 기슭의 숲을 행화촌이라고 한다. 사람고기로 만두를 빚어 팔던 장청과 손이낭 부부가 서산반점을 차렸던 곳이라고 전한다. 또한 량산포, 여기서 협객들은 힘 있는 자를 무찌르고 약한 자를 도왔다. 의를 중시하고 재물을 가볍게 여기고 같이 죽고 같이 살았다. 량산포는 한마디로 정사와 야사가 결혼하여 낳은 중국 협객사의 보금자리였다.

내 혁명의 교과서

정강산의 마오쩌둥과 량산포의 이규

야심한 밤이다. 열 살이 되었을까 말까, 앳된 한 소년이 침상에서 일어나 조심스레 등잔을 켠다. 부모의 방으로 통하는 문을 담요로 가린다. 불빛이 새어나가지 않도록. 그리고 등잔불 옆에서 밤새 뭔가를 읽는다.

소년은 그 책 속의 주인공들의 삶과 모험, 음모와 전략을 읽어나가면서 황홀에 가까운 상태로 새벽을 맞는다. 그 소년의 이름은 마오쩌둥이다. 그 책은 읽어서는 안 될 금서『수호전』이다.

매일 밤 소년 마오의 가슴은 108호걸들이 집결하여 불의와 압제에 항거하는 량산포가 된다. 흑선풍 이규와 수령인 송강, 표창을 잘쓰는 임충(林沖)과 62근의 철봉을 무기로 쓰는 파계승 노지심, 모란으로 먹물뜨기를 한 미남청년 연청(燕靑) 등 호걸들의 이야기가 종횡으로 소년의 가슴에 불꽃을 일으킨다. 특히 그 108영웅들이 량산포에 모여 '하늘을 아버지로 삼고 땅을 어머니로 별을 형제로 달을 자매로 삼아' 피를 얼굴에 바르고 맹세를 한다. 더불어 악정(惡政)에 목숨을 걸고 저항을 서약하는 예식은 소년의 의식 속에 하루도 빠짐없이 계속되었다.

『수호전』은 부패한 조정에 맞서 저항하고 투쟁하는 민중들의 기록이었기에 청나라 때부터 읽어서는 안 되는 금서였다. 그러나 행상들은 책을 집집마다 가져다 주었고, 소년들은 모두 그 이야기와 영웅들을 기억하고 있었다. 금지칙령에도 불구하고 닳아 없어질 때까지 읽혔다. 그러나 마오가 다른 소년들과 다른 점은 반란, 특히 농민의 반란행위와 자신을 동일시한다는 점이다.

혁명의 씨앗

소년시절 마오는 쉽게 암기는 했지만 유교의 경전을 좋아하지 않았다. 그는 『수호전』을 서당에서는 『사서삼경』으로 가린 채 읽었고, 집에서는 일하는 틈틈이 대낮의 햇빛을 피해 나무 아래서 읽었다. 따지고 보면 중국의 고전소설 『수호전』이나 『삼국지연의』는 사실을 위장하려는 시도가 없는 소설화된 역사라고 할 것이다. 전략과 전술에 관한 이야기, 어떻게 전쟁에서 승리하며 어떻게 정치적 계획이 꾸며지는가에 관한 이야기는 세세대대 구별없는 사랑을 받아왔으며 변함없이 좋아하는 소설의 뼈대인 것이다.

1906년 가을, 소년 마오에게 깊은 인상을 남기는 사건이 일어났다. 후난성과 쓰촨성의 농민들 간에 가장 널리 퍼져 있는 비밀결사 가로회(哥老會)가 무장봉기를 일으켰다. 가로회는 무기밀반입과 관련하여 쑨원의 반청 혁명조직인 동맹회(同盟會)와 긴밀한 관계를 유지해오는 비밀결사였다. 이에 크게 놀란 후난성 도

독은 관군을 보내 진압하자 가로회 장당은 후난성의 깊은 산중인 유산(溜山)으로 달아났다. 이러한 산악거점으로의 철수는 『수호전』 등 역사소설에서 찬양되는 농민봉기의 특징이었다. 이 사건으로 마오는 과거의 영웅적 행위가 그 자신의 마음에 영향을 주는 실제적이고 구체적인 사건 속에 재현되었다고 생각했다. 마오는 그 사건을 자기와 관계가 먼 무엇으로서가 아니라 밀접한 개인적 관심사로 보았다. 그때 그에게 역사는 정의로운 것, 전제자와 착취자에 반항하는 정당한 대의를 지는 반란의 대전통으로 보였다. 마오는 짓눌린 자, 박해받는 자들과 거의 의무에 가까운 일체감을 가지게 되었다.

마오는 17세가 되어서야 부모의 완강한 반대를 무릅쓰고 후난성의 둥산(東山)소학교에 입학하였다. 그날 그가 어깨에 둘러메고 간 두 보따리 중의 하나에도 어김없이 『수호전』이 들어 있었다.

고등학생 나이에 지금의 초등학교 1학년에 입학한 마오는 어린 급우들에게 량산포에 자리잡은 도둑들에 관한 기담(奇談)의 권위자가 되었다. 그는 『수호전』을 중국역사의 정통의 맥으로 믿고 있었다. 그것도 어렴풋이 믿는 게 아니라 의심의 여지 없는 확신으로 굳게 믿는 것이다. 그러나 학교의 선생님은 그렇게 가르치질 않았다. 그에 의하면 그것들은 야사에 불과했다.

마오는 이에 정면으로 대립하였다. 선생님의 주장에 불복했을 뿐 아니라 선생님을 몰아내고 나아가 교장까지 탄핵하고자 시장에게 청원할 학생들의 서명운동을 벌였다. 그렇지만 어린 학생들의 호응도는 낮았다. 결국 마오는 크게 실망하고 말았다. 이런 일이 있은 이후 그는 자퇴를 결심하기에 이르렀으며 우여곡절 끝에 후난 제1사범학교에 입학하게 된다.

마오는 학교의 정규교육이 가르치는 중국문화의 유림 위주의 경서보다 그 이면의 무림과 녹림의 잡서류에 훨씬 더 많은 흥미를 갖게 되었다. 그리하여 읽은 책의 내용이 현실적 욕구불만의 새로운 분출구를 마련해줌으로써 권력에 대한 관심을 불러일으켰다. 급기야 혁명적인 삶으로의 신념을 굳힌 결정적인 계기가 되었다고 볼 수 있다.

징강산의 송강과 이규

중국인들은 노인들이 그러하듯이 먼 기억이 가까운 기억보다 더욱 뚜렷한 경향이 있다. 중국인들은 전통적으로 역사적인 사고를 하는 사람들로서, 그들의 기억은 특수하면서도 역사적인 것이다. 대부분의 중국인들은 기원전 800년부터 중국사에 등장하는 인물의 이름을 최소한 몇 백 개는 기억해낼 수 있다. 단지 이름뿐만 아니라 그들의 관계, 행적, 말까지도 기억해 낼 수 있다.

사건과 자신과의 관계에 관한 마오의 인식은 역사적이었다. 그것은 추상적이고 자기중심적이며 고립된 것이 아니었다. 이런 사실성을 마오는 몇 년에 걸쳐 발전시키게 되지만, 이는 그의 기질에 내재하고 있는 것이었다. 그에게 과거와 현재 사이에는 어떠한 단절도 존재할 수 없었으며 오직 연속만이 존재할 뿐이었다. 그리고 그도 그 많은 농민들처럼 기억력이 뛰어났다.

1927년 6월, 당시 34세의 마오는 현대판 중국비밀결사 공산당의 소장파 주요간부가 되어 있었다. 또한 회원수 약 1천만 명의 회원을 거느리는 '전국농민협회' 회장이 되어 있었다. 그는 소련의 지배를 받는 정규 중국 공산당 조직을 활용하기보다는 자신이 직접 조직해놓은 수없이 많은 농민혁명 비밀결사의 외곽조직을 활용하였다. 농촌의 혁명 역량으로 도시를 포위하자는 것처럼 자신이 주도한 수많은 농민 비밀결사들의 역량을 총집결시켜 정규 공산당 조직을 포위 장악하였다. 그 해 마오는 휘하의 '전국농민협회'의 무장 역량으로 추수폭동을 일으켰으나 많은 희생자를 내고 실패하였다.

그리하여 마오는 그의 필생의 교과서 『수호전』의 량산포가 가르치는 대로 징강산(井岡山)에 올랐다. 그가 패잔병을 이끌고 남쪽으로 도망치던 중 이들을 보다 안전하게 휴식시키면서 투쟁조직으로 다시 편성하는 데에는 산악 근거지가 낫겠다고 생각했다. 그렇다면 징강산이 가장 적합한 곳이라고 생각하였다.

마오가 징강산을 오르는 과정과 108영웅이 량산포로 들어가는 동기는 몇 번의 거사가 실패한 것과 당시의 집권파들과 지방 군벌들의 박해를 견디다 못해 택한 것이라는 공통점이 있다.

징강산은 솟아오른 연봉 가운데 있는 거대한 천연요새로 바위, 험한 암산, 골짜기가 무질서하게 얽혀 있는 곳이었다. 장시와 후난성 사이에 가로누워 있는 뤄자오(羅宵) 산맥의 일부였다. 징강산은 다섯 개의 우물이 있어 붙여진 이름이라고 한다. 산꼭대기에 있는 다섯 개의 마을 이름도 역시 우물이름에서 따왔다는 것이다. 명나라 무종(武宗) 때 무인이었던 주호(朱濠)가 난창(南昌)에서 반란을 일으켜 실패하자 피신했던 곳으로 살해된 이후 오랫동안 사람이 살지 않은 황폐한 산이었다.

징강산의 주봉은 광둥성과 후난성과 장시성을 한눈에 내려다 볼 수 있다.

중국 현행 화폐의 최고액권인 100위안에서도 징강산의 모습을 찾을 수 있다. 주봉은 둘레가 270여 킬로미터에 이르는 분지를 형성한다. 불과 몇 사람밖에 못 지나갈 정도로 좁은 다섯 개의 고개가 높이 1,650~1,850미터 정도의 풍화된 중앙의 고원으로 통하고 있었다. 숲이 우거진 깊은 산에는 다섯 지점의 요새지가 있어 그곳을 굳히기만 하면 웬만한 외부의 침입은 다 막을 수 있는 방어의 요충지로 알려지고 있다. 산꼭대기의 자그마한 평지에는 이곳 주민들이 야채나 약초나 차를 심어 생계를 잇는 밭을 일구어 놓았다. 그러나 이것만으로 생활을 꾸려나가기힘들어 먼 지역의 도시를 습격해 약탈을 주업으로 삼는 천지회(天地會) 계통의 비밀결사로 조직화된 산적에 의해 지배되고 있었다. 징강산은 『수호전』의 량산포와 마찬가지로 원래의 산적이 근거하고 있었던 곳이다.

원래 량산포에는 왕윤, 두천, 송만 등 산적두목 셋이 7,8백 명의 부하를 이끌고 각 지방을 약탈하고 다녔다. 량산포에 당도한 임충은 네번째 두목의 지위를 얻었다. 훗날 윈청(雲城)현 대협 조개와 송강 등이 가입하려고 했을 때 왕윤은 달가워하지 않았다. 자신의 지위를 지키기에 급급해 좋은 말로 나머지를 타일러 조개 등을 쫓아내려고 하였다. 이전부터 째째한 근성을 지닌 왕윤에 대하여 치밀어 오르는 화를 참지 못하고 있던 임충은 자신도 모르게 버럭 화를 냈다. 그리고 말다툼 끝에 왕윤을 한 칼에 찔러 죽이고 말았다. 그러고는 조개를 수령으로 앉혔다. 얼마 안가 조개가 세상을 떠나자 송강이 그 뒤를 이어 총두령(總頭領)이 되었다.

마오가 오르기 전의 징강산에도 전직 중학교 교사 출신인 원원차이(袁文才)와 재단사인 왕쉰(王順)에 의해 지휘되고 있었다. 그들은 잘 훈련된 6백여 명의 산적과 1백 20정의 총을 보유하고 있었다. 그곳에 정착하기 위하여 마오쩌둥은 먼저 원원차이 및 왕쉰과 협상을 벌였다. 마침내 이들과의 교섭에 성공한 마오쩌둥이 곧 원원차이와 왕쉰과 차례로 형제를 맺고 이들 두 사람도 부하를 이끌고 마오쩌둥 일당에 가담하여 왔다. 마오쩌둥은 함께 입산한 800여 명의 인원과 80정의 총으로 이루어진 잔여병력과 새로 가담한 산적들을 모아 2개 대대의 군사관제로 조직을 가다듬었다. 원원차이와 왕쉰을 각각 대대장에 임명하는 한편, 자신은 그 위에 군림하는 사령관임을 자처하였다. 마치 그가 어린 시절에 그렇게도 애독했던『수호전』에 나오는 산적들의 소굴에 은신처를 정하고 그 두목이 된 셈이다.

마오는 량산포 108영웅 중 서열 22위인 이규를 제일 경애하였다. 이규는 봉건 지배계급에 대하여 추호의 환상도 품지 않았다. 그는 탐관오리뿐만 아니라 황제와도 감히 싸우려 하였다. 이 점에서 이규는 가장 철저한 혁명가였다. 이규는 "카이펑으로 쳐들어가 황제의 자리를 빼앗자"고 외쳤다. 은천석이 시진의 주택을 강점하였을 때 시진은 자기에게 타당한 이치가 있으니 관청에 가서 송사하자고 했다. 그러나 이규는 "조례! 조례! 아직도 그걸 믿을 수 있으면 천하가 이처럼 혼란하지 않을 걸" 하며 당장에 은천석을 때려 죽였다.

그는 송강의 투항 노선을 강력히 반대하였다. 송강이 대취의 연회에서 "황제께서 조서를 내리시어 일찍 투항하면 만족하겠노라"고 하였을 때 이규는 술상을 때려 엎으며 "투항, 투항, 무슨 빌어먹을 투항인가!"라고 외쳤고 진태위가 황제의 조서를 가지고 량산포로 투항시키로 왔을 때 이규는 그의 조서를 찢어버렸다.

그러나 이규는 송강을 끝까지 따랐다. 송강이 주는 독주를 마시고 죽게 되었을 때 마지막 한마디,

"송강 형님, 다시 반란을 일으키시오. 다시 량산포에 오르는 것이 도리어 통쾌하겠소! 이 간신들 밑에서 욕을 보기보다 낫겠소!"

마오는 이규의 유언을 뼈에 새겼다. 량산포나 징강산이나 그들이 내건 깃발은 비슷했다. 그들의 이상적 사회는 귀천의 구별이 없으며 천하에 한계가 없었다. 다른 성씨도 한 집안인 평등하고 화목하며 활기에 차 있었다. 관리들의 핍박에 못 이겨 백성들이 폭동의 길로 나선 것이다. 즉 봉건통치계급의 박해로 인하여 농민과 기타 핍박 계층의 민중들이 무장반란의 길로 나서게 된 사회현실을 반영한 것이다.

그러나 량산포와 징강산의 두 최고지도자는 달랐다. 마오가 량산포의 영웅 중 극도로 혐오했던 인물 넘버원은 송강이었으며 평생의 반면교사로 삼았다. 징강산 마오의 눈에는 량산포 송강은 관방 유교사상과 군왕에게 충성하는 봉건지배계급의 도덕 관념의 노예였다. '충의'는 송강의 투항주의 노선의 사상적 기초였고 량산 봉기군을 얽어맨 사슬로 보였다.

마오는 후일 문화대혁명 때 『수호전』을 농민전쟁을 형상화한 것으로 평가하면서도, 한편 주인공 송강이 황제의 초무(招撫)에 응한 것은 투항주의라고 신랄히 비판하였다. 그는 이것을 당시 우파였던 류사오치(劉少奇)와 덩샤오핑를 실각시키기 위한 구실로도 삼았다.

불씨 하나가 요원을 태우리

역사가 먼저일까 소설이 먼저일까? 이것은 닭이 먼저냐 달걀이 먼저냐보다 어리석은 질문일 것이다. 당연히 역사가 먼저다. 하지만 중국에서는 종종 소설이 실제 역사를 이끌어 왔다. 허구에 가까운 역사소설 『수호전』의 무대 량산포는 실제 역사인 마오쩌둥의 혁명근거지 '징강산' 의 텍스트였다.

『수호전』은 과거 동양인들 속에 널리 애독되고 전파되면서 광범위하고 다양한 영향을 일으켰다. 우선 명청시대의 계급투쟁, 특히 농민봉기에 대하여 막대한 동기부여를 해주었다. 『수호전』은 순전히 탐관오리와 정치부패에 대한 민초들의 반항으로 도처에 강렬한 반항정신이 번득인다. 『수호전』은 한마디로 말해 혁명소설이다.

징강산 녹림협객의 1인자 마오는 유능한 사령관이었으며 군기의 중요성을 인식하였다. 부하들은 산비탈에 굴을 파기도 하고 집 짓는 재목을 자르는 일에서부터 자기들의 총두목으로부터 게릴라 전술을 배우는 일까지 유익하고 중요한 수많은 일에 쫓기고 있었다. 그들은 기관총이나 부전송신기, 야전전화도 없었고 더구나 대포나 야포 등을 가지고 있을 리도 없었다. 계곡과 산허리에 도교의 도관건물이 있었는데, 단지 그곳만이 막사 겸 병원으로 사용되었을 뿐이다.

징강산을 탈환하려던 국민당군의 두 차례 공격을 격퇴시켰다. 1928년 겨울 샤지엔(夏健)의 군대가 봉기와 반란을 일으킨 후에 징강산에는 많은 부하들이 도착해서 이 병력으로 홍군 제5군을 편성하여 펑더화이(彭德懷)가 지휘를 맡았다. 이때 펑더화이 외에도 장정 중 구이저우(貴州)성 쭌이(遵義)에서 전사한 등핑(鄧平)과 1931년 광시성에서 피살된 황공루어(黃恭誥), 덩다이원(鄧戴文) 등이 징강산에 도착했다.

많은 병력과 부대가 몰려오면서 징강산의 형편이 여러모로 매우 어려워져 갔다. 이 20세기 '수호전' 량산포의 영웅들은 겨울옷을 지급받지 못했고 식량난도 극도로 악화되었다. 몇 달 동안 그들은 사실상 호박으로 연명하면서 "자본주의를 타도하고 호박을 먹자!"는 구호를 외쳤다. 자본주의가 곧 지주이자 지주들의 호박이었다.

그러던 1928년 5월 예상도 못한 반가운 손님이 찾아왔다. 주더(朱德)가 박격포와 기관총을 갖춘 수천 명의 군대를 이끌고 징강산으로 올라왔던 것이다. 주더는 한때 윈난 공안국 장관이자 아편중독자였고 또한 많은 처첩을 거느리기도 하였다. 그런데 주더는 놀라울 정도로 변해갔다. 몇 년이 안 돼 충실한 공산주의자가 된 그는 휘하에 수천의 정예군을 거느린 맹장이 되었다.

마오쩌둥과 주더 양군은 징강산 기슭에서 통합식을 거행하였다. 마오쩌둥은 정치방면을, 주더는 군사방면을 각각 맡았다. 그들의 통합된 병력은 신병을 합해 대략 1만 명이 되었다. 이렇게 하여 그 유명한 홍군 제4군이 창설되었다. 마오쩌둥은 만장의 박수를 받으며 아래와 같은 간곡한 연설을 하였다.

동지들!
우리는 적을 피하여 왔다. 적은 멀리 후방에서 두서없이 총을 쏠 뿐이다. 그렇게 쏘는 총이 어떻게 우리를 해칠 수 있겠는가? 우리는 모두 여자의 뱃속에서 태어난 사람이다. 적의 다리가 두 개라면, 우리의 다리도 두 개다.

흐룽(賀龍)동지가 분연히 궐기했을 때는 겨우 부엌칼 두 자루가 무기의 전부였다. 그런데 그는 지금 어엿한 장군으로서 당당한 위용을 자랑하기에 이르렀다. 우리는 지금 두 자루의 부엌칼에 비교하면 매우 훌륭한 무기를 가지고 있다. 무엇을 두려워한단 말인가? 좌절과 실패 없이는 성공 또한 없는 것이다.

징강산에 자리잡은 마오는 소련에 맹종하는 소련식 혁명운동을 반대하고 그의 독자적인 방식, 즉 중국 전통과 『수호전』의 량산포 모델에 기반한 비밀결사조직 방식과 유격전 등에 의하여 농민혁명을 주창하여 대중의 마음을 사로잡으려 하였다.

마오쩌둥은 징강산에서 「징강산투쟁」이라는 글을 당본부에 제출하는 보고서 형식으로 발표하였는데 실제 그 내용에서 혁명의 성격문제와 지도 이데올로기를 명확히 밝히고 있다.

중국은 아직도 확실히 부르주아 민권혁명의 단계에 머물러 있다. 중국의 철저한 민권주의 혁명의 강령에는 대외적으로 제국주의를 타도하고 철저한 민족적 해방을 쟁취하며 대내적으로 도시에서의 매판계급을 몰아내고 토지개혁을 완수하여 농민의 봉건적 상태를 청산해 군벌정부를 뒤엎는 것이 포함된다. 이러한 민권주의 혁명을 거쳐야만이 사회주의로 옮겨갈 토대가 구축될 것이다.

1929년 펑더화이를 징강산에 남겨놓고 주더가 백군의 포위망을 돌파하고 나감으로써 징강산에서 혁명의 불씨는 장시성 전역으로 확산된다. 그들은 이곳에서 초기 공산주의 운동의 열정을 불태우다가 전술의 변경으로 인해 큰 타격을 받을 때까지 이곳을 근거지로 공산주의운동을 벌인다. 징강산에서의 출발은 은거지에서의 추방이기도 했지만 전 중국을 그들의 근거지로 만드는 출발이기도 했다.

징강산투쟁 경험의 결과 마오는 농민혁명 근거지의 수립이 중국 공산주의 혁명의 성공에 극히 중요하다는 사실을 깨달았다. 따라서 마오는 비록 지금 막 건립한 혁명 근거지는 극히 보잘것없다 하더라도 불씨 하나가 능히 요원을 태우듯 장래의 전 중국을 혁명시킬 수 있는 기지가 될 날이 올 것이라 확신하였다.

혁명가는 서로 닮는 법이다

불굴의 기개 이자성·대장정 마오쩌둥·쿠바 혁명 체 게바라

베이징 쯔진청(紫禁城) 북쪽 담장 밖으로 조그만 산이 하나 보인다. 징산(景山)이라 불리는 인공산이다. 1644년 3월 19일 아침, 징산에서 중국사상 전무후무한 비극적 사건이 벌어졌다. 명의 마지막 황제 숭정제(崇禎帝)가 스스로 목숨을 끊은 것이다.

그 전날 3월 18일 도적떼 총두목 '틈왕'(闖王) 이자성(李自成)이 만리장성의 쥐융관(居庸關)을 뚫고 창핑(昌平)을 거쳐 쯔진청을 포위했다. 틈왕은 황제에게 제위를 양도하도록 요구하였다. 황제는 이를 일언지하에 거절하고 황후에게 자결케 한 후 여섯 살 황녀를 손수 참살했다. 다음날 새벽, 황제는 친히 비상종을 쳐 중신들을 불렀다. 그러나 중신들의 모습은 단 하나도 비치지 않았다. 황제는 맨발에 소복차림으로 징산의 수황정(壽皇亭)에 올랐다. 수황정은 얄궂게도 황제의 장수와 황조의 무궁함을 기원하기 위한 정자였다. 황제는 깊은 한숨을 내쉬며 좌우를 둘러보았다. 갖은 아첨을 떨던 만조백관과 갖은 아양을 부리던 여인들은 다 어디로 갔는가. 그의 곁에는 환관 왕승만이 '최후'를 수행하

고 있었다. 황제는 왕승에게 자신의 소복 위에 유조(遺詔)를 받아쓰라고 명하였다.

짐은 죽어 지하에 들어간들 선제(先帝)를 뵐 면목이 없다. 그래서 머리털로 얼굴을 가리고 죽는다. 도적들은 짐의 시신을 갈기 갈기 찢어도 좋고 모두 없애도 좋지만, 다만 능침만은 허물지 말라. 그리고 우리 백성들 누구 한 사람이라도 상하게 하지 말라.

숭정제는 머리카락을 풀어 얼굴을 가린 채로 나무가지에 걸린 흰 비단에 목을 매달았다. 유구한 중국역사가 배출한 적지 않은 '마지막 황제' 중 자결로써 개인의 생과 함께 황조의 잔명을 마무리한 황제는 명나라 숭정제 단 하나뿐이다.

오늘날 징산에는 숭정제가 목을 매단 나무는 남아 있지 않다. 조그마한 언덕 위에 세워져 있는 팻말 하나가 350여 년 전에 있었던 비극적인 종말을 알려주고 있다. 징산에 서서 남쪽으로 쯔진청을 내려다보면 수양버들과 금황색 기와지붕이 서로 어우러진 정경이 눈앞에 펼쳐진 가운데 당시의 상황이 더욱 눈앞에 선해진다. 이렇게 명의 마지막 불꽃은 277년 만에 완전히 사위었다. 사이비 종교 백련교의 세력을 배경 삼아 주원장이 켠 명의 불꽃은 그와 비슷한 출신인 이자성에 의하여 꺼졌다.

미남 혁명가, 이자성

1929년 마오는 징강산을 '살아서' 나왔다. 『수호전』 108영웅들이 량산포를 '죽어서' 나온 것과는 정반대. 마오는 징강산에서 내려오는 동시에 그의 유년기와 청년기의 교과서 『수호전』을 불태워버렸다.

현실세계의 혁명가 마오는 '패배의 소설'보다 '승리의 역사'를 실현시키는 길을 택했다. 시문과 사서에 정통한 홍군 총두령 마오는 중국사의 장강에서 한 사나이를 발견해냈다. 그러고는 중년 이후의 혁명과 삶의 사표로 받들기 시작하였다. 다름 아닌 틈왕 이자성으로 마오보다 3세기 전 앞서 출현한 유적(流賊)의 총두목이다.

1949년 10월 1일, 마오는 베이징 톈안먼 누각 한가운데 서서 중화인민공화국 건국을 선언하였다. 목격자들은 그때 마오의 눈에는 눈물이 어렸다고 전한다. 징강산에서 나와 공산주의 초대황제로 등극한 마오는 틈왕의 기상과 전략을 자신의 스승으로, 틈왕의 자만과 몰락을 반면교사로 삼았다. 실제로 1929년부터 1949년까지 20년간 마오의 어록을 살펴보면 중국 역사인물 중에서 유독 이자성을 제일 많이 언급하였다.

이자성은 1606년 싼시(陝西)성 옌안(延安)의 미즈(米脂)현에서 태어났다. 지금도 옌안은 홍군이 베이징으로 진입하기 전의 공산중국의 수도로 혁명의 성지 대우를 받는 지역이다. 미즈현은 옌안의 동북쪽에 위치한 옌안 부속 현의 하나로 '쌀기름'이라는 뜻의 지명이 좀 유별나다. 혹자는 미즈현이 기름진 쌀을 생산하는 곡창지대가 아닐까 하고 짐작할 것이다. 그러나 단 한 톨의 쌀도 나오지 않는 황무지다. 인적이 드문 광막한 벌판만이 끝없이 펼쳐지고 봄과 겨울 두 계절에는 광풍이 불고 황사바람만 하늘

가득히 날리는 고장이다. '쌀기름'은 쌀농사와 전혀 무관하고 그곳 출신 여인의 피부를 형용하는 말이다. 지금도 미즈현은 쌀알처럼 희고 윤이 나는 피부의 양귀비형 미녀가 많은 고장으로 이름높다.

하기야 황무지의 미녀가 사막의 오아시스보다 훨씬 나아 보인다.

미녀가 나오는 고장은 미남도 나오는 법인가? 이자성은 이런 각박한 자연의 도야 속에서 떡 벌어진 두 어깨에 높은 코, 눈동자는 샛별처럼 빛나는 미남으로 성장했다. 현재 중국 각지에 있는 중국 역대 반란 지도자의 인물상 중에 제일 뛰어난 미남으로 묘사되어 있는 이는 이자성이다. 이자성의 흉상을 바라보면 마치 1950, 60년대 중남미의 혁명가 체 게바라의 흠잡을 데 없는 준수한 용모와 멋진 분위기가 연상된다.

이자성은 천성이 용감하고 의협심이 높았으며 기마와 궁술 등 각종 무술에 능했다. 1626년 이자성의 나이 21세, 그는 지금의 인촨(銀川)지방에서 마부 노릇을 하였는데 성이 애(艾)라는 지방 수령 하나가 말도 되지 않은 누명을 씌워 투옥하고 그의 아내를 겁탈했다. 그러자 분노에 사무친 이자성은 그 지방 수령을 단칼에 베고 간쑤(甘肅)의 순무(巡撫) 매지환(梅之煥) 밑으로 들어갔다.

1629년 이자성은 단 15기의 병력으로 토호들의 횡포로 악명이 높았던 오기진(吳起鎭)의 수백 명 관군을 깡그리 섬멸하였다. 오기진의 승리는 이자성의 이름을 유적들의 세계에 크게 떨치게끔 하였다. 1631년 이자성은 같은 고향 출신인 고영상(高迎祥)의 군단 휘하에 들어갔다.

쭌이회의와 싱양대회

20세기 량산포, 징강산을 나온 마오는 혁명 근거지를 장시성 전역으로 확대, 루이진(瑞金)에 적색정부를 세우고 국민정부에 일대 위협을 주었다. 그러자 난징의 장제스 정부는 1930년에서 1935년에 이르기까지 전후 5차에 걸쳐 그들의 세력을 쳐부수는 데 힘썼다. 이에 홍군은 차차 후퇴하기 시작하여 1934년에는 루이진을 폐기하고 이른바 대장정을 개시했다.

1935년 1월 1일, 마오의 홍군은 산골짜기의 높은 절벽 사이를 광포하게 흐르는 깊은 우장(烏江)을 건너기로 했다. 2만 5천리 역사적인 대장정을 시작한 지 두 달이 지난 때였다. 적의 사격을 받으면서 홍군은 전진했다. 나루터가 하나 있었으나 경비가 삼엄했다. 홍군은 대나무를 잘라 뗏목을 만들고 헤엄칠 사람 18명을 선발했다. 이들은 얼음이 덮인 강 속으로 뛰어들어 반대쪽, 강변 적의 초소를 쳐부수기 위해 헤엄쳐 나갔다. 한편, 사격을 끌어내기 위해서 나루터에 위장공격을 했지만 계획은 실패로 돌아갔다. 밤에 그들은 이 계획을 몇 번이고 다시 시도하였다. 결국 홍군은 우장을 건너 적의 초소를 파괴하고 맞은편 절벽으로 올라갔다.

1935년 1월 15일, 우장을 건너자 역사적인 쭌이회의(遵義會議)에 이르렀다. 그곳 구이저우(貴州)성 쭌이에서 장정(長征)과 마오쩌둥의 생애 및 중국 혁명사에 전환점을 이루는 가장 중요한 회의가 열렸다. 마오는 중국공산당 중앙정치국 확대 회의가 열린

기회를 이용하여 자신의 유격전술을 비롯한 일체의 용병술을 당의 공식노선으로 채택하는 데 성공함으로써 드디어 당권을 쓸어잡았다. '농촌을 근거지로 도시를 포위하는 전략'이 정식으로 채택되었다는 점에서 획기적인 의미를 지닌다. 인구의 90퍼센트 이상이 농민인 중국의 현실을 무시한 채 도시 노동자 중심의 마르크스·레닌식 혁명을 고집하는 극좌노선을 제압했기 때문이다. 농촌으로 도시를 포위한다는 마오의 노선은 바로 '중국적 특색'과 실사구시 정신을 대변하는 것이다. 또한 중국 공산당 창당인의 한 사람인 그가 14년 만에 당 최고 지위에 올라선 셈이다. 쭌이회의는 마오가 홍군을 지도할 자격을 갖춘 유일한 사람이라는 것을 용인하며 회의의 결의안은 혁명에서 단결, 열정, 불멸의 희망에 관한 주의로 끝을 맺고 있었다.

이 중국 공산혁명사의 대전환점 쭌이회의로부터 딱 300년 전, 그 해 그 달 1635년 1월, 중국 역사상 전무후무한 일대 사건이 벌어지고 있었다. 황허 중류 변 조그만 읍성인 허난성 싱양(滎陽)에 중국 천하 모두 13개 가(家) 72명의 수령들이 집결했다. 이른바 '전중국 도적두목 총연합대회'를 개최한 사건이 그것이다. 구체적인 토의에 들어가자 수령들의 의견은 좀처럼 좁혀지지 않았다. 거기에는 마부 출신의 젊은 협객 이자성도 끼여 있었다.

논의는 비등하여 그 중에서도 황허를 북으로 건너가 싸워야 한다고 주장하는 마수응과 이를 반대하는 장헌충의 의견이 맞서는 바람에 사람들은 골치를 앓고 있었다. 이때 이자성이 일어나 우렁찬 목소리로 제안했다.

이제 우리는 20만 대군이 되었다. 관군은 다 썩어빠진 군사인지라 우리의 상대가 되지 못한다. 우리는 서로 부서를 나누고 방침을 명확히 정해 싸워야 한다. 적이 포위작전으로 나온다면 우리는 군사를 네 갈래로 나누어 맞서 싸우면 될 것이다.

힘에 넘치는 그의 한 마디 말에 회의장의 모든 수령들은 용기가 솟구쳤다. 그들은 이자성의 계획을 채택해 연합전선을 형성하여 군사를 네 방면으로 나누어 정부군의 공격에 대처한다는 구체적인 작전에 합의하였다. 그리고 이자성을 유적의 총두목 '틈왕'으로 추대하였다. 틈왕의 '틈' 은 말이 거침없이 문을 뛰쳐나온다는 뜻이므로 용장, 맹장을 상징적으로 나타낸다.

이자성은 틈왕의 취임사에서 점령 과정에서 노획한 재화와 전리품은 공평하게 분배해야 한다고 제안하여 수령들의 질투심을 누그러뜨렸다.

도적떼의 두목 전원이 모인 싱양대회는 사상 최초인 것으로 단결은 촉진되었다. 그리고 포진도 작전도 그 나름대로 계획성 있게 진행되었다. 그때까지 고립된 채 독자적으로 싸우고 있었던 불리한 상황은 연합작전이 성공함으로써 큰 진전을 보였다. 4로군 중에서 동로군을 맡은 이자성 군단은 명태조 주원장의 고향인 안후이성 북부의 펑양(鳳陽)을 함락시키는 전공을 세웠다. 이자성의 반란군은 황릉을 불태워 명왕조의 신화와 권위의 베일을 벗기고 혁명에 대한 불굴의 기개를 내외에 과시하였다.

그러나 결국 이자성은 명나라의 뛰어난 장군인 훙숭주(洪承疇)에게 여지없이 쫓겨 겨우 18명의 부하와 함께 목숨을 보전하며 산중에 숨었다. 이자성이 절체절명의 위기에 빠졌을 때 홍승주는 그의 공적을 시기하는 사람의 모함으로 만주로 전임되었다. 아슬아슬하게 위기를 모면한 이자성은 녹림에 들어가 은신하며 재기의 날을 기다리고 있었다.

대도하를 넘어

1935년 1월, 쭌이회의를 거친 후 장정은 그동안 비틀거리던 노선을 바로잡는다. 그리고 국민당군의 집요한 추격을 따돌리고 또 전방에 겹쳐 있는 수겹의 봉쇄선을 돌파한다. 장정은 산간 오지 토착민들의 기습을 물리치고 굶주림과 추위를 극복하면서 18개의 산맥과 준령을 넘고 17개의 강을 통과한 것이다. 그 장정의 가장 고비이자 절정은 대도하(大渡河)와 대설산(大雪山)이었다. 초속 5미터 유속으로 흐르는 대도하의 강물이 그들을 기다리고 있었다. 홍군 선봉대는 나루터를 찾아 헤매다가 우연히 한 척의 배가 있는 것을 보았으나 놓치고 말았다. 마오는 도강작전을 재검토하고 상류의 높이 건너지르는 다리를 탈취하여 그곳을 통해 강을 건너기로 하였다. 그 다리는 길이가 약 1천미터로 절벽 사이를 가로지르고 있었는데 14개의 굵은 쇠사슬로 된 것이었다. 그러나 그것마저 장제스군의 수비대가 중간지점까지의 판자를 모두 제거해버린 것이었다. 깎아지른 60미터 아래 골짜기에는 '만 마리의 말이 달리는 듯한 요란한 소리를 내며 강물이 흐르고 있었다. 마오의 홍군이 운명의 다리를 탈취하느냐 못하느냐에 달려 있었던 것이다. 다리를 건널 22명의 용사를 모았다. 용사들은 기관

총 사격을 맹렬히 받으면서 서로 손을 잡고 쇠사슬 위를 흔들거리면서 건너야 했다. 장제스의 백군은 자신들의 눈을 거의 믿을 수 없었다. 홍군이 미친 것처럼 쇠사슬만을 밟고 건너려 하리라고 누가 생각했을까? 그러나 그들이 이 일을 해내고 있었다. 처음 22명 중 17명이 죽어서 격류에 떨어졌고, 다른 사람들이 그 자리를 메웠다.

홍군 중 하나가 판자가 남아 있는 다리 중간에 다다랐을 때 수류탄을 까들고 달려가 적에게 던지자 홍군은 하늘이 터질 듯이 소리를 질렀다. 백군은 판자에 불을 붙였지만 너무 늦었다.

홍군 몇 명이 더 나무 타는 원숭이처럼 출렁거리면서 판자에 다다른 후 화염을 뚫고 수비초소로 돌진했다. 그런데 갑자기 함성과 총성이 들렸다. 나룻배로 도강한 소부대가 배후에서 적을 공격했다. 장제스군은 사색이 되어 항복했다. 그들은 두 시간 만에 절벽 위의 다리를 탈취했다. 그들은 인근 마을에서 문짝을 빌려왔다. 문짝을 판자 삼아 쇠사슬 위에 놓고 홍군은 강을 건넜다.

대도하, 혁명사의 강물을 3세기 전의 상류로 허위단심 거슬러 올라가보자. 1640년 9월, 이자성은 오랜 침묵을 깨뜨리며 50명의 녹림협객을 거느리고 황허 중류유역, 즉 중원으로 진격하였다. 농민들은 죽었던 틈왕이 돌아왔다고 환호하며 다투어 이자성의 휘하로 몰려들었다. 한 달도 채 못 되어 수만 병력이 집결하여 함께 싸울 것을 맹세하였다. 이 무렵 틈왕은 지식인 출신이자 여협 홍낭자(紅娘子)의 남편인 이신(李信)을 책사로 삼고 그로 하여금 새로운 전략 전술을 짜게 했다. 이신은 천하를 제압하는 근본책은 민심을 모으는 데 있으니 살인은 될 수 있는 대로 피해야 한다고 틈왕에게 충고하였다. 그러자 이자성은 다음과 같이 선언했다.

　한 사람을 죽임은 자기 아버지를 죽이는 것과 같고, 한 여자를 범함은 자기 어머니와 성교하는 것과 같다. 함부로 민가에 들어가는 것을 용납하지 않으며 부녀를 희롱하는 자는 베어버리겠다.

그리고 획기적인 균전과 면부를 단행했으며 개혁을 선동하는 가요를 만들어 유행시켰다.

　먹는 것 입는 것도 걱정 마라. 틈왕이 모든 것을 염려해주리라. 부역도 세금도 면제다. 먹는 것 입는 것은 맡겨두어라. 대문을 크게 열어 틈왕을 맞아들이자, 틈왕이 오면 세금은 필요 없다.

도처에 시책을 선전하는 공작원도 많이 두었다. 이것과 마오가 대장정 시절에 취한 선전선동술과 매우 흡사하다.

틈왕군은 유적군에서 혁명군으로 환골탈태하였다. 농민의 압도적인 지지를 받게 된 틈왕군은 광산 노동자, 파산한 중소 지지층과 명나라에 환멸을 느낀 지식인 등의 참여로 백만을 헤아리는 거대한 세력으로 팽창했다. 간쑤와 싼시(陝西)에서 일어난 폭동은 농민반란이 되고, 숱한 곡절과 일진일퇴의 상황을 거쳐 명

확한 강령과 정책을 가진 농민의 일대 혁명운동으로 성장하기에
이르렀다.

대설산을 건너

1935년 9월, 마오의 홍군, 그들이 와 있는 곳은 거대한 계단처
럼 위로만 향해 있는 티베트의 고산지대였다. 줄지어 솟아오른
산봉우리, 놀랍고 아찔한 순백을 펼친 광대하고 반짝거리는 티베
트의 만년설 바다. 홍군들이 결코 꿈에도 보지 못한 정신세계였
다. 대부분의 홍군들은 온화한 평원 출신의 후난이나 쓰촨사람들
이었다. 마오는 홍군들에게 명령했다.

"맵지 않으면 혁명을 할 수 없다. 매운 고추와 생강을 물에 넣
어 끓여 마셔 몸을 덥게 하라."

그들은 4,800미터의 대설산을 넘어야 했다. 많은 사람들이 추
위에 얼어죽었다. 수백 명이 쓰러져 다시는 일어나지 못했다. 어
떤 사람들은 눈에 묻혀 죽었고 다른 사람들은 극도의 피로와 폐
렴, 심장마비로 죽었다. 아기를 낳아 바구니 속에 담아둔 어떤 여
홍군은 노새가 미끄러지자 바구니가 엎질러지는 것을 보았다. 아
기는 벼랑으로 떨어져 깊은 눈 속으로 사라졌다. 그리고 아무도
아기를 다시 보지 못했다.

강을 건넜던 그들은 산을 넘었다. 아니, 강을 넘게 된 그들은
산도 건너게 되었다. 고통도 극치에 이르면 마치 쾌락의 극치에
이른 환각에 빠진다. 그들은 영혼조차 오통 설원처럼 새하얗게
표백되는 기분을 맛보았을까? 새하얗게 변한 의식을 흔들리는

해초처럼 부대끼며 떠밀리다가 산을 넘듯 강을 건너고 강을 건너듯 산을 넘었다.

1641년 이자성은 역사상 여러 왕조의 수도로 군림하였던 뤄양을 함락시켰다. 뤄양에는 우리 나라에 임진왜란이 일어날 당시 황제였던 만력제(萬曆帝)가 가장 사랑하던 아들 복왕(福王)이 지배하고 있었다. 복왕은 막대한 토지를 가진 대지주로서 횡포와 학정이 심하여 백성들의 분노를 샀다. 틈왕군은 승전을 축하하는 술자리에 복왕을 끌어내어 그의 살과 사슴고기를 섞어서 만든 요리를 안주로 먹었다. 사람들은 이 술을 가리켜 복왕과 사슴을 각각 뜻하는 복록주(福鹿酒)라 불렀다. 그로부터 3년이 지난 1644년 정월, 이자성은 연호를 대순(大順)이라 하고, 명의 제도를 본떠 관제를 정비하였다.

이후 틈왕군은 즉시 행동을 개시하여 베이징으로 향했다. 틈왕군은 상인을 가장하거나 명나라의 하급관리로 침투되어 있었기 때문에 베이징의 소식은 거울 보듯 낱낱이 알 수 있었다. 그와 반대로 베이징에서 보낸 스파이는 모조리 잡혀서 틈왕군의 동태는 무엇 하나 황실로 새나가지 않았다. 이렇게 하여 틈왕군은 은밀히 산시를 북으로 횡단하여 무인지경을 가듯 다퉁(大同)으로부터 쥐융관을 돌파하더니, 3월 17일에는 베이징을 포위하였다. 황성 베이징은 이자성이 과거 15년 동안 14개 성을 거치면서 달려온 최종 목적지였다.

1935년 12월, 마오의 홍군은 대장정의 목적지인 간쑤성 오기진에 도착했다. 중국 대륙을 남쪽으로 반 바퀴 돌면서 1만 킬로미터를 행군했다. 이것은 미국대륙을 두 번 횡단한 거리였다. 12

개 성을 통과하면서 62개의 마을과 도시를 해방했다. 약 9만의 병력으로 출발했으나 4, 5천 명만 살아 남고 그 외는 죽거나 낙오되었다. 오기진은 명말 유적의 총두령 이자성이 농민봉기를 일으킨 진원지였다. 거기서 홍군의 총두령 마오는 다음과 같이 말하였다.

전국시대 이래 중국 사회를 진보시킨 결정적 계기는 농민전쟁이었다. 그 중에서도 특히 이자성 장군이 영도한 농민전쟁은 곧 2천여 년간의 무수한 동란과 전쟁 중 가장 위대한 것이었다. 이곳 오기진은 이자성의 혁명전통이 빛나는 곳이다. 이곳은 가난하지만 가난하기 때문에 변화를 추구해왔다. 그렇다, 가난은 곧 혁명으로만 타개할 수 있는 것이다. 이제 우리는 이자성이 못다 이룬 혁명을 다시 시작하는 것이다.

베이징을 점령하자마자 이자성은 모자에 푸른 옷을 입고 말을 탄 채 당당한 모습으로 톈안먼을 들어갔다. 우선 황궁에 걸려 있던 "하늘을 우러르고 황실의 법통을 받든다"는 경천법조(敬天法祖) 편액을 떼내었다. 그 대신에 "하늘을 우러르고 백성을 사랑한다"는 경천애민(敬天愛民)을 달았다. 그러나 이자성은 제왕사상에 빠져 있었다. 그 자신의 계급적·역사적 한계를 넘지 못했다. 그는 당나라 말 황소의 전철을 밟았다. 승리에 들떠 풀어진 마음은 향락과 주색에 빠지게 만들었고 새로운 지위와 권익다툼으로 그들은 스스로 무덤을 팠다.

산하이관을 지키고 있던 명나라 군 오삼계(吳三桂) 장군은 청나라에 항복하고 청나라 군대와 자기 부대 총 50만 대군을 인솔하여 베이징으로 쳐들어갔다. 그러자 4월 29일 이자성은 쯔진청에서 부랴부랴 황제 즉위식을 올리고 궁전과 성루에 불을 지른 다음, 이튿날 4월 30일 나머지 군대를 거느리고 베이징을 철수하였다. 틈왕이 베이징을 점령한 기간은 겨우 41일 동안이다. 베이징을 나온 이자성은 오삼계와 청나라 연합군에게 번번이 패하였다. 1645년 4월 하순, 이자성은 후베이성 퉁산(通山)현 산중에서 계속 게릴라전을 벌이다가 지방 지주의 습격을 받아 장렬히 전사하였다. 그때 그의 나이 만 39세였다.

1967년 10월, 체 게바라가 볼리비아 산중에서 정부군에게 포위되어 부상을 입고 사로잡힌 후 총살당한 나이도 공교롭게 만 39세였다. 더구나 공산혁명 종주국 소련을 제국주의라고 신랄히 비판한 체 게바라는 "혁명을 위한 준비가 될 때까지 기다림이 언제나 필요한 것은 아니다"라고 말하며 농업이 우세한 국가에서 혁명은 농촌 외곽에서 도시로 전파되어야 한다는 마오의 혁명전략을 채택했다.

국공내전의 승리를 눈앞에 둔 1949년 3월 23일, 마오는 베이징으로 입성하는 차 안에서 저우언라이(周恩來)에게 말했다.

우리 항상 깨어있자, 항상 배우는 자세를 견지하자. 승리에 도취되어 혼미해졌던 이자성의 전철을 밟아선 안 된다. 후퇴는 곧 패망이다. 우리는 제2의 이자성이 되어서는 절대 안 된다.

21세기 오늘날도 이자성은 베이징 필수 관광코스의 하나 '명십삼릉'(明十三陵)가는 길목, 말 위에서 칼을 빼든 영웅모습의 동상으로 우뚝 서 있다. 하필 그 칼끝마저 그가 숨통을 끊어버린 명제국 13명의 봉건황제들이 잠든 곳을 향하고 있다.

지은이 강효백(姜孝佰)은
경희대학교 법과대학을 졸업하고 타이완 사범대학에서
수학한 후 국립 타이완 정치대학에서 법학박사학위를 받았다.
경희대학교와 중국화동정법대에서 수년간 강의를 하기도 했다.
주 타이완 대표부와 상하이 총영사관을 거쳐 주 중국대사관 외교관으로
재직하면서 주로 중국의 경제와 문화 관련 업무를 맡아왔다.
저서로는 한길사에서 펴낸『중국인의 상술』(2002)
『차이니즈 나이트 1·2』(2000)『협객의 칼끝에 천하가 춤춘다』(1995)를
비롯하여『중국? 중국, 중국!』『동양스승, 서양제자』와 동인시집
『야간열차, 바닷가에서』등이 있다.「중국의 경제특구 발전전략」
「중국 중심항구 선정 논쟁」「영수증 복권제」등 여러 편의 중국 경제 관련
논문과 칼럼을 썼으며『중국 내 한민족 항일독립운동 100대 사적』(2001)을
시디롬으로 출간하기도 했다. 또『런민르바오』(人民日報)로 하여금
상하이 임시정부에 관한 기사를 대서특필(1999)케 했으며,
한국인으로서는 최초로 기고문이 실려 화제를 모으기도 했다.
그는 현재 외교통상부 재외국민 영사국에서 일하고 있다.
E-mail:mrkang2000@yahoo.co.kr